Joan Hess

Aufruhr in Maggody

Aus dem Amerikanischen
von Christine Strüh und Adelheid Zöfel

D1993052

Ariadne Krimi 1074
Argument

Ariadne Krimis werden herausgegeben von Frigga Haug

Titel der amerikanischen Originalausgabe: Much Ado in Maggody
© 1989 by Joan Hess

Redaktion: Else Laudan
Lektorat: Iris Konopik

Von Joan Hess bei Ariadne bereits erschienen:
Rufmord (1024)
Liebe Miss E. Tadt (1054)
Die 755 Seelen von Maggody (1040)

Die Deutsche Bibliothek – CIP-Einheitsaufnahme
Hess, Joan: Aufruhr in Maggody / Joan Hess
Aus dem Amerik. von Christine Strüh und Adelheid Zöfel
1. Aufl. – Hamburg ; Berlin : Argument, 1996
(Ariadne Krimi ; 1074)
ISBN 3-88619-574-0
NE: GT

Deutsche Erstausgabe
Alle Rechte vorbehalten
© Argument Verlag 1996
Rentzelstraße 1, 20146 Hamburg
Telefon 040 / 45 36 80 – Fax 040 / 44 51 89
Titelgraphik: Johannes Nawrath; Signet: Martin Grundmann
Texterfassung durch die Übersetzerinnen
Fotosatz: Steinhardt, Berlin; Druck: Clausen & Bosse, Leck
Gedruckt auf säure- und chlorfreiem Papier

Für Priscilla Ridgway,
die mich zum Lachen bringt – mehr als alle anderen.
Ich nehme alles zurück, was ich über dich gesagt habe.
Ehrlich.

Ich möchte mich bei folgenden Leuten für ihre freundliche Hilfe bedanken: John Leonard, der mich wissen ließ, was er über die – legalen und illegalen – Praktiken im Bankwesen weiß; Ray Reynolds, der meine juristischen Fragen beantwortete, ohne mich auszulachen; Captain Larry Poage und Lieutenant Terry Lawson von der Feuerwehr in Fayetteville, die ihre wertvolle Zeit geopfert haben, um mir bis ins Detail die komplizierten Ermittlungsverfahren bei einer Brandstiftung zu erklären.

Erstes Kapitel

Ich will mich jetzt nicht darüber beklagen, daß in Maggody nie etwas passiert. Aus zwei Gründen: Erstens ist es ein alter und schon etwas abgedroschener Witz. Zweitens stimmt es nicht mehr so ganz. Natürlich ist immer noch das meiste, was in Maggody, Arkansas, passiert, banaler Alltagskram. Womit ich meine, daß nach wie vor Besucher von auswärts die einzige Ampel überfahren oder im Schulbereich allzu kräftig aufs Gaspedal treten. Hunde werden gestohlen. Die Männer fangen in der Billardhalle Streit an. Marihuana und Alkohol. Unter Maggodys 755 Einwohnern gibt es immer einen, der mir, Arly Hanks, Kopfschmerzen bereitet. Ich bin Polizeiinspektorin, habe eine Polizeimarke und eine Schachtel mit drei Patronen, um zu beweisen, daß ich nicht bluffe.

Und es hat während meiner Amtszeit mehrere bizarre Vorfälle gegeben. Das begann schon, als ich die – einzige – Bewerbung einreichte. Von Verbrechen aus Leidenschaft zu sprechen wäre für die Gegend hier zu romantisch, es sind eher Verbrechen aus dem Bauch. Aber falls Sie eines Tages durch Maggody kommen (und wir wollen doch sehr hoffen, daß Sie die Geschwindigkeitsbegrenzung einhalten!), dann werden Sie bestimmt nicht das Gefühl haben, es brodle unter der Oberfläche. Sie sehen vielleicht zwei brave Christenmenschen in engen weißen Lackschuhen vor der Kirche der Stimme des Allmächtigen Herrn stehen und tratschen; einen mürrischen Mann in einem abgetragenen Overall, der in die kleine Bankfiliale schlurft, um sich von Miss Una zeigen zu lassen, wie er die neuen Computerausdrucke mit seinem Kontostand entschlüsseln soll; das Kaufhaus Emporium, das von ein paar alternden Hippies geführt wird, die immer noch nackt hinterm Haus sitzen und durch die Nase summen, sehr zum Leidwesen ihrer Nachbarn. Vor allem Earl Buchanon brummelt ständig was von Kommune und Kommunisten und daß eine Ladung Vogelschrot für die noch zu gut sei. Nicht alle Menschen in Maggody mögen Mantras.

Es gibt eine Ladenzeile, bei der die Fenster mit vergilbtem Zeitungspapier und Klebeband verziert sind. Und ein rotes Backsteingebäude, das Polizeirevier, wo ich mir die Zeit vertreibe, indem ich Fliegen klatsche, Kaffee trinke, mit der Radarkanone Nahschüsse auf die Kakerlaken abgebe und mir überlege, warum ich nach Maggody zurückgekommen bin. Okay, ich bin zurückgekommen, weil ich mir nach einer ziemlich fiesen Scheidung die Wunden lecken wollte. Ursprünglich hatte ich vorgehabt, nur ein paar Monate zu bleiben, aber zwei Jahre später war ich immer noch am Lecken, vor allem deswegen, weil ich keine Gummigelenke habe und deshalb die Beine nicht genügend verrenken kann, um mir selbst einen Tritt in den Hintern zu geben.

Als nächstes kommen links der Waschsalon Lustiger Seifenschaum und der Supermarkt Schnellkauf, ein paar ärmliche Häuser und so viel Unkraut, daß ein Kleinkind sich drin verlaufen kann.

Rechts jedoch befindet sich Ruby Bees Bar und Grill, unsere Antwort auf den Großstadtglamour. Das Restaurant hat einen eigenwilligen rosaroten Anstrich, der hervorragend zu dem Schild des Flamingo Motels gleich nebenan paßt. Der Neon-Flamingo sieht ein bißchen ramponiert aus, und die Aufschrift Z MMER FR I wirkt nicht sonderlich einladend, aber auf dem Parkplatz vor Ruby Bees Bar stehen in der Regel jede Menge Trucks. Die Ladeflächen der Trucks werden von mageren, müdäugigen Jagdhunden bewacht, die lieber Waschbären jagen würden, als im Staub zu schnüffeln und potentielle Lastwagendiebe anzuknurren.

Über die Vorzüge der Trailersiedlung Pot O'Gold lasse ich mich lieber nicht aus, auch nicht über die skelettartigen Überreste von Purtles Tankstelle oder den Imbiß Ideal gegenüber der Highschool, ja nicht mal über die ländliche Idylle, die bis zur Grenze von Missouri reicht. Fabulieren ist eher ein winterlicher

Zeitvertreib, und das Thermometer hatte sich seit fast einer Woche auf vierzig Grad im Schatten eingependelt.

Ich war gerade dabei, am Fenster in meinem Polizeibüro zu rütteln, als die Tür aufgestoßen wurde und Johnna Mae Nookim in mein Heiligtum gestapft kam.

»Heiliger Bimbam«, meinte sie, als die Hitze sie traf. »Das ist ja der reinste Backofen hier. Arly, ich wette, wenn du Talent für so was hättest, könntest du hier Buttermilchplätzchen backen.«

»Stimmt. Ich hab' mir schon ernsthaft überlegt, ob ich nicht ein Schild raushänge und kostenlose Saunabesuche anbiete. Unser erstes Fitneßcenter.«

Johnna musterte mich irritiert und plazierte ihren mächtigen Hintern auf den Sessel gegenüber von meinem Schreibtisch. Sie hatte stark gebleichtes Haar, ein rundes tomatenrotes Gesicht und die typischen Rote-Beete-Brauen und gelblichen Augen des Buchanon-Clans. Sie trug eine adrette weiße Bluse, deren Achselhöhlen mit jeder Sekunde nasser wurden, und dazu einen Minirock, der ihre plumpen Schenkel, ihre knubbeligen Knie und ihre dicken Knöchel noch betonte. Der Himmel weiß, wie die hohen Absätze das alles tragen konnten, aber irgendwie ging es anscheinend. Schließlich war sie nicht auf allen vieren ins Polizeirevier gekrabbelt. Andererseits, wenn die Klimaanlage weiterhin ihren Dienst verweigerte, konnte es durchaus passieren, daß sie auf allen vieren wieder rauskroch – und ich mich verzweifelt an ihren Knöchel klammerte.

»Ich glaub' ja nicht, daß das besonders gesund ist«, murmelte sie, wobei sie sich mit einem Blatt Papier Luft zufächelte. »Ich würd' sogar sagen, es ist absolut ungesund, wenn du verstehst, was ich meine. Hast du dir schon mal überlegt, 'nen Ventilator anzuschaffen, Arly?«

Ich drehte an ein paar Knöpfen und knallte mit der Faust auf die verdammte Klimaanlage. Und als ich gerade mit dem Fuß ausholte, um gegen das verdammte Ding zu treten, gab es plötzlich ein kühles Lüftchen von sich. Nicht gerade arktisch, aber ich verstand es als Friedensangebot und zog meinen Fuß zurück. Als ich wieder hinter meinem Schreibtisch saß, sagte ich: »Ich hab' gehört, du hast ein Kind bekommen, Johnna Mae. Herzlichen Glückwunsch!«

»Dreitausendachthundert Gramm – und so viele rote Haare, daß ein irischer Setter sich 'ne Perücke draus machen könnte. Ein süßer Fratz – und sieht genau aus wie sein Daddy. Das heißt aber nicht, daß ich keine Probleme gehabt hätte, den kleinen P.J. davon zu überzeugen, er soll sich endlich auf die Socken machen. Die letzten beiden Wochen vor dem Termin hat er wahnsinnig rumgestrampelt, er war so wild, wie's nur geht. Meine ersten beiden sind einfach rausgeflutscht, aber den dritten mußten sie jetzt mit Kaiserschnitt holen. Da machen die Ärzte einfach vorne quer rum 'nen Schnitt, und dann holen sie das Baby raus. Putter ist umgekippt – peng, da lag er auf dem kalten Fußboden im Kreißsaal. Er wird immer noch ganz grün, wenn ich drüber rede. Aber er hat ja immer schon so 'ne empfindliche Seite, auch wenn die meisten Leute das nicht wissen.«

»Ach, das tut mir aber leid«, warf ich schnell ein, um mir weitere plastische Schilderungen von P.J.s Ankunft zu ersparen. »Aber du siehst aus, als hättest du dich wieder berappelt.«

Johnna runzelte so heftig die Stirn, daß sie kaum noch unter ihren dichten Brauen vorsehen konnte. »Ja, ich bin wieder gesund und munter. Also, ich wollte ja nur ein paar Tage Mutterschaftsurlaub nehmen, aber von wegen dem Kaiserschnitt kam natürlich alles anders. Dr. Herkmeyer hat darauf bestanden, daß ich 'ne ganze Woche im Krankenhaus bleibe, und dann hat er gesagt, ich kann nicht zur Arbeit gehen. Ich mußte noch fünf Wochen daheim bleiben. Ich muß zugeben, so ganz unternehmungslustig war ich auch nicht. Putter hat sich ganz toll um die Kinder gekümmert und den Haushalt geschmissen, und ich hab' sozusagen immer nur auf dem Sofa gelegen und Seifenopern geguckt, bis ich wieder bei Kräften war.«

»Sehr schön«, sagte ich und fragte mich, warum sie immer

wütender klang, während sie von ihren sechs Wochen im Bett erzählte.

»Du hast gut reden, Arly. Das war ja alles nicht meine Schuld. Nicht mal Dr. Herkmeyer konnte ahnen, daß der kleine P.J. mir bei der Geburt und hinterher solche Probleme macht! Jedenfalls hab' ich dann letzten Mittwoch beschlossen, meinen Hintern vom Sofa zu heben und wieder zur Arbeit zu gehen. Zur Bank. Putter ist ja jetzt schon fast drei Jahre arbeitslos wegen seiner Verletzung, und es reicht einfach hinten und vorne nicht. Ich rufe also Mr. Oliver an und sag' ihm, daß ich am nächsten Tag wieder da bin. Ich hab's geschafft, mich in 'ne Strumpfhose und 'nen Pullover zu zwängen, und Putter hat mich vor der Bank abgesetzt, wie schon seit elf Jahren, und ich marschiere durch die Eingangstür und begrüße Miss Una und mach' mich gleich auf den Weg zu meinem Fach im hinteren Zimmer. Tja, und da war die Kacke auch schon am Dampfen – entschuldige meine feine Sprache.«

»Oh«, sagte ich und nickte verständnisvoll. Ich hatte keine Ahnung, worauf sie hinauswollte, und ihre Erzählung faszinierte mich nicht gerade. Um ehrlich zu sein – meine Gedanken wanderten die Straße hinunter zu Ruby Bees Bar und Grill, wo bestimmt ein reichliches Mittagessen auf mich wartete.

Johnna Mae umklammerte die Armlehnen des Sessels und beugte sich vor. »Das Fach gehört mir seit sechs Jahren – seit Mr. Oliver beschlossen hat, sich nur noch in der Hauptstelle in Farberville aufzuhalten. Damals bin ich Chefkassiererin hier in der Filiale geworden.« Sie schwieg einen Moment, um mir Gelegenheit zu geben, sie um ein Autogramm zu bitten oder sonst was Blödes. Ich rührte mich nicht. »Der Job der Chefkassiererin ist zwar nicht das gleiche wie der Vizepräsident in der Hauptstelle, aber ich hab 'ne nette Gehaltserhöhung gekriegt und hatte ziemlich viel zu sagen. Ich weiß, Eigenlob stinkt, Arly – aber ich hab' die letzten sechs Jahre verdammt gute Arbeit geleistet.«

»Und jetzt bist du plötzlich nicht mehr Chefkassierin?«

»Genau. In meiner Abwesenheit hat sich dieser kleine Klugscheißer vom College in die Zweigstelle geschlichen, und der hat meine Stelle gekriegt. Von meinem Fach und meinem Schreibtisch ganz zu schweigen. Also, man könnte denken, der ist schon seit Jahren da, wie der sich aufführt. Er schmeißt alles raus, womit ich die Bank ein bißchen gemütlicher gemacht habe. Miss Una hat's immerhin geschafft, meinen Philodendron vor der Mülltonne zu retten, aber meine Alpenveilchen hat er einfach weggeschmissen. Die Fotos von meiner Familie hat er genommen und in 'ne Schachtel gepackt, und dann hat er die Schachtel im hinteren Zimmer in die dunkelste Ecke gestellt, wo's ganz feucht ist. Als ich sie da rausgeholt habe, waren sie hinten schon regelrecht verschimmelt, und ich mußte sie abwischen. Ich will was dagegen unternehmen, Arly!«

»Gegen den Schimmel?«

»Nein, gegen diesen blöden Schnösel, der mir nicht nur meine Stelle weggenommen hat, sondern auch meinen Schreibtisch und mein Fach und meine persönlichen Habseligkeiten.« Sie holte aus ihrer Handtasche ein Papiertaschentuch, mit dem sie sich die Stirn abwischte. Dann beugte sie sich so weit über den Schreibtisch, daß ich ihren Atem riechen konnte, und sagte: »Ich will, daß du Sherman Oliver verhaftest und ins Gefängnis steckst.«

»Immer langsam, Johnna Mae! Ich dachte, du redest von einem Neuling in der Zweigstelle, aber –«

»Mr. Oliver ist doch der, der diesem Brandon Bernswallow alles gegeben hat, wofür ich im Schweiße meines Angesichts gekämpft und geschuftet habe. Ganz zu schweigen von den elf Jahren, die ich der Bank geschenkt habe. Oliver erzählt mir irgend so 'ne schwachsinnige Geschichte, von wegen sein Vater sitzt im Aufsichtsrat von der Bank, und Bernswallow soll bei uns in der Zweigstelle das Geschäft von der Pike auf lernen, damit er am Schluß Bankpräsident wird.«

»Ich kann ihn doch nicht verhaften, nur weil er Bankpolitik betreibt«, sagte ich, wobei ich mir sehnlichst wünschte, die

Klimaanlage wäre stark genug, um Johnna Maes Thunfisch-Atem zu vertreiben. »Wenn die Zentrale einen jungen Spund hierhergeschickt hat, damit er den Job lernt, dann müßt ihr das unter euch regeln, du und die Bankleitung und Sherman Oliver. Es ist jedenfalls keine kriminelle Handlung!«

»Doch, ist es! Als ich letztes Jahr meine Schwester besucht habe, die ganz in der Nähe von Pine Bluff wohnt, mitsamt ihrer Lusche von einem Ehemann, da hat mich meine Schwester in so ein Seminar über die Rechte von Frauen am Arbeitsplatz geschleppt. Die Frau dort hatte 'nen Namen mit Bindestrich und konnte ganz toll reden, obwohl ich das mit dem Bindestrich nie richtig kapiert habe. Und weißt du, was ich in diesem Seminar gelernt habe, Arly? Hm? Weißt du's?«

»Nicht aus dem hohlen Bauch«, gab ich zu. Ich nahm einen Notizblock und versuchte, durch Fächeln die Attacke des Killerthunfischs abzuwehren.

Zu meiner großen Erleichterung ließ sich Johnna seufzend in ihren Sessel zurücksinken. »Also, erstens ist es illegal, Frauen im Büro zu belästigen. Das heißt, so 'n Blödarsch von Boß darf seine Sekretärin nicht begrapschen, es sei denn, sie ist einverstanden. Und wenn er's trotzdem tut, dann kann sie sich bei so einer Stelle in der Hauptstadt beschweren, und da sorgen sie dann dafür, daß er es auf ewig bereut – der kommt dann nicht mehr auf die Idee, sie in den Arsch zu kneifen oder ihre Brust zu betatschen oder unanständige Bemerkungen zu machen.«

»Du willst doch nicht behaupten, Sherman Oliver macht so was mit dir, oder? Er ist mindestens sechzig und sieht nicht aus, als würde er wie ein silberhaariger Satyr eine Frau um den Schreibtisch jagen.«

»Ich versteh' gar nicht, was du da redest«, sagte sie beleidigt. »Und ich sage nicht, daß Mr. Oliver geile Gedanken hat oder daß er um den Schreibtisch rumrennt und mich fangen will. Oder daß er Miss Una anpatscht. Er ist der perfekte Gentleman, und das war er die ganzen elf Jahre, die ich in der Bank gearbeitet habe. Er ist Laiendiakon an der Kirche des Allmächtigen

Herrn und leitet jeden Sonntag die Männerbibelstunde, seit der liebe Gott kleine grüne Äpfel wachsen läßt. Seine Frau ist Präsidentin der Missionsgesellschaft und hilft in der Sonntagsschule. Sie ist die einzige, die sich die sieben- und achtjährigen Jungen zutraut.«

Mein Magen signalisierte den dringenden Wunsch nach Schweinekotelett und Pfirsichkuchen. »Das ist beruhigend, Johnna Mae«, sagte ich mit einem sehnsüchtigen Blick zur Tür. »Ich bin froh, daß du soviel Hochachtung vor Mr. und Mrs. Oliver hast. Aber gegen den Neuen können wir nichts unternehmen. Gib ihm ein paar Monate, dann ist er wieder weg, und du hast deinen Job zurück, mitsamt den Topfpflanzen und den Fotos auf deinem Schreibtisch. Ich muß jetzt leider –«

»Ich will, daß du Mr. Oliver verhaftest und ihn ins Gefängnis steckst!«

»Das haben wir doch gerade besprochen, und ich habe dir erklärt, daß er nichts verbrochen hat.«

»Geschlechterdiskriminierung verstößt gegen das Gesetz, Arly Hanks. Und du hast geschworen, in Maggody für das Gesetz einzutreten, also ist es deine Pflicht, etwas zu unternehmen. Wenn Putter nicht seit drei Jahren arbeitslos wäre, weil er 'nen Bandscheibenvorfall hatte, dann wär's ja nicht halb so ernst. Aber wir können die Miete von unserm Trailer nicht bezahlen, und die Arztrechnung und die Rechnungen vom Krankenhaus, und dann noch Schuhe für die Kinder und jeden Abend was zu essen – dazu reicht es nicht, wenn ich nur das Mindestgehalt kriege. Meinst du etwa, du kannst 'ne fünfköpfige Familie ernähren mit drei Dollar fünfunddreißig in der Stunde – wobei die ganzen Abgaben noch runtergehen?«

»Du kriegst jetzt nur noch das Mindestgehalt, nachdem du elf Jahre bei der Bank gearbeitet hast?« fragte ich wider besseres Wissen.

Johnna stiegen Tränen in die Augen. »Genau so ist es, Arly, und du kennst mich gut genug, um zu wissen, daß ich keine Petze bin, die zum Lehrer rennt, wenn ihr ein Junge auf dem

Schulhof an den BH faßt. Aber ich hab' in diesem Seminar gelernt, es ist illegal, eine Frau runterzustufen, nur weil sie Mutterschaftsurlaub genommen hat. Es ist doch richtig, daß Frauen Kinder kriegen! Deswegen hat Gott ihnen 'ne Gebärmutter gegeben.«

»Das verstößt vielleicht gegen das Antidiskriminierungsgesetz, aber ein strafrechtliches Vergehen ist es nicht, Johnna Mae. Ich finde auch, daß sie dich mies behandelt haben. Ich wollte, ich könnte dir irgendwie helfen, aber das kann ich nicht. Du mußt einen Anwalt finden, der sich auf Frauendiskriminierung spezialisiert.«

»Aber wie soll ich einen Anwalt finden oder bezahlen, wenn ich für meine Familie höchstens einmal die Woche Fleisch kochen kann?«

Darauf hatte ich auch keine Antwort. Wir redeten noch eine Weile, dann bugsierte ich Johnna Mae diskret zur Tür hinaus und machte mich auf den Weg zu *Ruby Bees Bar und Grill*, wo es wenigstens dunkel und kühl sein würde. Zu meinem Entzücken war das Restaurant leer, bis auf einen verpennten Mann, der in der hintersten Nische saß. Zahlreiche leere Biergläser erklärten seinen komatösen Zustand, aber ich runzelte nicht mal mißbilligend die Stirn. Zu heiß für Gesichtsgymnastik.

Ich setzte mich auf einen Barhocker und ließ die kühle Brise über mich hinwegwehen. Ich war immer noch am Verdampfen, als die Besitzerin der gastlichen Stätte durch die Küchentür kam und mir einen merkwürdigen Blick zuwarf.

»Ich nehme an, du willst was essen«, sagte Ruby Bee sehr unfreundlich.

»Ja, ich hab' gehofft, daß ich hier was kriege.«

»Und du hast nicht eine Minute daran gedacht, daß ich am Herd stehen muß, um dir das Essen zu kochen, oder? Du hast nicht daran gedacht, daß die Abzüge nicht funktionieren und deshalb in der Küche eine Bullenhitze herrscht? Du denkst nur an deinen Magen, kleines Fräulein. Wenn du auch nur halb soviel an andere Menschen denken würdest, dann würdest du dir überlegen, ob du wirklich willst, daß sich jemand abquält und literweise Schweiß vergießt, nur damit du ein Essen runterschlingen kannst – und dann machst du dich wieder aus dem Staub, ohne auch nur nett danke schön zu sagen.«

Habe ich schon erwähnt, daß Ruby Bee meine Mutter ist?

Ich ging im Kopf kurz meine Möglichkeiten durch. »Ich bin immer sehr dankbar, wenn du für dein einziges Kind solche Opfer bringst«, sagte ich unterwürfig, zog die Backen ein und riß die Augen weit auf, à la Oliver Twist. »Ich wär' ja auch zum Imbiß Ideal gegangen und hätte 'nen Cheeseburger gegessen, aber deine Küche ist einfach die beste weit und breit. Aber es tut mir in der Seele weh, wenn ich dran denke, wie du dich da am Herd abschuftest, also mach' ich mich lieber wieder auf die Socken.«

»Habe ich dir denn nicht beigebracht, daß du dich ausgewogen ernähren sollst?« fuhr Ruby Bee mich an. Sie sah so wütend aus, daß ich fürchtete, sie würde gleich hinter der Bar vorkommen und mich übers Knie legen. Das wäre sicher ein amüsanter Anblick gewesen. Erstens bin ich einsachtundsiebzig, und sie ist gerade mal einszweiundfünfzig. Sie hat schrillblondes Haar, was sie ihrer Freundin Estelle Oppers zu verdanken hat, der Besitzerin und einzigen Friseurin in *Estelles Haar-Phantasien*. Trotz des rosaroten Lidschattens und der dicken Schicht Puder sieht Ruby Bee aus wie die typische Großmutter: Engelslächeln, strahlend weiße Schürze, Stützstrümpfe. Wenn diese Frau bei Ihnen vor der Tür stünde, dann würden Sie sie sofort hereinbitten und sie fragen, ob sie nicht ein paar Plätzchen backen könnte. Sie würden sie bitten, auf die Kinder aufzupassen, während Sie selbst im Laden noch ein paar Schokostreusel besorgen würden. Garantiert. Und es gibt auch mehrere blöd grinsende, aufgeblasene Knallköpfe, die genau wissen, daß sie sich besser zurückziehen, wenn sich um Ruby Bees Mund ein bestimmter strenger Zug legt.

Ich hatte das auch gelernt und zog mich blitzschnell zurück – metaphorisch gesprochen. »Ich richte mich ganz nach dir,

Ruby Bee. Ich kann hier essen. Oder im Imbiß. Ich kann auch wieder heimgehen und dort 'ne Hühnersuppe aus der Dose verspeisen. Oder ich esse gar nichts.«

»Du bist ja schon so mager wie ein gerupftes Huhn. Du findest nie wieder 'nen Mann, wenn du nicht ein paar Gramm zunimmst.«

»Und es würde auch nichts schaden, wenn du dich um deine Haare kümmertest«, ergänzte Estelle, die über die winzige Tanzfläche schritt und sich neben mich setzte. »So ein Knoten ist ja nicht gerade der letzte Schrei. Ich finde immer, daß eine leichte Rottönung deine Haare besser zur Geltung bringen würde, Arly. Dann noch eine Dauerwelle und ein paar Fransen, die das Gesicht einrahmen – und schon siehst du aus wie eine junge Maibraut.« Und das von einer Frau, die ihre feuerroten Haare zu einem dreißig Zentimeter hohen Turm toupiert hat, so daß sie in aufrechter Haltung über einsachtzig groß ist.

Ruby Bee preßte die Hand aufs Herz und betrachtete mich mit verklärtem Blick: »Ach, ich sehe dich richtig vor mir, wie du mit Spitzenschleier und bebend vor Erwartung oben am Gang wartest, während ein süßes kleines Mädchen Rosenblütenblätter vor dir ausstreut...«

»Und Ruby Bee sitzt vorne in der ersten Reihe, in ihrem blauen Seidenkleid«, fügte Estelle mit belegter Stimme hinzu. »Und ich sitze in meinem aquamarinblauen Kostüm mit den Perlmuttknöpfen neben ihr und tupfe mir mit dem Taschentuch ständig die Augen, während mir Tränen über die Wangen strömen.«

»In deinem aquamarinblauen Kostüm?« Ruby Bee kaute nachdenklich eine dicke Schicht Lippenstift ab. »Ich glaube, das würde nicht zu meinem Seidenkleid passen. Wie wär's, wenn du das blaßrosa Kostüm tragen würdest? Das ist doch auch sehr elegant.«

»Aber das blaue bringt meinen Teint besser zur Geltung. Warum nimmst du nicht das beige Leinenkleid, wenn du solche Angst hast, daß wir uns beißen?« entgegnete Estelle.

»Weil schließlich mein eigen Fleisch und Blut heiratet, deswegen.«

»Und da soll ich farblos aussehen? Das ist es doch, was du willst, du selbstsüchtige Mutter der Braut!«

Ich rief mir ins Gedächtnis, daß es im Polizeirevier so heiß war wie an einem Augusttag in Manhattan. Mein Magen knurrte. Ich sah vor mir einen Teller mit Schweinekoteletts und cremigem Kartoffelpüree. Und als Nachspeise ein Stück Pfirsichkuchen mit Vanilleeis. Und das alles konnte ich dann mit einem Glas eiskalter Milch hinunterspülen, und die Tropfen würden außen am Glas kondensieren wie Perlmuttknöpfe ...

Die Vorstellung beschäftigte mich, bis die beiden kurzfristig zu quasseln aufhörten und ich etwas sagen konnte. »Aber ich habe doch gar nicht vor zu heiraten«, erklärte ich fröhlich. »Ich hab's schon mal probiert, und es hat mir nicht besonders gut gefallen.«

Ruby Bee verdrehte die Augen. »Das lag doch daran, daß du diesen schrecklichen Mann geheiratet hast und nach New York City gezogen bist! Wenn du einen netten Jungen aus der Gegend genommen hättest, würdest du jetzt nicht mit 'ner Pistole rumlaufen und dich hinter irgendwelchen Schildern verstecken, um die Temposünder zu erwischen. Du würdest zu Hause sitzen, da, wo du hingehörst, und würdest meine Enkel großziehen und dafür sorgen, daß sich dein Mann ausgewogen ernährt, und würdest kochen, damit er immer was zu essen kriegt, wenn er jeden Tag so pünktlich um fünf von der Arbeit heimkommt, daß du die Uhr danach stellen kannst.«

»Wie Johnna Mae Nookim?« fragte ich mit einem süßen Lächeln.

Ruby Bee blinzelte verwirrt, aber Estelle fing den Ball auf und rannte damit los. »Ist das nicht furchtbar? Hat man so was schon gehört? Ich kann mir überhaupt nicht erklären, was in diesen Sherman Oliver gefahren ist, daß er diesem netten Mädchen das antut. Sie muß doch ihren Mann und die drei Kinder ernähren! Putter kann sich kaum bewegen, und als

Dachdecker kann er schon gar nicht mehr arbeiten. Elsie McMay sagt, sie hat neulich gesehen, wie er ins Emporium gegangen ist, und er ist so langsam gegangen, daß sie gleich an Ike Wiggins nach seiner Hämorrhoidenoperation denken mußte.«

»Johnna Mae hat mir die ganze Geschichte erzählt«, erklärte ich, wobei ich mich bemühte, nicht dauernd das Stück Kirschstreusel unter der Kuchenhaube anzustarren. »Klingt ziemlich übel, aber ich kann nichts für sie tun. Ich hoffe nur, sie findet ’nen guten Anwalt.«

Ruby Bee schnaubte empört. »Anwälte taugen nichts, sie quatschen sich nur gegenseitig die Hucke voll, um hinterher eine dicke, fette Rechnung ausstellen zu können. Jemand sollte sie alle auf einer verlassenen Insel abladen, und da können sie sich dann gegenseitig verklagen, bis in alle Ewigkeit.« Sie schnaubte noch einmal, dann beruhigte sie sich so weit, daß sie Estelle über die Bar ein Glas Sherry zuschieben konnte. »Weißt du noch, wieviel Johnna Maes Baby gewogen hat, Estelle? Es war doch eher ein Winzling, wenn ich mich recht erinnere. Hoffentlich ist die schreckliche Hitze nicht zuviel für den Kleinen.«

»Dreitausendachthundert Gramm«, antwortete Estelle wie aus der Pistole geschossen. »Joyce hat mir von der Geburt erzählt, und sie weiß es von Earls Frau, und die hat ’ne Cousine, die im Krankenhaus in der Verwaltung arbeitet – also Joyce hat gesagt, als der Arzt anfing, in Johnna Maes Unterleib herumzumachen, da wurde Putter grüner als eine Schüssel Spinat, und er mußte die ganze Zeit den Kopf zwischen seine Knie stecken.«

Ich rutschte vom Barhocker und ging los, um mir eine Dose Hühnersuppe zuzubereiten. Dadurch bewahrte ich meine Mutter vor der schweißtreibenden Arbeit am heißen Herd, Estelle vor ihren entsetzlichen Plänen für meine Frisur und mich selbst vor einer endlosen Serie medizinischer Schauermärchen.

* * *

Carolyn McCoy-Grunders grub sich die Fingernägel in den Oberschenkel und befahl sich, bis zehn zu zählen. Aber schon bei drei hörte sie sich selbst sagen: »Bist du eigentlich schon vor vier Monaten auf die Idee gekommen, das zu erwähnen, Monty? Vielleicht ehe du den Schriftsatz hier abgeliefert und dann deine Designerunterhosen auf meinen Schlafzimmerboden hast fallen lassen?«

Es kam ganz ruhig heraus, mit einem wohltuend eisigen Unterton, der sie fast überraschte. Sie nahm einen kräftigen Schluck Martini und stellte dann das Glas geräuschlos wieder ab.

»Aber, aber, Carolyn«, murmelte Monty und griff über den Tisch, um ihre Hand zu tätscheln, als wäre Carolyn ein Schoßhündchen. »Wir sind doch beide erwachsen. Wir waren beide mit der Verführung einverstanden, und es war ja auch ein großartiges Erlebnis – und du wußtest genau, daß meine familiäre Situation recht heikel ist. Ich habe nie versprochen oder auch nur angedeutet, mich jetzt oder zu einem späteren Zeitpunkt von Elizabeth scheiden zu lassen. Du bist mir sehr wichtig, aber ich muß die Konsequenzen meines Handelns bedenken. Was würde mit der armen Frau passieren, wenn ich sie verlassen würde?«

Carolyn kippte ihren Martini hinunter und winkte den Kellner herbei. Er lauerte ganz in der Nähe, weil er hoffte, ein paar amüsante Gesprächsdetails mitzukriegen. »Noch einen, Roberto, und lassen Sie den Vermouth weg.« Nachdem sich Roberto entfernt hatte, stützte sie die Ellbogen auf den Tisch und lächelte Monty provozierend an. »Oh, ja, ich hätte fast vergessen, wie sehr du dich für die arme Frau verantwortlich fühlst, deren Vater zufällig einer der Chefs deiner Anwaltskanzlei ist. Du warst ja so rücksichtsvoll und hast sie von unserem Hotelzimmer in Acapulco jeden Abend angerufen, nicht wahr? Und an all den Abenden, an denen du angeblich im Büro Überstunden gemacht hast, während du dich in meinem Bett deinen fleischlichen Gelüsten hingegeben hast – da hast du nie vergessen, sie anzurufen und ihr zu sagen, daß du etwas später nach Hause kommst. Sehr edel.«

»Carolyn, Carolyn, ereifre dich doch nicht so. Wir wissen beide, daß es nichts von Dauer war. Wir waren wie zwei Schiffe, die sich bei Nacht auf hoher See begegnen. Zwei Seelen, die sich für einen kurzen Moment der Ekstase unwiderstehlich zueinander hingezogen fühlten.«

Roberto kam mit einem Martiniglas auf einem Silbertablett angetänzelt. »Bitte sehr, meine Schöne. Und wie steht's mit Ihrem Freund? Möchte er auch noch einen Drink? Es würde mir große Freude bereiten, ihm ebenfalls noch einen zu servieren, *tout de suite*.«

»Vielleicht sollten Sie ihm einen Putzlappen bringen«, entgegnete Carolyn. »Er redet so viel Scheiße, daß er noch darin ertrinken wird. Und wir wollen doch nicht, daß er durchweicht und dreckig ins Amtsgericht zurück muß.«

Montys Lächeln verschwand. »Laß den Unsinn, Carolyn. Das geht nur dich und mich etwas an. Wir wollen doch beide nicht, daß irgendein tuntiger Kellner und ein behaarter Tellerwäscher in der Küche über uns herziehen.«

Roberto entfernte sich mit elegant tänzelnden Schritten, um Carlton sogleich jedes Wort zu berichten, das zwischen der Anwältin und dem Anwalt gefallen war.

Carolyn faltete ihre Serviette zusammen und legte sie neben den Teller. Sie erhob sich, klemmte ihren Aktenkoffer unter den Arm, ging um den Tisch herum und pflanzte sich vor Monty auf.

»Du hast völlig recht, mein Lieber«, sagte sie. Es bereitete ihr ein teuflisches Vergnügen, daß fast alle der anwesenden Gäste wie gebannt lauschten. Also hob sie die Stimme noch ein bißchen, um niemanden zu enttäuschen. »Wie naiv von mir zu glauben, du wärst anders als all die anderen schleimigen, verlogenen, eitlen verheirateten Männer in der Stadt. Euch kommen nur noch Lügen über die Lippen, sobald sich euer mieser kleiner Schwanz regt. Die Schwänze werden schlaff und schrumpeln, aber die Lügen werden immer größer. Schade, daß es nicht umgekehrt ist!«

Sie nahm Montys Glas Wasser und kippte es ihm auf den Schoß. Als sie das Restaurant durchquerte, warf sie Roberto und dem haarigen Kerl in der Küchentür eine Kußhand zu. Sie schaffte es bis zu ihrem Büro, dann erst brach sie in Tränen aus. Ihre Laune besserte sich nicht, als sie dort eine Einladung zur Hochzeit ihres Exmannes vorfand. Und als schließlich ihre Sekretärin, eine gewisse Staci Ellen Quittle, mit einem ganzen Stapel Telefonbotschaften hereinkam, da war Carolyn McCoy-Grunders auf fünfzig Prozent der Weltbevölkerung stocksauer.

Zweites Kapitel

Ein paar Tage später beschloß ich, zur Bank zu fahren, um nachzusehen, wie es Johnna Mae ging. Es handelte sich dabei nicht etwa um einen Anfall von Nächstenliebe – nein, die Fensterfront im Revier schien mir nicht wohlgesonnen, und die Klimaanlage im Polizeiwagen war ein Kunstwerk, allerdings ein minimalistisches. Der Ventilator in meiner Wohnung hatte in einer nach verbranntem Gummi stinkenden Rauchwolke den Geist aufgegeben. Bei Ruby Bee konnte ich nicht Zuflucht suchen, bis die Abzüge in der Küche repariert waren und bestimmte Personen ihre gute Laune wiedergefunden hatten. Der Mechaniker hatte das ganze gottverdammte County in der Hand. Ich hatte Ruby Bee schon öfter daran hindern müssen, eine Lynch-Party für ihn zu geben.

Ich parkte auf dem kiesbestreuten Parkplatz der Bank und betrat das Gebäude in der stillen Hoffnung, daß das viele Geld für kühle Luft sorgte. Die Zweigstelle konnte nicht mit der Chase Manhattan konkurrieren. Sie hatte eine kleine Lobby, einen Schaltertisch aus imitiertem Marmor, ein paar Plastikpflanzen und eine so wunderbar eisige Atmosphäre, daß ich sofort überzeugt war.

Miss Una Corners blickte kurz auf, um sich zu vergewissern, daß ich kein bekiffter Irrer mit Skimaske war, und widmete sich dann wieder Raz Buchanon. Raz kratzte sich am Kopf und brummelte vor sich hin wie ein Hühnerlaster, der einen steilen Hügel hinauftuckert. Miss Una war ein zartes Persönchen mit dünnen grauen Haaren, einer Halbmondbrille und einem verkniffenen Lächeln, das von Sekunde zu Sekunde verkniffener wurde. Raz wiederum war eine vermiefte, stoppelbärtige, bierbäuchige, tabakkauende Nervensäge. Und das ist noch eine freundliche Beschreibung.

»Das ist nicht Ihr Kontostand«, erklärte Miss Una geduldig. »Das ist Ihre Kontonummer. Sie glauben doch nicht, daß Sie eine achtstellige Summe auf dem Konto haben, oder? Dann hätten Sie ja ein Guthaben von über elf Millionen.«

»Aber hier steht doch, daß –«

»Das ist das Datum der ersten Kontobewegung«, fuhr Miss Una fort, wobei sie mit einem Bleistift auf das zerknüllte Stück Papier klopfte. »Das hier ist die Einzahlung. Das ist der Kontostand am Ende des betreffenden Zeitraums. Abzüglich der kleineren Beträge, die Sie selbst addieren müssen. Und das hier ist die Kontonummer. Sie haben keine elf Millionen auf dem Konto.«

Raz warf mir über die Schulter einen Blick zu – vermutlich befürchtete er, ich würde ihm sofort einen Heiratsantrag machen, wenn ich hörte, wie wohlhabend er war. Ruby Bees Gesichtsfarbe würde sicher gut zu ihrem blauen Seidenkleid passen, wenn sie sehen würde, welch edler Ritter am Altar auf ihre Tochter wartete. »Wieviel hab' ich denn, Miss Una?«

»Das hier ist Ihr Kontostand«, zischte sie. Ihr Bleistift hämmerte inzwischen wie ein Buntspecht, der in einem verrotteten Baumstamm einen saftigen Käfer gefunden hat. »Diese Summe hier, abzüglich der üblichen Gebühren.«

Johnna Mae kam aus dem Hinterzimmer geschossen, bevor ich nach ihr fragen konnte. Sie setzte sich auf den Hocker an ihrem Schalter, schob einen Bleistift beiseite und lächelte verkrampft. »Hallo, Arly, wie geht's denn so? Kann ich was für dich tun?«

»Ich wollte sehen, wie's dir geht«, murmelte ich, während ich an ihr Schalterfenster trat.

»Bestens. Der Zahnarzt drüben in Starley City meint, Earl Boy braucht demnächst 'ne Spange. P.J. hat furchtbare Koliken, und Putters Rücken war gestern so schlimm, daß ich um Mitternacht nach Farberville fahren mußte, um sein Schmerzmittel zu holen. Das kostet siebenundvierzig Dollar, und manchmal muß er eine Pille nach der anderen schlucken, als wären's M&Ms, nur ein bißchen teurer.«

»Das klingt ja schrecklich«, sagte ich. »Ich würde dir gern helfen.«

»Da kann mir niemand helfen, glaub' ich. Ich hab' so 'nen Anwalt in Farberville angerufen, und der will fünfzig Dollar, nur um sich anzuhören, was ich zu sagen habe. Und er hat nicht mal versprochen, daß er was für mich tun kann, obwohl ihn die Finger nach meinen fünfzig Dollar jucken.«

Die Tür zum Büro ging auf und ein jüngerer Mann in Hemd und Krawatte trat heraus. »Mrs. Nookim«, begann er, unterbrach sich aber gleich, um mich zu mustern, als wäre ich eine besonders fragwürdige Immobilie. »Entschuldigen Sie bitte, Miss. Lassen Sie sich ruhig Zeit. Mrs. Nookim, ich würde gern mit Ihnen sprechen, wenn Sie frei sind.« Er machte kehrt und verschwand wieder im Büro. Die Tür schloß sich hinter ihm mit einem leisen Klick.

»Ist das der Neue?« fragte ich.

Johnna Mae starrte mich an. Offenbar war sie von meinen deduktiven Fähigkeiten sehr beeindruckt. »Ja, das ist der neue Superbanker. Ich würde alles dafür geben, wenn er nur ein einziges Mal schwitzen würde. Jeden Morgen, wenn er reinkommt, zieht er sein Jackett aus, aber die Krawatte bleibt dran, als wäre sie das einzige, was seinen Kopf festhält. Er rollt nicht mal die Ärmel hoch. Mr. Oliver trägt nie 'ne Krawatte, und einmal hatte er sogar Bermudashorts an, als er auf dem Weg zum Golfplatz in Farberville hier vorbeigekommen ist. Miss Una hätte fast 'nen Herzschlag gekriegt, als sie seine knochigen Knie gesehen hat.«

Miss Una am Nachbarschalter reagierte pikiert. »Ich würde nie auf Mr. Olivers Knie schauen, Johnna Mae, und das wissen Sie ganz genau.« Sie drückte Raz den abgegriffenen Zettel in die Hand und schickte ihn energisch weg. Dann, nach einem nervösen Blick auf die Bürotür, gesellte sie sich zu uns. »Mr. Bernswallow versucht doch nur, sich mit den Bankgeschäften vertraut zu machen. Die Bank gehört schließlich seiner Familie. Ich weiß, daß er im Umgang ziemlich schwierig sein kann, aber wir müssen ihm das nachsehen. Er hat keine Erfahrung. Nach dreiundsechzig Lebensjahren habe ich begriffen, daß es nichts bringt, sich nach der guten alten Zeit zu sehnen. Wir müssen uns den Veränderungen anpassen und nicht jammern.«

Johnna runzelte grimmig die Stirn. »Miss Una findet nicht, daß ich Mr. Oliver anzeigen soll. Sie sagt, ich soll mich ganz still verhalten und es hinnehmen, daß sie mich runtergestuft haben und daß ich weniger verdiene. Klar – Miss Una geht in zwei Jahren in Rente, und sie hat auch keine Familie, für die sie Essen und Kleider und Zahnspangen bezahlen muß.«

»Aber ich hab' meine hungrigen kleinen Kätzchen!« entgegnete Miss Una kichernd. Sie schob die Brille nach unten und musterte mich eingehend. »Sind Sie nicht die Tochter von Ruby Bee? Wie geht's ihr denn? Wir besuchen nicht dieselbe Kirche, deshalb begegne ich ihr leider Gottes fast nie. Ich würde ja gerne mal vorbeischauen, aber ich fürchte, ich würde mich an einem Ort, wo Alkohol ausgeschenkt wird, nicht recht wohl fühlen. Als ich noch Zöpfe trug, da hat meine Mutter immer von mir verlangt, daß ich auf die Bibel schwöre, eine solche Örtlichkeit nie zu betreten.«

Für Ruby Bees Bar war das kein großer Verlust. Ich erzählte Miss Una, meiner Mutter gehe es gut, danke, und ich würde ihr selbstverständlich Grüße ausrichten. Nachdem Miss Una zu ihrem Schalter zurückgekehrt war und sich in ein schwarzes Rechnungsbuch vertieft hatte, sah ich Johnna Mae an. »Warum ist sie denn nicht vor dir befördert worden?«

»Sie hat die Beförderung abgelehnt und gesagt, sie ist zufrieden mit ihrem Job. Den macht sie jetzt schon seit zwanzig Jahren. Sie wollte in ihrem Alter keine zusätzliche Verantwortung. Sie besucht gern die Kunden, und sie hat eine Engelsgeduld, wenn jemand wie Raz oder Hiram ihr den Kopf vollquatscht. Und ich hatte nichts dagegen. Wir brauchen das Geld. Sie hat drei Katzen. Ich hab 'ne Familie.«

Die Tür zum Büro öffnete sich, und Bernswallow beäugte mich erneut. Diesmal schloß sich die Tür ohne Klick.

Johnna Mae nahm den Bleistift und brach ihn in der Mitte durch. »Ich glaube, ich halte das nicht mehr lange aus, Arly. Er spioniert die ganze Zeit hinter uns her. Wahrscheinlich denkt er, wir nehmen das Geld von den Leuten und stopfen es uns in die Bluse, wie Callgirls. Drei Abende hintereinander hat er uns gezwungen, Überstunden zu machen, damit die Abrechnung bis auf den letzten Penny stimmt. Als ich noch Hauptkassiererin war, haben wir uns keine Gedanken gemacht, wenn in einer Bargeldschublade ein paar Pennys zuviel waren. Ich hab' immer die Meinung vertreten, im Lauf der Zeit gleich es sich aus.«

»Und was meint Mr. Oliver?« fragte ich.

»Der liebe Gott hat ihm ein Gehirn gegeben, aber er hat wahrscheinlich vergessen, es anzuschließen. Mr. Oliver kommt jeden Morgen und erkundigt sich, wie's uns geht, und dann sagt er, er geht in die Hauptstelle und arbeitet dort. Er war Vorstandsmitglied, bevor er Zweigstellenleiter hier in Maggody wurde. Er hat immer noch irgendwas mit dem Portefeuille zu tun, deshalb läßt er uns hier in Ruhe – zum Glück. Es ist ihm schnurzegal, was hier läuft.«

Johnna Mae holte ein Taschentuch aus ihrer Bargeldschublade und schneuzte sich lautstark. Miss Una warf ihr einen vorwurfsvollen Blick zu. Ich hatte nichts mehr zu sagen und wollte mich gerade widerwillig wieder der Außenwelt zuwenden, als Bernswallow zum drittenmal aus seinem Büro kam. Es mußte eine Art Drehtür haben.

»Ich hoffe doch, Sie sind mit unserem Service zufrieden?« erkundigte er sich. Sein Tonfall suggerierte, daß er mehr als erstaunt gewesen wäre, wenn sich seine Hoffnung erfüllt hätte.

»Ich bin Kundin bei einer anderen Bank. In Farberville. Ich reise gern.«

Während er das verarbeitete, nahm ich zur Abwechslung mal ihn in Augenschein. Er war noch jung genug, um ein paar dunkelrote Pickel am Kinn zu haben. Seine Haare waren eher gestylt als geschnitten, sein Gesicht bot den Ausdruck stummer Arroganz, von den hellblauen Augen bis zu dem leicht vorgeschobenen Unterkiefer. Ich hatte auf der Madison Avenue Millionen solcher Männer gesehen, die zielstrebig zu irgendeinem wichtigen Geschäftsessen eilten. Ich hätte die Kirschkuchenration eines ganzen Jahres gewettet, daß ihm der dunkelgrüne Mercedes gehörte, den ich in dem schattigen Winkel draußen auf dem Parkplatz erspäht hatte. Okay – ich geb's zu, ich hatte auch Miss Unas uralten Crosley und Raz Buchanons Pickup-Truck erkannt. Die Jahre auf der Polizeischule hatten sich doch sehr positiv auf meine Beobachtungsgabe ausgewirkt.

»Sicher sind Sie mit Ihrer Bank in Farberville sehr zufrieden«, sagte Bernswallow mit einem herablassenden Lächeln. »Aber wir hier sind der festen Überzeugung, daß eine lokale Zweigstelle den Einwohnern von Maggody sehr viel persönlichere Dienstleistungen bieten kann. Ich hoffe, Sie denken an uns, falls wir Ihnen einmal behilflich sein können, Miss ...«

»Hanks«, knurrte Johnna Mae. »Arly Hanks, Polizeiinspektorin.«

Bernswallows Augen leuchteten auf, als wäre ich soeben als die einzige Erbin von Howard Hughes vorgestellt worden. Er kam um den Schalter herum und streckte mir die Hand hin. »Sehr erfreut, Miss Hanks. Ich bin sicher, es ist Ihrer Sorgfalt zu verdanken, daß unserer kleinen Bank in all den Jahren nie etwas Schlimmes widerfahren ist.«

Ich schüttelte ihm die Hand. »Ich würde annehmen, das Schloß an der Tür spielt dabei keine unwesentliche Rolle. Keiner der Einwohner von Maggody ist imstande, es zu knacken.«

»Ja, natürlich. Auf jeden Fall müssen Sie mich unbedingt anrufen, wenn wir Ihnen in irgendeiner Weise behilflich sein können. Die First National Bank von Farberville steht Ihnen jederzeit zu Diensten. Wenn Sie uns nun entschuldigen würden – Mrs. Nookim und ich haben etwas zu besprechen.«

Was Johnna Mae auf dem Weg zur Tür vor sich hin murmelte, kann hier leider nicht wiederholt werden. Miss Una lächelte mir strahlend zu und winkte zum Abschied. Ich konnte fast das Lavendelwasser riechen. Dann trat ich durch die Eingangstür und begab mich wohl oder übel wieder hinaus in die Waschküche von Maggody.

Ich wollte gerade allen Mut zusammennehmen und den Türgriff meines Wagens berühren, als ein zweiter Sprößling des Buchanon-Clans hinter dem Gebäude hervorkam. Die Buchanons sind überall. Da nur selten jemand so dumm ist, in den Clan einheiraten zu wollen, sind sie gezwungen, untereinander zu heiraten. Und das machen sie schon so lange, daß keiner mehr ein Halloweenkostüm braucht. Intelligenz kommt nicht vor, Bauernschläue ist das Höchste, worauf sie hoffen können. Für dieses spezielle Exemplar hier, Kevin Buchanon, gab es diese Hoffnung nicht.

»Na, ist es dir heiß genug, Arly?« fragte er. Mit seinem schlurfenden Gang wirbelte er so viel Staub auf, daß mir fast die Luft wegblieb. Kevin hatte sämtlichen Naturgesetzen getrotzt und vor ein paar Jahren den Highschool-Abschluß gemacht, aber er steckte immer noch in der Pubertät. Seine Stimme brach sich krächzend bei jedem zweiten Wort, und sein Adamsapfel hüpfte so heftig auf und ab, daß er unvorbereitete Beobachter hypnotisieren konnte. Wenn ein Luftzug gegangen wäre, hätten seine Ohren gewedelt wie Tücher auf der Wäscheleine. Im Moment hingen sie schlaff herunter wie Vogelmiere am Straßenrand.

»Ja, es ist wirklich sehr heiß, Kevin. Ich fürchte, ich kriege Brandblasen an den Fingern, wenn ich versuche, die Wagentür aufzumachen.«

»Jaja, es ist heiß. Wahrscheinlich könnte man auf dem Gehweg Spiegeleier braten, was meinst du? Wir müßten natürlich nach Farberville gehen, um es auszuprobieren, weil's hier in Maggody ja keine Gehwege gibt.« Er lachte wiehernd über seinen eigenen Witz, dann kratzte er sich hinterm Ohr und betrachtete mich mit gerunzelter Stirn. »Warst du auch auf der Bank?«

»Deswegen steht mein Auto hier.«

»Ich hab' gar nicht gewußt, daß du da Kundin bist. Weißt du denn schon, daß ich jetzt bei der Bank arbeite?«

»Nein, das weiß ich noch nicht, Kevin, aber es freut mich

sehr für dich.« Ich konnte seinem Gesicht ansehen, daß er mehr erwartete, und ich wußte, daß es kein Entrinnen gab, es sei denn, ich erfüllte ihm seinen Wunsch. »Und was machst du bei der Bank? Genehmigst du die Kredite? Oder bist du als Vizepräsident für die Goldtransporte von Fort Knox verantwortlich?«

Er hätte bestimmt die Daumen unter die Hosenträger geklemmt und sie schnappen lassen, wenn er zu seinem dreckigen weißen Hemd und den abgewetzten Jeans Hosenträger getragen hätte. »Ich bin der Nachtwächter, Arly. Jeden Abend um neun komm' ich hierher, und ich gehe erst wieder, wenn Miss Una am nächsten Morgen den Dienst antritt.«

Trotz der Hitze (die niemand ignorieren konnte) lief es mir kalt den Rücken hinunter. »Du bist der Nachtwächter der Bank?«

»Genau. Ich wische die Fußböden und putze die Toiletten und leere die Abfalleimer und mache überall sauber, und wenn ich damit fertig bin, dann muß ich aufpassen, daß sich keiner heimlich in die Bank schleicht und Geld stiehlt. Ich hab' 'nen Stuhl im hinteren Zimmer bei der Tür stehen, damit ich verdächtige Geräusche gleich höre. Einmal hab' ich was gehört, und da hab' ich schon gedacht, es sind Bankräuber, aber es waren nur ein paar streunende Katzen, die's miteinander getrieben haben.«

»Dann hast du also auch Hausmeisterpflichten«, sagte ich, wobei ich mit einem Seufzer der Erleichterung zur Wirklichkeit zurückkehrte.

»Ja, und Putzmann bin ich auch. Aber jetzt hab' ich ja 'nen richtigen Job, und da hab' ich gedacht, vielleicht trau' ich mich und frag Dahlia, ob sie mich heiraten will. Meinst du, ich soll sie fragen, Arly? Wir könnten uns doch einen Trailer im Pot O'Gold mieten und unser ganzes Geld hier bei der Bank sparen, damit wir uns eines Tages ein kleines Haus mit Garten und Hollywoodschaukel und Wäschetrockner leisten können. Vielleicht schaffen wir uns ja sogar Kinder an, wenn wir's uns leisten können. Was denkst du, Arly? Meinst du, sie würde mich nehmen?«

»Wenn's eine Frau gibt, die dich nehmen würde, dann ist es Dahlia«, sagte ich, seinen Enthusiasmus etwas dämpfend. Ich stählte mich wieder für das Öffnen der Wagentür, als Johnna Mae aus der Bank marschiert kam und die Tür hinter sich zuknallte. Sie stapfte die Straße entlang, das Kinn so hoch erhoben, daß sie Gefahr lief, zu stolpern und im Straßengraben zu landen. Miss Unas Schatten erschien hinter der Tür und verschwand wieder im Halbdunkel.

»Wow!« rief Kevin und verdrehte den Kopf, um Johnna Maes Abmarsch möglichst lange verfolgen zu können. »Sie ist ja wütender als ein Waschbär in 'nem Sack! Ich würd' gern wissen, was sie so auf hundertachtzig gebracht hat.«

»Sie hat Probleme mit Mr. Bernswallow.«

»Mit dem? Ich glaub', der ist ein ziemlich flotter Typ. Er lobt mich immer, weil die Möbel und die Waschbecken so schön glänzen, und einmal hat er mir ein paar Hemden geschenkt, die hatten alle so ein Krokodil drauf. Er hat gesagt, die sind sehr teuer.«

»Klingt echt nett, Kevin.« Ich schaute ebenfalls Johnna Mae nach, die soeben durch den rostigen Torbogen des Pot O'Gold bog. Ich spielte mit dem Gedanken, zu ihrem Trailer zu fahren und nachzusehen, ob alles in Ordnung war. Aber ich konnte ohnehin nichts tun, höchstens teilnahmsvolle Geräusche absondern und das Baby bewundern. Ich sagte zu Kevin, er solle die Bank vor Bonnie und Clyde beschützen, dann öffnete ich mit verzerrtem Gesicht die Wagentür und fuhr zurück aufs Polizeirevier, um ein Sauna-Schild zu entwerfen. Wenn meine Buntstifte nicht schon geschmolzen waren.

* * *

»Ist das nicht verrückt?« fragte Estelle und schob den Brief über den Tresen Ruby Bee zu. »Ich bin fast umgefallen, als ich den Umschlag heute morgen aufgemacht habe, kurz bevor Elsie kam, um sich die Haare waschen und fönen zu lassen.«

»Hat sie eigentlich ihre Naturfarbe?«

»Was zwischen der Kosmetikerin und ihrer Kundin passiert, ist streng vertraulich, das weißt du doch genau. Würdest du dir gern jeden Abend im Bett die Frage stellen müssen, ob die halbe Stadt die Wahrheit über deine Haarfarbe kennt? Du wärst doch sehr gekränkt, wenn ich aller Welt erzählen würde, daß deine Haare so grau sind wie verwitterte Holzschindeln, oder?«

Ruby Bee ging zur Kasse und drückte ein paar Tasten. Sie beherrschte sich mühsam, aber in ihrem Innern tobte ein ganzer Hornissenschwarm. »Meine Haare haben vielleicht einen leichten Silberglanz«, sagte sie, ohne Estelle anzusehen, »aber du hast kein Recht zu sagen, die Farbe würde dich an alte Holzschindeln erinnern.«

»Wie willst du das wissen? Du hast doch deine Naturfarbe nicht mehr gesehen, seit Hiram Buchanons Stall abgebrannt ist, und das ist mindestens zwanzig Jahre her. Aber ich habe keine Zeit, mit dir zu streiten. Gleich kommt nämlich Perkins' Älteste und kriegt eine Dauerwelle. Also hör auf zu schmollen und lies den Brief.«

Ruby Bee gab nach und las. Dann sah sie Estelle verwirrt an. »Ich kann mich gar nicht erinnern, daß du mir je was von einem Bankkredit erzählt hast.«

»Weil ich nie einen Kredit aufgenommen habe, deshalb! Ich hab's mir mal überlegt, als Jaylee auf die Kosmetikschule gehen wollte. Da habe ich nämlich gedacht, ich könnte den Salon vergrößern, damit sie bei mir ihren eigenen Betrieb aufmachen kann. Ich wollte die Wand über den Hortensien rausschlagen lassen. Aber seit Jaylee vor ein paar Jahren umgebracht worden ist, habe ich nicht eine Sekunde mehr daran gedacht, Schulden zu machen.« Sie schwieg, tupfte die verwischte Wimperntusche unter einem Auge weg, räusperte sich und sagte dann: »Was hat dieser Brief deiner Meinung nach zu bedeuten?«

»Ich habe nicht den leisesten Schimmer«, gab Ruby Bee zu.

»Die Leute von der Bank in Farberville sind wirklich unverschämt – da behaupten sie einfach, ich sei im Verzug mit meinen Zahlungen für einen Kredit, den ich nie aufgenommen habe. Am liebsten würde ich sofort in ihre feine Bank marschieren und den Brief irgend so einem Schnösel auf den Schreibtisch knallen, damit er mir erklärt, was der Quatsch soll.«

»Das wäre vielleicht gar nicht schlecht.« Ruby Bee lächelte bei dem Gedanken. »Was würdest du anziehen?«

»Spielt das etwa eine Rolle? Das Entscheidende ist doch, daß diese Leute kein Recht haben, unschuldigen Bürgern freche Briefe zu schicken, und das werde ich denen auch sagen. Ich werde denen die Meinung geigen, wie ihnen das in ihrer feinen Bank noch nie passiert ist. Ich verspreche dir, das wird ihnen alles bitter leid tun, wenn ich erst mit ihnen fertig bin!«

»Das glaube ich auch.« Diesmal mußte sich Ruby Bee abwenden, weil sie genau wußte, daß Estelle es ihr sehr übelnehmen würde, wenn sie auch nur die geringste Spur von Belustigung entdecken würde. Es stimmt, daß Leute mit roten Haaren ein feuriges Temperament haben, dachte sie. Aber sie war klug genug, es nicht laut zu sagen.

»Wenn ich nicht in weniger als zehn Minuten Perkins' Älteste behandeln müßte, würde ich gleich losgehen«, verkündete Estelle. Mit zusammengekniffenen Augen betrachtete sie Ruby, die sich ihr inzwischen wieder zugewandt hatte. »Ich will nur hoffen, daß dieses blöde Grinsen auf deinem Gesicht nicht heißen soll, daß du das alles komisch findest. Es ist nämlich überhaupt nicht komisch!«

»Das habe ich auch nie behauptet, Estelle. Ich habe nur wegen der grauenhaften Hitze so ein Gesicht gemacht. Ich glaube, ich muß diese Niete von einem Handwerker noch mal anrufen, damit er mir wieder erzählen kann, daß er mehr zu tun hat als eine Ameise bei einem Kindergartenpicknick, und ich kann ihm dann zum hundertstenmal erzählen, daß mein Gehirn jedesmal zu brodeln anfängt, wenn ich in der Küche am Herd stehe. Wir können die Unterhaltung schon auswendig, aber wenigstens vertreibt es mir die Zeit.«

Estelle war nicht überzeugt, aber sie mußte los, um Perkins' Ältester eine Dauerwelle zu machen. Sie verzog geringschätzig den Mund, um Ruby Bee zu verstehen zu geben, daß sie sich nicht für dumm verkaufen ließ, und stapfte ohne ein Wort des Abschieds davon.

Ruby Bee nahm den Brief und las ihn noch einmal. Er war wirklich höchst mysteriös, das konnte sie nicht leugnen. Aber alle Leute wußten, daß die Bank immer recht hatte, also mußte Estelle irgendwo ein Fehltritt unterlaufen sein, und dann hatte sie das Darlehen einfach vergessen. Trotzdem fand Ruby Bee, daß so etwas nicht zu Estelle paßte. Bei den Buchanons hätte es sie nicht gewundert. Aber Estelle sieht es überhaupt nicht ähnlich, dachte sie, während sie den Brief in einem Schrank unter der Bar verstaute.

* * *

»Nicht jetzt, Staci Ellen«, sagte Carolyn McCoy-Grunders und bedeckte mit einer Hand die Sprechmuschel des Telefonhörers. »Ich habe Ihnen doch gesagt, Sie sollen keine Anrufe durchstellen. Wenn Sie sich die Mühe machen würden, Ihre Haare aus dem Gesicht zu streichen, dann würden Sie nämlich sehen, daß ich noch am Telefon bin.«

»Die Frau sagt, es ist ein Ferngespräch«, entgegnete Staci Ellen, ohne sich um ihre Haare zu kümmern.

»Und ich habe Ihnen gesagt, Sie sollen keine Gespräche durchstellen!« Carolyn funkelte Staci Ellen böse an, bis diese sich schließlich zurückzog und die Tür hinter sich schloß. Dann ließ sich Carolyn in den Sessel sinken und sagte: »Na und? Monty, du kannst meinetwegen in Las Vegas bleiben, bis die Hölle kalt wird, aber ich geh nicht mit, nicht mal mit meinen Snowboots. Warum fragst du nicht die arme Elizabeth, ob sie dich begleiten will? Dann brauchst du dir auch keine Sorgen um sie zu machen.«

Sie hörte sich an, wie er sie umzustimmen versuchte, aber sie bedauerte ihre Entscheidung keine Sekunde. Monty hatte seine Chance gehabt, und er hatte sie vertan. Er war der letzte Dreck. Ihn und all die anderen aufgeblasenen Ärsche, samt Carolyns Exmann mit seiner flachbäuchigen Kindbraut, sollte der Teufel holen.

Genau das sagte sie Monty, als dieser eine kurze Pause machte, dann knallte sie mit einem giftigen Grinsen den Hörer auf die Gabel. Männer wollten immer nur das eine. Und wenn sie es hatten, ließen sie gleich wieder die Blicke schweifen, ob auf der anderen Seite des Zauns das Gras nicht doch grüner war und der Po knackiger. Widerliche Chauvischweine, alle miteinander. Und Anwälte waren die allerschlimmsten. Sie hatte den Kotzbrocken von Professor an der Uni überlebt, aber sie hatte sehr schnell kapiert, daß sie den wohlwollend herablassenden Ton in einer paternalistischen Kanzlei nicht ertragen konnte.

Gott sei Dank hatte sie sich für die Stelle bei *Frauen gegen Chauvinismus im Büro*, kurz FCB, beworben. Da verdiente sie zwar nur Peanuts, aber wenigstens war sie nicht gezwungen, irgendeinen ekligen alten Knacker anzuhimmeln, nur um einen Fall übertragen zu bekommen. Hier war sie ihr eigener Boß, und sie konnte sich ihre Fälle selbst aussuchen.

Sie plante gerade ein Hochzeitsgeschenk für das junge Paar und überlegte, ob das Verschicken von Korallenschlangen womöglich verboten war – als Staci Ellen klopfte.

»Was gibt's denn jetzt schon wieder?«

»Die Frau hat noch mal angerufen«, brachte Staci Ellen zaghaft vor (und überlegte, ob ihre Chefin wohl an prämenstruellem Syndrom litt – dann hatte sie nämlich kaum eine Chance, am Freitag nachmittag schon früher heimzugehen). »Sie sagt, sie hat letztes Jahr eins Ihrer Seminare besucht, und Sie sind die einzige, die ihr helfen kann.«

Carolyn griff sich irgendeine Akte und schlug sie auf. »Sagen Sie der Frau, ich bin beschäftigt. Wenn es wichtig ist, soll sie uns ihre Adresse geben, und wir können ihr die Formulare schicken. Ich werde mir die Unterlagen ansehen, sobald ich Zeit habe, aber das kann ein paar Monate dauern. Weiß sie denn nicht, daß wir in Beschwerden fast ertrinken?«

Staci Ellen ging brav hinaus, um die Anweisungen weiterzugeben. Carolyn legte die Akte wieder beiseite und nahm sich das Telefonbuch vor. »Zoohandlungen«, murmelte sie und begann zu blättern.

Drittes Kapitel

Gegen Ende der Woche saß ich immer noch im Polizeirevier herum. Immerhin hatte ich es geschafft, mich zwischendurch nach Farberville zu schleppen und im Reisebüro ein paar Prospekte über Alaska abzustauben. Sie lagen jetzt auf meinem Schreibtisch, so daß ich Gletscher aus allen Perspektiven sehen konnte. Die Hitze hatte mein Gehirn schon ziemlich aufgeweicht, und ich gab mich der müßigen Überlegung hin, ob es klug wäre, zur Finanzierung meiner Reise die Bankfiliale auszurauben. Mit Kevin Buchanon als Wachmann würde es sicher nicht länger als ein paar Minuten dauern. Und mitkriegen würde niemand etwas – am wenigsten Kevin.

Ich amüsierte mich so gut, daß es mich störte, als ich Schritte an der Tür vernahm. Und als Mrs. Jim Bob Buchanon die Tür öffnete und mein Büro betrat, war ich regelrecht sauer. Mrs. Jim Bob mag ich von allen Einwohnern Maggodys am wenigsten. Sie tut immer so etepetete und ist unglaublich selbstgerecht – sogar wenn sie gerade jemandem eine zehn Meter tiefe Grube mit einem Sandkastenschäufelchen gräbt. Ihre gelben Knopfaugen flackern, und ihr verkniffenes Mündchen steigt an den Winkeln nach oben, damit es aussieht wie ein Lächeln. Aber ich weiß Bescheid; ich kenne diesen Gesichtsausdruck von Katzen, die mit halbtoten Mäusen oder Kaninchen spielen.

Sie ist jedoch die Ehefrau des Bürgermeisters, und der Bürgermeister bestimmt den Etat der Polizeidienststelle – und mein Gehalt kommt aus diesem Etat. Vor nicht allzu langer Zeit hat sich hier in Maggody ein Zwischenfall ereignet, der Seine Majestät als genau den heuchlerischen Widerling entlarvt hat, für den ich ihn schon immer gehalten habe. Aber jetzt war es zu heiß für einen geistreichen Schlagabtausch, also beließ ich es bei einem kurzen Handheben und einem munteren: »Was wünschen Sie, Mrs. Jim Bob? Suchen Sie einen Platz, wo Sie Buttermilchkekse backen können?«

Sie stutzte einen Moment, beschloß dann, daß ich nur eine dumme Bemerkung gemacht hatte, und setzte sich in den Sessel gegenüber von meinem Schreibtisch. Nachdem sie die Füße überkreuzt, die Handtasche auf dem Schoß plaziert und die Hände säuberlich darum gefaltet hatte, sagte sie: »Es ist ja grauenhaft hier drin, Arly. Wie sollen denn Ihrer Meinung nach die Mitbürger bei Ihnen Anzeige erstatten, wenn es so entsetzlich heiß ist?« Sie zog ein Kirchenblättchen aus der Handtasche und fächelte sich in damenhafter Empörung Luft zu.

»Ich finde, Sie haben absolut recht«, sagte ich mit einem unterdrückten Gähnen. »Vielleicht kann Bruder Verber die ganze Gemeinde am Sonntag hierherschicken, um den Leuten die Qualen der Hölle vorzuführen. Dreißig Minuten hier im Zimmer würden jeder überlebenden Seele Angst vor dem Fegefeuer einjagen.«

»Mir gefällt diese Art zu reden nicht. Sie sollten lieber Ihre Zunge hüten, wenn Sie weiterhin Polizeiinspektorin bleiben wollen.«

»Okay – ich kündige. Geben Sie mir nur noch ein bißchen Zeit, um die Bankfiliale auszuräumen, und schon bin ich unterwegs nach Fairbanks und weiter nach Norden. Vielleicht treffe ich ja einen wohlhabenden Eskimo in hautengem Seehundsfell, und wir können unsere Nasen aneinander reiben, bis sie von der exotisch-erotischen Stimulation abfallen. Wissen Sie, ich hab' zwar meine Nase bisher nie als Geschlechtsorgan betrachtet, aber –«

»Das reicht jetzt wirklich, Arly Hanks! Ich bin nicht hierhergekommen, um mir Ihre unanständigen Reden und Ihre pornogaphischen Phantasien anzuhören.«

»Sehr tröstlich, Mrs. Jim Bob. Wenn das alles ist – ich war nämlich gerade dabei, meine Knarre zu ölen und einen Lageplan der Bank zu zeichnen. Sie haben nicht zufällig eine alte Skimaske dabei, die Sie mir borgen könnten?«

Ihre Augen verengten sich zu so schmalen Schlitzen, daß ich schon befürchtete, sie könnten implodieren. Ihre Finger zuckten, als würden sie jemandem die Gurgel zudrücken, kamen aber schließlich auf ihrer Handtasche wieder zur Ruhe. »Sind Sie fertig mit Ihrem widerlichen Geschwätz, Arly? Wenn ja, dann möchte ich, daß Sie endlich etwas gegen die beschämende Situation in der Bank unternehmen – und zwar sofort! Immerhin sind Sie die Polizeiinspektorin. Sie haben eine Verpflichtung gegenüber dem Stadtrat und den Bürgern dieser Stadt, also setzen Sie Ihren Allerwertesten in Bewegung!«

»Woran haben Sie denn so gedacht, Mrs. Jim Bob?« fragte ich, wiederum gähnend. »Ich habe Johnna Mae Nookim bereits deutlich zu verstehen gegeben, daß ich nichts für sie tun kann. Aber wenn Sie dermaßen aufgebracht sind, könnte ich Sherman Oliver ins Bezirksgefängnis überführen und ihn ein paar Stunden festhalten lassen.«

»Sherman Oliver? Ich schwöre, Arly, die Hitze hat Ihr Gehirn beschädigt. Truda Oliver ist eine meiner besten Freundinnen und außerdem Vorsitzende der Missionsgesellschaft der Kirche der Stimme des Allmächtigen Herrn. Sie wissen das natürlich nicht, weil Sie ja nie im Haus der Herrn erscheinen. Jim Bob und ich haben seit zwanzig Jahren keinen einzigen Gottesdienst versäumt, und dazu gehören auch die Bibelstunden am Mittwoch, die Gemeinschaftsessen am Sonntagabend und die alljährlichen Erweckungsabende.«

»Ach, ehrlich? Übrigens – wie geht's eigentlich Jim Bobs unehelichen Kindern? Haben Sie schon entschieden, in welcher Farbe Sie das Kinderzimmer streichen wollen?«

»Perkins' Älteste kümmert sich jeden Morgen nach der Bibelschule um sie, bis zur Schlafenszeit – aber das geht Sie überhaupt nichts an, Arly Hanks! Kümmern Sie sich lieber um die widerlichen Machenschaften in unserer Bank! Wenn Sie nicht bereit sind einzugreifen, dann muß ich mich telefonisch an Jim Bob wenden. Er hält sich zur Zeit in Starley City auf, weil er die Preise von gebrauchten Waschmaschinen für den Waschsalon überprüfen muß. Und dann werde ich ihm mitteilen, daß Sie sich weigern, Ihre heilige Pflicht zu tun!«

»Was ist denn auf der Bank los?« fragte ich. Allmählich ging es mir auf den Geist, wie sie dauernd um den heißen Brei herumschlich. Mrs. Jim Bob zum Reden zu bringen ist aber zum Glück etwa so schwierig, wie in Manhattan ein Taxi zu bekommen – an einem schönen Sonnentag, wenn man keine Eile hat und nichts gegen einen ausgiebigen Schaufensterbummel. Die Taxis kommen dann angeschossen wie ein Schwarm Spatzen.

»Diese Johnna Nookim macht ein Riesentheater. Ich möchte, daß Sie sie festnehmen und hinter Schloß und Riegel bringen. Sie ist für meine Freunde Sherman und Truda Oliver eine Qual, ganz zu schweigen von dem netten jungen Mann, der sich solche Mühe gibt, um die Familientradition im Dienste der Gesellschaft aufrechtzuerhalten. Und nicht zu vergessen die ganzen gottesfürchtigen Mitbürger von Maggody.« Mrs. Jim Bob erhob sich, strich ihren Rock glatt und ging zur Tür. Ich hielt die Luft an, aber das half nichts, denn sie blieb plötzlich stehen und fixierte mich erbost. »Sie sitzen ja immer noch rum, Polizeiinspektorin Hanks. Habe ich Ihnen nicht gerade gesagt, Sie sollen sich zur Bank begeben und diese Frau verhaften!«

»Ich habe keine Ahnung, was sie verbrochen haben könnte.«

»Und Sie glauben, Sie kriegen eine Erleuchtung, wenn Sie wie angeklebt auf diesem Stuhl sitzen bleiben und Prospekte mit schönen Bildern betrachten?«

Mir gingen verschiedene Bemerkungen durch den Kopf, die ich jedoch lieber unausgesprochen ließ. »Na ja, ich könnte schon zur Bank zuckeln«, sagte ich, vergeblich das nächste Gähnen unterdrückend. »Aber es ist so schrecklich heiß. Warum erzählen Sie mir nicht einfach, was Johnna Mae Nookim angestellt hat?«

»Warum zuckeln Sie nicht einfach los und sehen es sich selbst an?«

Die Tür fiel hinter ihr ins Schloß. Ich wartete eine Weile und starrte auf die Tür, weil ich fest damit rechnete, daß sie gleich wieder hereinstürmte. Aber sie kam nicht zurück. Ich holte also die Wagenschlüssel aus der mittleren Schublade und ging mürrisch hinaus zum Polizeiwagen. Ich hatte nicht die Energie, irgendwelche Theorien über Johnna Maes Verbrechen zu entwickeln, und ich verspürte auch keinerlei Lust, jemanden ins Bezirksgefängnis zu sperren – außer vielleicht Seine Majestät oder Ihre Majestät – oder alle beide, wenn ich eine Doppelzelle für sie kriegen konnte. Aber mit einem Etagenbett, damit Seine Majestät nicht auf schmutzige Ideen kam.

Der Himmel war blitzblau. Die Sonne gab ihr Bestes, um mich im Auto zu rösten. Ich bremste und ließ einen räudigen Hund die Straße überqueren, winkte ein dreckverschmiertes Kind in einer ausgebeulten Windel vorbei und fragte mich, ob eine sechswöchige Kreuzfahrt mir wohl genügen würde. Ich war gerade zu dem Schluß gekommen, daß zehn Wochen das absolute Minimum waren, da sah ich, was sich vor der Bank zutrug.

Johnna Mae lief am Rand des Highway entlang, ein Plakat in der Hand. Bernswallow und Sherman Oliver standen mit verschränkten Armen vor dem Haupteingang, und Miss Unas Gesicht schimmerte hinter der Glastür, als wäre sie in einem trüben Aquarium gefangen. In der Nähe dieser Szenerie lagerten mehrere unbescholtene Bürger, darunter Raz Buchanon, Elsie McMay, eine gewisse Mutter, die Freundin einer gewissen Mutter, ein paar stiernackige Typen aus der Billardhalle und Mrs. Jim Bob persönlich.

Ich parkte auf der anderen Straßenseite und versuchte zu begreifen, was zum Teufel hier ablief. Als Johnna Mae kehrt machte, konnte ich die Schrift auf ihrem sehr amateurhaften Plakat entziffern: SHERMAN OLIVER IST EIN CHAUVISCHWEIN UND EIN FRAUENHASSER!

Allem Anschein nach haßte Sherman Oliver vor allem eine Frau. Unter der weißen Haarmähne hatten sich seine Augen zu schmalen Schlitzen verengt, seine Nase leuchtete dunkelrot, seine Backen waren fleckig. Sein Kinn zitterte wie Wackelpudding. Er murmelte Bernswallow, der ebenfalls sehr wütend aussah, etwas zu. Alle anderen – außer Mrs. Jim Bob – verfolgten das Spektakel mit unterschiedlichem Interesse oder Amüsement.

»Hallo, Johnna Mae«, rief ich, als ich die Straße überquerte.

»Die Bank von Farberville diskriminiert Frauen! Geht zu einer anderen Bank! Sherman Oliver haßt Frauen! Bringt euer Geld woanders hin!« Sie pausierte, um Atem zu holen, dann hob sie ihr Schild noch ein bißchen höher und marschierte wieder in die andere Richtung. »Diese Bank betrügt Frauen! Vertraut dieser Bank nicht euer hart verdientes Geld an!«

»Höchste Zeit, daß du aufkreuzt,« murmelte Ruby Bee mir zu. »Das kann noch übel werden.«

»Elsie hat gesagt, Johnna Mae hätte gesagt, sie würde Sherman Oliver das Schild über den Schädel hauen, wenn er ihr auch nur ein Härchen krümmt«, wisperte Estelle. Die beiden sehen sich viel zuviele Gangsterfilme an. Von den täglichen Krimiserien ganz zu schweigen.

»Ich glaube nicht, daß diese Leute noch übler werden können«, sagte ich laut. »Wie lange geht das denn schon?«

Ruby Bee ließ Johnna Mae nicht aus den Augen. »Estelle und ich haben erst vor zehn Minuten davon erfahren. Dahlia ist zur Arbeit gekommen und hat etwas von einem Aufstand erzählt. Da habe ich mein Geschlossen-Schild an die Tür gehängt, und wir sind stehenden Fußes hierhergelaufen, um zu sehen, was los ist. Was willst du jetzt unternehmen, Arly?«

»Warum soll ich was unternehmen?«

»Weiß ich nicht. Ich habe nur das Gefühl, wenn du nicht bald was unternimmst, dann gibt's Probleme.«

»Glaub' ich nicht«, erwiderte ich mit einem Blick auf die Anwesenden. »Johnna Mae wird irgendwann das Rummarschieren leid, und bei der Hitze gehen dann alle wieder nach Hause. Ich möchte ja Johnna Maes Gefühle nicht verletzen, aber schrecklich aufregend ist das hier nicht.«

»Schlampe!«

Ich blickte über die Schulter, um zu sehen, wer da über die

Straße kam. Ihre Majestät war die Nummer eins auf meiner Unbeliebtheitsskala, und jetzt hatte sich der zweite Spitzenkandidat zu uns gesellt. Bruder Verber, der geistliche Hirte seiner kleinen Herde, Retter des Glaubens, Licht in der Finsternis, trug eine Bibel in der Hand, als er zum Kampf gegen den Satan antrat. Seine Nase schimmerte vor gerechter Entrüstung, und Speicheltröpfchen glitzerten auf seinen Lippen.

»Schlampe!« zischte er und deutete mit dem Finger strafend auf Johnna Mae, die abrupt stehenblieb und ihn erstaunt musterte. »Weißt du nicht, was die Bibel über die Frauen sagt? In der Bibel steht, ihr sollt untertänig sein, nicht laut und vulgär!«

Mrs. Jim Bob nickte. »Genau! Johnna Mae, du solltest zu Hause sein und dich um deine Familie kümmern, statt hier herumzumarschieren und anständige Christenmenschen wie Sherman Oliver zu beschimpfen!«

»Vielleicht kann sie sich's nicht leisten, zu Hause zu bleiben«, brummte Ruby Bee. Mrs. Jim Bob drehte sich um und blitzte sie wütend an, aber Ruby Bee ließ sich nicht einschüchtern und blitzte genauso wütend zurück. Estelle brachte immerhin ein kleines Wetterleuchten zustande. Ich beschränkte mich auf ein kameradschaftliches Augenzwinkern.

Bruder Verber wischte sich die schweißglänzende Stirn. »Darum geht es nicht. In der Bibel steht, daß die Frau aus der Rippe des Mannes geschaffen wurde, also soll sie ihm untertan sein und tun, was er ihr befiehlt. Frauen sollen bescheiden sein, nicht vulgär. Im heiligen Ehegelöbnis heißt es, daß die Frau dem Manne dienen soll, und ich denke, daß wir daraus den Schluß ziehen dürfen, daß die Frauen stets gehorsam sein sollen. Diese Frau bringt Schande über sich. Wo ist ihr Ehemann? Er sollte sie augenblicklich nach Hause holen und ihr beibringen, wie sie sich zu benehmen hat.«

Johnna Maes Finger umklammerten den Stiel ihres Plakats noch fester. »Mein Mann ist daheim bei den Kindern. Für wen halten Sie sich eigentlich, Sie affiger Hosenscheißer? Wie können Sie mir vorschreiben, ich soll daheim bleiben und den Haushalt führen! Mir wär's auch lieber, wenn ich nicht arbeiten müßte, aber ich muß schließlich jeden Abend Essen auf den Tisch bringen!«

»Eine Frau gehört ins Haus«, entgegnete Bruder Verber.

Einige der Billardhallentypen nickten zustimmend, obwohl ich einen Wochenlohn darauf gewettet hätte, daß ihre Ehefrauen samt und sonders in Starley City Hühner rupften oder in Farberville im Restaurant bedienten. Irgend jemand mußte schließlich die teuren Queues und die vielen Biere bezahlen.

Zu meiner großen Überraschung trat Ruby Bee neben Johnna Mae. »Ja, wie soll sie denn ihre Familie und ihr neues Baby ernähren, wenn sie zu Hause bleibt?«

Estelle vervollständigte das Triumfeminat. »Alle wissen doch, daß ihr Mann behindert ist. Sie haben kein Recht, hier rumzupredigen und eine Frau zu beschimpfen, die versucht, ihre Familie durchzubringen.«

»Sie läßt sich mit dem Teufel ein«, erwiderte Bruder Verber selbstgerecht und dümmlich. Mrs. Jim Bob eilte an seine Seite. Wie eine Henne, die Angst hat, einem ihrer Küken drohe Unheil.

Sherman Oliver räusperte sich. »Ich sehe keinen Grund, warum wir hier noch länger herumstehen sollen. Warum gehen wir nicht alle wieder an die Arbeit?«

»Chauvinistenschwein!« schrie Johnna Mae ihn an.

»Das ist ungeheuerlich!« schrie Mrs. Jim Bob mich an.

»Schlampe!« schrie Bruder Verber Johnna Mae an.

»Blöder Hosenscheißer!« schrie sie ihn an.

»Geh heim und wickel dein Baby!« schrie jemand aus der Menge.

»Und wer soll die Windeln bezahlen?« schrie Ruby Bee in die Menge.

»Sherman Oliver diskriminiert Frauen!« schrie Johnna.

»Das ist nicht wahr!«

»Halt die Fresse!«

»Das ist ein Frevel vor Gott!«

Ich könnte die Dialogfetzen den entsprechenden Personen

zuordnen, aber im Grunde ist es egal, wer was brüllte, weil plötzlich alle Zeter und Mordio schrien. Der Geräuschpegel stieg schneller als der Boone Creek nach einem schweren Unwetter. Elsie McMay hatte sich vor Raz aufgepflanzt und erklärte ihm, Johnna Mae habe recht, schließlich müsse sie das Geld nach Hause bringen. Ruby Bee hatte sich einen der Billardmachos vorgeknöpft, während Estelle einen zweiten mit erhobenem Zeigefinger ankeifte. Johnna Mae und Bruder Verber tauschten sich rege aus, wozu Mrs. Jim Bob alle zwei Sekunden ihr Scherflein beitrug.

Die vorbeifahrenden Autos und Lastwagen drosselten ihr Tempo, und die Beifahrer verrenkten sich fast den Hals, weil sie möglichst alles mitkriegen wollten. Kevin Buchanon wäre fast von einem Wohnmobil überrollt worden, als er mitten auf der Straße mit seinem Fahrrad stehenblieb, um zu glotzen. Die Hippies kamen aus dem Emporium und versammelten sich neugierig auf der Veranda. Sie legten die Hände über die Augen und stießen sich gegenseitig an, wenn jemand eine besonders blöde Bemerkung machte.

Sherman Olivers Gesicht wurde von Minute zu Minute röter. Schließlich konnte er sich nicht mehr bremsen – er stürmte auf Johnna Mae zu und blaffte sie an, was wiederum Ruby Bee und Estelle auf den Plan rief: Sie eilten Johnna Mae zu Hilfe und blafften ihrerseits Sherman Oliver an. Was nicht heißen soll, daß Johnna Mae sich zurückhielt.

Und was tat die Gesetzeshüterin während der ganzen Zeit? Nichts. Rein gar nichts. Ich hätte in die Luft schießen können, um alle zum Schweigen zu bringen, aber ich hatte nicht daran gedacht, eine Patrone mitzubringen. Ich überlegte, ob ich mir irgendwie Gehör verschaffen konnte oder ob ich einfach in die Bank gehen sollte, wo es mit Sicherheit kühler war als hier draußen, da trat genau das ein, was andere schon vorausgesagt hatten: Johnna Mae packte den Besenstiel, an dem ihr Plakat befestigt war, holte aus und haute Oliver Sherman das Schild auf die Glatze.

Obwohl das Schild nur aus Pappe war, torkelte Oliver Sherman rückwärts und wäre ins Gebüsch gestürzt, wenn Brandon Bernswallow ihn nicht aufgefangen hätte. »Verhaften Sie diese Frau! Das ist Körperverletzung!« kreischte Oliver.

»Und ein tätlicher Angriff!« zeterte Mrs. Jim Bob, die zu ihm eilte, um Florence Nightingale zu spielen.

Jetzt fühlte ich mich doch verpflichtet einzugreifen. Johnna Mae holte schon wieder aus, um Oliver einen zweiten Schlag zu versetzen, aber ich hielt sie zurück. »Immer sachte!« rief ich. »Das kannst du nicht machen!«

»Warum nicht? Er hat es nicht besser verdient. Ich habe das Recht, meine Meinung zu äußern, wir leben nämlich in einem freien Land. Hier herrscht Redefreiheit.« Sie wollte mir das Schild entreißen. »Verdammt, Arly – er ist ein Schwein! Laß mich noch mal zuschlagen.«

Inzwischen hatten sich alle Streithähne und -hennen beruhigt und versammelten sich um uns, atemlos und mit erhitzten Gesichtern. Ein paar geballte Fäuste konnte ich sehen, darunter die von Ruby Bee. »Wie steht's hier mit der Redefreiheit?« wollte sie wissen.

»Sie müssen endlich Ihre Pflicht tun«, sagte Mrs. Jim Bob und tippte mir auf die Schulter – falls ich nicht gemerkt haben sollte, wen sie meinte. »Das ist ein klarer Fall von Körperverletzung – und außerdem Erregung öffentlichen Ärgernisses in den Straßen von Maggody.«

»Eine Sünde wider die ganze Menschheit«, frömmelte Bruder Verber. »In der Bibel steht, das Weib sei dem Manne untertan und –«

»Beruhige dich doch, Johnna Mae«, sagte ich, ohne die übrigen zu beachten. »Du kannst nicht andere Leute auf den Kopf prügeln, egal wie berechtigt es dir erscheint. Gib mir das Plakat und geh nach Hause und beruhige dich erstmal.«

Brandon Bernswallow hatte Sherman Oliver inzwischen einigermaßen stabilisiert und kam jetzt zu uns, um auf mich einzuquatschen. »Das ist eine kriminelle Handlung, und wir werden Anzeige erstatten. Diese Frau hat Mr. Oliver im Beisein von Augenzeugen tätlich angegriffen. Das erfüllt den Tatbestand der Körperverletzung. Ich verlange, daß Sie sie festnehmen.«

Sherman Oliver fühlte sich deutlich unwohl, als sich alle Blicke auf ihn richteten. »Nun, ich würde nicht behaupten, daß es sich um Körperverletzung handelt, Brandon. Sie hat mir ein Stück Pappe auf den Kopf gehauen und keinen Dachbalken. Wenn sie verspricht, mit diesem kindischen Quatsch aufzuhören und zu Hause zu bleiben, dann können wir meinetwegen die ganze Sache vergessen.«

»Okay, Johnna Mae?« fragte ich.

»Nein, das ist nicht okay. Die können mich nicht einfach in eine niedrigere Einkommensgruppe stecken, als wär' ich ein Stück Dreck und hätte nicht elf Jahre für diese Bank geschuftet! Mr. Oliver und dieser Kerl da glauben, sie können mich bescheißen, aber ich halt' nicht einfach still, nur weil sie es wollen!«

»Jawoll!« meldete sich leise eine Stimme.

Eine gewisse Person hätte ihre Mutter niemals für eine Rädelsführerin gehalten, aber diese Person befand sich im Irrtum. Ich warf einen wütenden Blick über die Schulter, dann betrachtete ich Johnna Mae grimmig. »Ich verstehe ja, daß du wütend bist. Aber du kannst hier nicht einen Riesenaufstand machen und alle Leute aufwiegeln und jemanden tätlich angreifen, nur weil du mit deinem Job unzufrieden bist. Mr. Oliver kann Anzeige gegen dich erstatten. Aber er sagt, er vergißt die ganze Sache, wenn du versprichst, mit dem Protestieren aufzuhören.«

»Ich hör' aber nicht auf«, erklärte Johnna Mae. Tränen stiegen ihr in die Augen. »Ich muß tun, was ich tun muß.«

»Bitte!« flehte ich sie an.

»Nein, Arly. Ich hab' keinen Grund, nach Hause zu gehen und zuzusehen, wie meine Kinder Bohnen und Maisbrot essen, bis wir irgendwann gar kein Geld mehr haben. Ich hab' jede

Menge Freizeit, nachdem der hier« – sie deutete auf Bernswallow – »mich von all meinen Pflichten entbunden hat. Ich kann genausogut hierbleiben, statt zu Hause auf dem Sofa zu liegen und fernzusehen, zumal sie ja demnächst den Strom abstellen. Ich werde jeden Tag hier sein, von neun bis fünf, als wär's mein regulärer Job. Und wenn ihm das nicht paßt, dann muß er sich halt dran gewöhnen.«

Bernswallow paßte es offensichtlich ganz und gar nicht. Er flüsterte kurz mit Mr. Oliver und verkündete dann, Mr. Oliver werde Anzeige erstatten, sobald er ein Aspirin genommen und sich ein paar Minuten ausgeruht habe. Dann nahm er den Filialleiter am Arm und führte ihn in die Bank. Ich nahm Johnna Mae beiseite und sagte ihr, sie müsse mit aufs Polizeirevier kommen, damit ich die Formalitäten erledigen konnte.

Die Leute entfernten sich nach und nach, nur Ruby Bee und Estelle blieben noch in der einen Ecke des Boxrings – metaphorisch gesprochen –, Mrs. Jim Bob mit Bruder Verber in der anderen.

Mrs. Jim Bob war nicht mehr zu bremsen. »Ich muß sagen, ich bin zutiefst enttäuscht von Ihnen, Rubella Belinda Hanks. Ich hätte nie gedacht, daß Sie eine von diesen Emanzen sind, die ihre Büstenhalter verbrennen und die Kirche verspotten und lesbisch werden, wenn sie sich nicht vorsehen.«

»Niemand hier ist eine Emanze, Barbara Buchanon Buchanon, und das wissen Sie ganz genau. Sie können gut hier rumstehen und fromme Reden schwingen, daß Frauen zu Hause bleiben sollen und so, aber Johnna Mae muß arbeiten.«

»Es ist einfach nicht richtig, wenn sie Männer herumkommandiert!« Mrs. Jim Bob zitterte regelrecht vor Empörung.

»Ganz genau«, feuerte Bruder Verber sie an. »Frauen sind nicht dazu geschaffen, die Welt zu regieren und den Männern zu sagen, was sie tun sollen. Adam kam zuerst, dann erst kam Eva. Ihre Rolle im Garten Eden war es, zu helfen und Kinder zu bekommen und das Essen zuzubereiten.«

Estelle stemmte die Hände in die Hüften. »Und wir wissen

ja alle, woraus Gott den Mann geschaffen hat, stimmt's? Aus Dreck. So steht's in der Bibel, wie ihr wißt. Der Mann wurde aus ganz normalem Dreck geschaffen.«

Das saß. Ich konnte schon sehen, daß das große Tauziehen bevorstand, also nahm ich Johnna Mae am Arm und brachte sie zum Polizeiwagen, ehe es zu Ausschreitungen kam. Johnna schluchzte, große Tränen kullerten ihr über die Wangen und landeten in ihrem Schoß. Als ich auf dem Parkplatz wendete, bot sich mir ein Anblick, der mein Gewissen nicht im geringsten erleichterte: Putter Nookim, eine schwarzhaarige Vogelscheuche in einem verwaschenen Jeansoverall, stand im Schatten, ein winziges Bündel im Arm. Hinter ihm zwei kleine Gestalten, die, an seine Beine geklammert, schüchtern hinter ihm hervorspähten.

Ich haßte meinen Job.

* * *

Lottie Estes saß an ihrem Schreibtisch im Hauswirtschaftsraum und las den Brief zum zehnten- oder zwölftenmal durch. Wie sehr sie auch die Augen zusammenkniff, die Worte blieben ihr ein Rätsel. Lottie Estes war in ihrem ganzen Leben noch nie zu spät gekommen. Sie war termingerecht geboren worden, im Kino verpaßte sie nie die Reklame und die Vorschau, selbst die ersten Noten der Titelmelodien ihrer Lieblingsserien im Fernsehen entgingen ihr nicht. Und in ihren dreißig Jahren als Hauswirtschaftslehrerin war sie immer als erste im Klassenzimmer gewesen und bei Konferenzen als erste im Lehrerzimmer. Wenn eine Freundin Geburtstag feierte oder sonst ein paar Leute einlud, kam Lottie rechtzeitig, um bei der Zubereitung des Essens zu helfen, während die Gastgeberin sich anzog.

Aber jetzt stand in diesem Brief, sie sei zu spät dran. Sie hätte diesen Vorwurf nicht mal vermeiden können, denn ihr war gar nicht bewußt, daß sie bei einer Bank in Farberville einen Kredit aufgenommen hatte. Wie hätte sie da wissen sollen, daß sie mit ihren Zahlungen im Verzug war? Das ergab nicht den geringsten Sinn.

»Miss Estes?« fragte ein zaghaftes Stimmchen an der Tür. »Wir sind soweit – wir können mit der Sitzung der *Zukünftigen Hausfrauen Amerikas* beginnen. Heather wüßte gern, ob wir schon mal das Protokoll verlesen sollen oder ob wir lieber auf Sie warten sollen.«

Lottie Estes stopfte den Brief in eine Schublade und erhob sich hastig. »Bitte, sagen Sie Heather, ich bin schon unterwegs, Grace Ellen. Ich bin noch nie zu spät zu einer Sitzung gekommen und werde das auch heute nicht tun.«

»Nein, Ma'am – ich meine, ja, Ma'am«, murmelte Grace Ellen verlegen.

* * *

Carolyn McCoy-Grunders warf die Akte auf den Boden und nahm eine andere vom Stapel. Bis auf ihr Zimmer war das Büro dunkel und still, so wie sie es mochte, wenn sie nicht besonders guter Laune war. Carolyn war extrem schlechter Laune. Und das war nicht ihre Schuld; Monty hatte tatsächlich die Dreistigkeit besessen, seine Ehefrau mit nach Las Vegas zu nehmen, und er hatte dafür gesorgt, daß beim letzten gemeinsamen Essen der Anwaltskammer alle davon erfuhren. Er hatte natürlich gewußt, daß Carolyn anwesend sein würde und daß gewisse Klatschmäuler ihr die Neuigkeit ohnehin hinterbringen würden. Und das genau zu dem Zeitpunkt, da sie sich allmählich damit abzufand, daß ihr Exmann mit dieser kleinen Schlampe verheiratet war, die seine Tochter hätte sein können. Oder jedenfalls seine kleine Schwester. Carolyn hoffte inständig, daß die Jungvermählten das Wasser in Acapulco tranken und bekamen, was sie verdienten.

Auch diese Akte warf sie auf den Boden und nahm die nächste. Vielleicht würde Monty seinen BMW beim Siebzehnundvier verspielen; er hatte schließlich alle Mühe, bis einundzwanzig zu zählen, wenn er nicht Schuhe und Socken auszog und die Hosen runterließ. Mit einem raschen Blick überflog sie das Beschwerdeformular.

»Wir glauben also, daß wir bei der Beförderung übergangen wurden, was?« Auch diese Akte landete auf dem Fußboden. »Vielleicht sollten wir aufhören, immer nur zu jammern und darauf zu warten, daß jemand kommt und uns die Nase putzt!«

Die letzte Akte wäre beinahe ebenfalls auf dem Stapel gelandet. Die Schrift war krakelig, fast unleserlich. Und mit Bleistift. Carolyn erwartete, daß die Leute die Formulare mit schwarzem Filzstift ausfüllten, wenn sie sie schon nicht ordentlich tippten. Mit einem Minimum an Korrekturen. Dieses Formular war total verschmiert. Die Rechtschreibung war grauenhaft. Die Klägerin hatte fast jeden freien Fleck mit ihrem nicht enden wollenden Genörgel über Mutterschaftsurlaub und Herabstufung vollgekritzelt und auch noch Informationen über das Gewicht des Babys beigefügt, du lieber Gott! Carolyn konnte mit Babys nichts anfangen. Und mit Heulsusen schon gar nicht.

Mit einem gequälten Seufzen rückte sie die Brille zurecht und studierte das Formular. Irgendein idiotisches Kaff, das kein Schwein kannte. Wen interessierte das schon, mitsamt seiner albernen Bankfiliale? Wer wollte einen Job in so einem miesen kleinen Betrieb?

Schon wollte sie die Akte zu den anderen auf den Boden werfen, da entdeckte sie einen vertrauten Namen. Es war ein Gefühl, als hätte sie ihre gepflegten Fingerspitzen in eine Steckdose gesteckt. Nachdem sie dreimal hingeschaut hatte, lehnte sie sich zurück und begann die Beschwerde sehr, sehr sorgfältig durchzulesen, wobei sich ihr Mund zu einem zufriedenen Lächeln verzog.

Ich brachte also Johnna Mae aufs Revier, deponierte ihre tödliche Waffe auf meinem Schreibtisch und teilte Johnna allerhand Dinge mit, die sie gar nicht gern hörte, wie zum Beispiel, daß sie sich eines Vergehens schuldig gemacht hatte, das eine Geldstrafe von bis zu tausend Dollar und ein Jahr Gefängnis nach sich ziehen konnte. Mit meiner schönsten Cop-Stimme klärte ich sie über ihre Rechte auf und holte ein Verhaftungsformular hervor.

»Ich kann aber nicht ins Gefängnis!« jammerte sie. »Wer sorgt dann für Putter und die Kinder? Wer holt die Medikamente aus Farberville? Wie soll Putter Earl Boys Zahnspange bezahlen und P.J.s erste Turnschuhe?«

»Höchstwahrscheinlich nicht die Person, die sich geweigert hat, nach Hause zu gehen und zu versprechen, nicht jeden Tag von neun bis fünf vor der Bank zu demonstrieren«, sagte ich streng und knallte den Bleistift auf den Tisch. »Das hättest du dir vorher überlegen sollen. Sherman Oliver war bereit, die ganze Sache zu vergessen. Du hättest nur die Klappe halten müssen und brav heimgehen.«

Sie hielt mir ihre dicken Handgelenke hin. »Dann verhafte mich doch und steck mich in den Knast. Darf denn Putter die Kinder mitbringen, wenn er mich Sonntag nachmittags besuchen kommt?«

»So weit sind wir noch nicht, Johnna Mae. Ich muß erstmal die Strafanzeige ausfüllen, dann kann ich dich wieder freilassen, nachdem du ein Kautionsversprechen unterschrieben hast. Ich gehe dann zurück zur Bank, um mit Mr. Oliver zu sprechen. Er will vielleicht genausowenig wie du vor einem Gericht auftreten, und womöglich ist er bereit, die Anzeige zurückzuziehen – wenn ich ihm glaubhaft versichern kann, daß es dir leid tut und du nicht als Streikposten vor der Bank erscheinst.«

»Er ist ja kein übler Mensch«, gab sie mit einem tiefen Seufzer zu. »Wir sind all die Jahre wirklich gut miteinander ausgekommen. Seine Frau schickt immer Kuchen oder Plätzchen zu Weihnachten, und sie hat sogar ein kleines Geschenk für P.J. vorbeigebracht. Dieser Bernswallow ist an allem schuld.«

»Warum hat er dich gefeuert?« fragte ich neugierig.

Johnna Maes Märtyrerinnenmiene war wie weggeblasen, aber ich wußte nicht recht, was ich von ihrem neuen Gesichtsausdruck halten sollte. Nachdem sie eine Weile den Fußboden studiert hatte, schaute sie mich unschuldig an und sagte: »Er hat lauter solche Sachen behauptet, wie zum Beispiel, meine Arbeitshaltung läßt zu wünschen übrig und ich würde dauernd Fehler machen. Er hat so getan, als wär's ein Kapitalverbrechen, wenn die Tagesabrechnung mal auf ein paar Cents nicht stimmt. Ich hab' ihm ein bißchen Kontra gegeben, denk' ich, und da hat er sich furchtbar aufgeplustert, schlimmer als ein geiler Ochsenfrosch, und dann hat er gesagt, ich soll meinen Arbeitsplatz räumen.«

»Hat er dir eine Abfindung angeboten?«

»Nein, er hat erklärt, ich hätte schon so viel gefehlt, daß ich von Glück reden kann, wenn er mir keine Rechnung schickt. Und dann hat er gesagt, ich soll verschwinden, und ich bin gegangen.«

»Hast du probiert, mit Mr. Oliver darüber zu sprechen?«

»Klar hab' ich das. Ich bin sogar zu ihm nach Hause gegangen und wollte ihm sagen, wieviel es mir ausmacht, daß ich meine Stelle nicht mehr habe. Und Mr. Oliver hat sich gedreht und gewunden, und er hat sich sogar entschuldigt, aber dann hat er gesagt, dieser Bernswallow ist für Personalfragen zuständig. Er war richtig nett, also hätt' ich ihn wahrscheinlich nicht auf den Kopf hauen sollen. Ich hätt' statt dessen diesen Bernswallow mit dem Laster überfahren sollen. Vorwärts und rückwärts, immer wieder hin und her, bis er flacher gewesen wäre als 'ne Tischplatte und so tot, daß man ihm nicht mal mehr die Haut abziehen kann. Die Leute von der Verkehrspolizei hätten ihn mit 'nem Teigschaber von der Straße abkratzen müssen.«

»Sag so was nicht, Johnna Mae«, wies ich sie zurecht.

Ich rieb mir das Gesicht und wünschte mir sehnlichst, ich wäre unterwegs nach Juneau. Oder nach Emerald City. Oder ich wäre in einem hübsch gepolsterten Raum mit Gittern vor den Fenstern.

»Du steckst schon tief genug in der Scheiße. Wir füllen jetzt das Formular aus, und dann werde ich versuchen, Mr. Oliver dazu zu bringen, es zu zerreißen, um der guten alten Zeit willen. Aber du mußt mir versprechen, daß du heimgehst und dich von der Bank fernhältst.«

Ihre Unterlippe schob sich eine Weile vor und zurück, vor und zurück. »Und wenn ich dieses Dingsbums unterschrieben habe – wie hast du das genannt? Kautionsversprechen? Was kostet das denn?«

»Das heißt nur, ich verlasse mich darauf, daß du die Stadt nicht verläßt und keinen Ärger machst. Okay?«

»Ich denk' schon«, brummelte sie.

Wir schafften es, die Spalten mit Name, Adresse und dem anderen Kleinkram auszufüllen. Ich fragte Johnna, ob ich sie nach Hause fahren solle, aber sie meinte, wenn sie zu Fuß ginge, könnte sie sich ein bißchen abkühlen. Ich machte sie nicht darauf aufmerksam, daß das Thermometer bei fast vierzig Grad angelangt war, und nachdem ich ihr ein letztes Versprechen abgenommen hatte, ließ ich sie gehen. Ich erlaubte ihr nicht, das Plakat mitzunehmen.

Ich fuhr zur Bank. Unterwegs überlegte ich, ob ich nicht gleich ein Konto eröffnen sollte, wenn ich schon soviel Zeit dort verbrachte. Andererseits würde dann Kevin Buchanon meine Trillionen bewachen, und das war keine sonderlich beruhigende Vorstellung. Vorsichtig ausgedrückt. Ich parkte neben dem protzigen Mercedes und trat durch die Glastür in die wunderbar kühle Luft.

Miss Una starrte mich von ihrem Schalter böse an. »Ich muß schon sagen, Arly, meiner Meinung nach hätten Sie eingreifen müssen, um diese schreckliche Tragödie zu verhindern.« Ihre

Stimme war mindestens zehn Grad kälter als die Temperatur in der Bank.

»Ich bin nicht sicher, ob wir wirklich von einer schrecklichen Tragödie sprechen können«, entgegnete ich. »Johnna Mae hat mir versprochen, sich von der Bank fernzuhalten, und ich hoffe, Mr. Oliver wird seine Anzeige fallenlassen. Ist er in seinem Büro?«

»Mr. Oliver ist nach Hause gegangen, um sich hinzulegen. Der arme Mann war wirklich ganz außer sich. Vor den Augen der halben Stadt attackiert zu werden! Und außerdem ist die Stelle, wo Johnna Mae ihn getroffen hat, ganz geschwollen, und ich denke, über kurz oder lang wird sich da eine Beule bilden. Ich mag Johnna Mae genauso gern wie meine Kätzchen, aber wir können so ein Benehmen hier auf der Bank einfach nicht dulden. Das gehört sich nicht. Ich wußte nicht, was ich denken soll, als ich sah, wie sie auf Mr. Oliver einschlägt. Wenn sie ihn nun schwer verletzt hätte?«

»Pappe kann tödlich sein«, meinte ich trocken.

In diesem Augenblick kam Lottie Estes aus dem hinteren Büro, einen Umschlag in der Hand. Brandon Bernswallow folgte ihr. »Wir werden die Sache von hier aus aufklären«, sagte er in derart salbungsvollem Ton, daß er einen ganzen Traktor hätte ölen können. »Wir sind für unsere Kunden da.«

Lottie strahlte ihn an. »Sie haben mir sehr geholfen, junger Mann. Es ist so angenehm, von einem Herrn mit guten Manieren bedient zu werden. Ich hab's Ihnen ja schon gesagt – der Brief hat mir auf der Seele gelegen, seit ich ihn im Briefkasten gefunden habe. Mir hat noch nie jemand so etwas Lächerliches vorgeworfen. Ich war völlig entgeistert. Als würde ich je fünfhundert Dollar borgen! Ich habe meine Anschaffungen immer bar bezahlt. Mein Vater pflegte zu sagen, Kredite sind Teufelswerk.«

Brandon warf mir einen kurzen Blick zu und legte Lottie die Hand auf die Schulter. »Ihre Einstellung ist der Grund, weshalb eine Bank wie die unsere sich so effizient für die

Gemeinschaft einsetzen kann. Füllen Sie nur weiter Ihr Sparbuch auf, und ich kümmere mich um diesen Irrtum.«

Danach begab er sich wieder in sein Büro. Lottie ging zu Miss Unas Schalter, nickte mir kurz zu und sagte: »Was für ein reizender junger Mann, Una. Er wäre eine wunderbare Partie für ein Mädchen aus Maggody, das dafür sorgen würde, daß seine Hemden ordentlich gebügelt und seine Schuhe sauber geputzt sind.« Sie beugte sich vor und sprach mit gesenkter Stimme weiter. »Stimmt es, was ich im Lehrerzimmer über Johnna Mae Nookim gehört habe – daß sie Sherman Oliver mit einem Besenstiel die ganze Straße hinuntergejagt hat? Ich kann es mir leider nur zu gut vorstellen. Ich hatte sie vor fünfzehn Jahren in meiner Klasse, und ich hatte immer schon den Verdacht, daß sie bei der Prüfung über die kleinen Küchengeräte gemogelt hat. Eine meiner besseren Schülerinnen hat geschworen, Johnna Mae hätte die Gebrauchsanweisung für den Mixer mit Klebeband an ihrem Oberschenkel befestigt.«

Miss Una wackelte mit dem Kopf. »Ja, direkt hier vor der Bank hat sie Mr. Oliver angegriffen. Sie hatte Schaum vor dem Mund wie eine tollwütige Hündin und hat ihn mit den schrecklichsten Schimpfwörtern tituliert.«

Ich machte mich aus dem Staub, ehe ich mir noch mehr Übertreibungen anhören mußte. Die Olivers lebten in der Maggody-Version einer Neubausiedlung: gut zwanzig moderne Häuser, auf einer flachen, baumlosen Weide zusammengepfercht. Ich fuhr an der Highschool und am Imbiß Ideal vorbei, bog vor dem Footballstadion ab und fand das Haus der Olivers am Ende einer verkehrsberuhigten Zone ohne Durchfahrt (früher haben wir einfach Sackgasse gesagt, aber die Städteplaner lassen das nicht mehr zu). Das Haus war größer als die anderen, aber doch nicht imposant genug, um den Titel »Villa« oder »Palast« zu verdienen.

Ich parkte in der Einfahrt, nahm die Anzeige und ging den Fußweg zur Haustür. Bevor ich klopfen, klingeln oder rufen konnte, öffnete sich die Tür. Mrs. Sherman schien einen

Moment überrascht, aber sie faßte sich schnell. »Arly Hanks, habe ich recht? Ruby Bees Tochter?« begrüßte sie mich.

Anonymität ist in Maggody so gut wie unmöglich. »Ja«, sagte ich. »Ich würde gern mit Mr. Oliver sprechen, wenn's geht.«

Mrs. Oliver trat heraus auf die Veranda und schloß sorgfältig die Tür hinter sich. Sie war eine attraktive Frau mittleren Alters mit ordentlich frisiertem Haar, sanften braunen Augen und flattrigen Händen. Die ließ sie kurz flattern, bevor sie sagte: »Mr. Oliver fühlt sich leider nicht wohl. Die Ereignisse haben ihm schrecklich zugesetzt. Er ist nach Hause gekommen, hat zwei Aspirin geschluckt und wollte bis zum Abendessen ungestört ruhen. Vielleicht können Sie morgen noch mal vorbeikommen?«

»Ich würde die Sache gern möglichst rasch aus der Welt schaffen. Johnna Mae ist auch völlig außer sich, vor allem angesichts der Tatsache, daß sie wegen dieses dummen kleinen Zwischenfalls möglicherweise ein ganzes Jahr eingesperrt wird.«

»Es ist doch wirklich dumm, oder? Ich habe das auch zu Sherman gesagt, und ich denke, morgen ist er bereit, die Sache zu vergessen. Brandon ist ein ziemlicher Hitzkopf, aber Sherman mag eigentlich keine Konflikte. Er meint immer, das mindert seine Konzentration beim Golfspielen.«

»Ja, das kann ich nachvollziehen«, sagte ich so verständnisvoll wie möglich. »Wann soll ich denn am besten wieder vorbeikommen?«

»Sherman geht jeden Morgen in die Hauptstelle. Er ist immer noch für die Wertpapierkäufe zuständig, obwohl er längst eine Versetzung beantragt hat – er möchte lieber hier die Ruhe des Landlebens genießen. Er geht gegen neun Uhr aus dem Haus. Am Nachmittag spielt er meistens Golf, aber zum Abendessen müßte er wieder zu Hause sein.«

»Ich werd' versuchen, ihn morgens zu erwischen«, sagte ich. Wir tauschten noch ein paar höfliche Bemerkungen aus, dann fuhr ich sehr erleichtert zurück. Ich hatte nicht die geringste Lust, Johnna Mae hinter schwedischen Gardinen zu sehen, nicht mal ein paar Tage. In meiner beruflichen Funktion durfte es mir keinen Spaß machen, dabei zuzuschauen, wie ein Mitbürger auf einen anderen eindrosch. Auf einer persönlicheren Ebene fand ich den ganzen Vorfall allerdings ziemlich amüsant. Ein billiges Vergnügen. Mit Sicherheit spannender als der Brand von Hiram Buchanons Scheune.

So bog ich grinsend und gutgelaunt in den Parkplatz von Ruby Bees Bar und Grill ein. Ich parkte neben einem mir unbekannten Kleinwagen – es kommt manchmal vor, daß ein ahnungsloser Tourist den Fehler begeht, hier Rast zu machen, weil er ein kaltes Bier trinken und sich mit den Eingeborenen angeregt unterhalten möchte. Aber einmal reicht in der Regel, um ihn eines besseren zu belehren.

Das »Geschlossen«-Schild hing an der Tür, aber ich beachtete es nicht weiter und wollte gerade die Tür öffnen, als sie aufflog – Jim Bob Buchanon hätte mich hemmungslos über den Haufen gerannt, wenn ich ihm nicht in letzter Sekunde ausgewichen wäre.

»Wird ja auch langsam Zeit, daß Sie was unternehmen«, knurrte er. Er knurrt mich öfter an, aber das paßt zu ihm, weil er mich sowieso an eine Bulldogge erinnert. Er hat die bekannten Gesichtszüge des Buchanon-Clans, dazu einen stoppeligen grauen Messerschnitt und einen wabbeligen Schmerbauch, der über seinen Gürtel schwappt. Soweit ich das beurteilen kann, ist seine Oberlippe ständig zu einem Grinsen verzogen.

»Wird langsam Zeit, daß ich was zu Mittag esse«, sagte ich. »Und gibt es was Besseres als Moms Küche? Ruby Bee kocht die besten geschmorten Okra weit und breit.«

»Das habe ich nicht gemeint, Polizeiinspektorin Hanks. Ich habe gehört, was sich vorhin bei der Bank zugetragen hat. Meiner Meinung nach handelt es sich da um einen klaren Fall von Pflichtversäumnis. Sie hätten gleich zur Stelle sein müssen. Sie hätten diese verrückte Nookim bremsen müssen, ehe die ganze Sache außer Kontrolle geriet.«

»Ach, das hätte ich tun sollen? Meine Güte, Jim Bob – ich

war wohl ein bißchen durcheinander. Ich hab' nämlich gedacht, meine Pflicht sei es, die verfassungsmäßig garantierten Rechte der Bürger zu schützen. Wie dumm von mir.«

»Mrs. Jim Bob hat mir genau erzählt, daß Sie sich geweigert haben, etwas zu unternehmen, um diesen Zwischenfall zu verhindern. Das wird bei der nächsten Stadtratssitzung zur Sprache kommen. Kann sein, daß Sie plötzlich keinen Job mehr haben, Arly. Dann können Sie den ganzen Tag rumsitzen und sich schlaue Bemerkungen ausdenken. Sie und Ruby Bee haben bestimmt Ihren Spaß.«

»O Gott, Ruby Bee hat bestimmt eine Bemerkung gemacht, die Ihnen nicht gefallen hat. Diese Frau ist noch viel verrückter als die Nookim! Vielleicht fällt uns etwas ein, wie wir die beiden in ein staatliches Gefängnis einliefern können – oder noch besser, in eine Strafkolonie vor der Küste Südamerikas. Das sollten wir tun, Jim Bob – es sei denn, Sie ziehen es vor, daß ich die beiden auf offener Straße erschieße.«

»Was ich vorziehe, geht Sie gar nichts an.« Er überquerte den Parkplatz in Richtung Schnellkauf (auch bekannt als Schnelldrauf) und brummelte dabei in seinen nicht vorhandenen Bart. Mir fiel zum erstenmal auf, daß er O-Beine hatte. Es sei denn, seine Jeans saßen zu knapp. Armer Junge.

Ich betrat das Lokal, wo es dämmrig und auffallend leer war. Eine einzige Frau saß auf einem Hocker am Ende der Bar. Ruby Bee ist eine exzellente Köchin, und normalerweise versammelt sich hier zu jeder Mahlzeit eine große Fan-Gemeinde. Die Atmosphäre jetzt war mir richtig unheimlich. Ich kletterte auf einen Hocker; die unbekannte Frau blickte desinteressiert auf und widmete sich dann wieder ihren Papieren.

Ich hatte schon fast entschieden, daß sie eine Vertreterin sein mußte, als Ruby Bee aus der Küche kam und mich mit einem kurzen Schnauben willkommen hieß. Dann ging sie zu der Frau; die beiden unterhielten sich flüsternd und warfen mir verstohlene Blicke zu. Und ich war doch so hungrig! Daß ich gar nichts mehr kapierte, brauche ich kaum zu erwähnen.

»Könnte ich vielleicht einen Käsetoast bekommen?« fragte ich bescheiden.

»Wir haben geschlossen«, antwortete Ruby Bee. »Hast du das Schild an der Tür nicht gesehen? Geschlossen heißt nicht offen, und das bedeutet, komm später wieder, wenn du was willst.«

Meine Mutter macht mich manchmal wahnsinnig. Ich wäre sofort wieder gegangen, aber mein Magen flehte mich an, die Sache auszusitzen und zu eruieren, was hier vor sich ging. »Aber du hast doch Kundschaft«, bemerkte ich freundlich, »und ich bin gerade mit Jim Bob zusammengestoßen, der von hier kam. Was soll das heißen – selektive Bedienung? Hab' ich die falsche Haarfarbe oder was?«

Die Frau, die aussah wie Ende zwanzig und für diese Gegend viel zu elegant gekleidet war, schenkte mir ein kühles Lächeln. »Ich bin keine Kundin. Ich habe hier angehalten, um nach dem Weg zu fragen, und jetzt lasse ich mir nur noch ein paar Informationen geben, ehe ich weiterfahre.«

Ruby Bee signalisierte der Frau zu schweigen und ergriff selbst das Wort: »Jim Bob Buchanon hat hier nur zu hören bekommen, daß mein Restaurant geschlossen ist – ohne Wenn und Aber. Er wollte widersprechen, aber ich habe ihm deutlich zu verstehen gegeben, daß ich ihn und seinesgleichen frühestens wieder bedienen werde, wenn Ostern und Weihnachten zusammenfallen. Aber diese Dame und ich haben etwas zu besprechen – warum entfernst du also deinen Allerwertesten nicht von diesem Hocker und belästigst andere Leute?«

»Warum hast du geschlossen?« So schnell wollte ich nicht aufgeben.

»Weil ich das Schild an die Tür gehängt habe, Fräulein Naseweiß. Du erinnerst dich vielleicht an das Sprichwort, daß Neugier der Katze gar nicht gut getan hat, aber wenn du ein bißchen Nachhilfe brauchst, dann kannst du die kriegen.«

»Ich bin nicht neugierig. Ich habe Hunger«, erklärte ich. Was war denn bloß mit Ruby Bee los? Sie hatte schon mal die große Verschwörerin gespielt, und in der Folge hatte es einen Mord und zwei Entführungen gegeben – eine der Entführten war sie selbst gewesen –, und außerdem war, zur Belustigung der Allgemeinheit, viel schmutzige Wäsche gewaschen worden. Ich überlegte, ob ich Ruby Bee daran erinnern sollte, befand jedoch, daß das wenig Sinn hatte. Ruby Bee gehört nicht zu den Leuten, die aus Erfahrung klug werden.

»Also?« fragte sie und musterte mich mit zusammengekniffenen Augen.

Ich setzte gerade zu einer frechen Antwort an, da kam Estelle aus der Küche. »Ich hab' angerufen, aber Putter sagt, sie ist nicht –« Sie unterbrach sich erschrocken, als sie mich sah.

»Arly wollte gerade gehen«, teilte ihr Ruby Bee mit. Ich hatte den Verdacht, daß diese Mitteilung eigentlich einer anderen Person galt.

»Seid ihr hinter Johnna Mae Nookim her?« fragte ich.

Ruby Bee und Estelle wanden sich wie zwei junge Aale. Die Unbekannte beobachtete sie kurz und fragte mich dann: »Haben Sie irgendwelche Informationen, wo sich Ms. Nookim momentan aufhalten könnte?«

»Jawoll«, sagte ich.

Ein langes Schweigen folgte. Ruby Bee lehnte sich über die Bar, um der Frau etwas ins Ohr zu flüstern. Nach ausführlichem Gezischel richtete sie sich auf und sagte: »Das ist Carolyn McCoy-Grunders. Sie ist vom FCB.«

»Was ist denn das? Ein neuer Geheimdienst?«

Carolyn warf mir einen eisigen Blick zu. »FCB ist die Abkürzung für *Frauen gegen Chauvinismus im Büro*. Unser Ziel ist es, Frauendiskriminierung und Ungerechtigkeit zu bekämpfen. Durch Aufklärung, Weiterbildung und juristischen Beistand. Ms. Nookim hat uns geschrieben, wie sie auf der Bank behandelt wurde, und meiner Meinung nach ist ihre Beschwerde mehr als berechtigt.«

»Ich bin beeindruckt, daß Sie so umgehend kommen konnten«, sagte ich, wobei es mir immer noch schwerfiel, nicht zu grinsen.

»Das Rechtssystem reagiert bei diesen Dingen ausgesprochen langsam. Ich werde Ms. Nookim helfen, eine formelle Klage bei der Antidiskriminierungsstelle einzureichen, aber es dauert bis zu vier Monaten, bis von dort eine Antwort kommt. Solche Institutionen sind notorisch unterbesetzt und die Leute überarbeitet. Jedenfalls behaupten sie das. Wir vom FCB legen großen Wert auf schnelles Handeln. Wir fordern, daß Ungerechtigkeiten behoben werden, und wir setzen uns mit ganzer Kraft für die Erfüllung unserer Forderungen ein.«

»Ich hoffe nur, Sie sind auch bereit, als Babysitterin einzuspringen«, entgegnete ich. »Ich hatte bisher noch keine Gelegenheit, mit Sherman Oliver zu sprechen, ob er die Anzeige wegen Körperverletzung fallenläßt. Wenn Sie Johnna Mae wieder aufputschen, kann es passieren, daß sie im Gefängnis landet. Dann muß jemand die Medikamente für ihren Ehemann abholen und das Baby zum Schuhgeschäft fahren.«

»Um die Gesellschaft zum Besseren zu verändern, müssen wir alle Opfer bringen«, erklärte Carolyn ungerührt. »Wir dürfen nicht zulassen, daß persönliche Unannehmlichkeiten unserem Ziel im Weg stehen.«

»Genau!« pflichtete ihr Ruby Bee bei, klang dabei allerdings nicht besonders glücklich. »Also – wo steckt Johnna Mae, Arly? Du hast sie doch nicht eingesperrt, oder?«

»Sie hat vor zwei Stunden das Polizeirevier verlassen und wollte zu Fuß nach Hause gehen. Sie hatte genug Zeit, um nach Hasty und zurück zu laufen! Und da ich nun ja kein Paria mehr bin – wie wär's mit 'nem Sandwich?«

Estelle stemmte die Hände in die Hüften. »Du denkst wirklich nur ans Essen. Wenn du nicht aufpaßt, endest du noch wie Dahlia O'Neill, und dann wird's dir leid tun.«

Angesichts dieser rosigen Perspektive beschloß ich, mich lieber davonzumachen und die drei ihrem Kampf gegen Chauvinismus und Ungerechtigkeit zu überlassen – sollten sie doch ruhig sämtliche persönlichen Opfer bringen, die ihnen einfielen. Mir war ein Teller Nudelsuppe jetzt wichtiger.

Brandon Bernswallow saß an seinem Schreibtisch in der Bank und starrte zur Decke, die Hände im Nacken verschränkt. Es war nicht zu übersehen, daß die Unterschlagungen seit Jahren liefen, und zwar mit großem Erfolg. Im Grunde bewunderte er das System – alles ging sehr unauffällig und diskret vonstatten. Keine großen Summen, die die Aufmerksamkeit des Bankprüfers auf sich gezogen oder das Finanzamt beunruhigt hätten. Nur viele kleine Summen, mit denen jongliert wurde wie mit schimmernden Silberkugeln.

Aber der Jongleur hat Schwierigkeiten, die Kugeln in der Luft zu halten, dachte Brandon mit einem süffisanten Grinsen. Noch war keine heruntergefallen, aber die Möglichkeit wurde recht wahrscheinlich, jetzt, wo er das System aufgedeckt hatte. Was tun, was tun? Er konnte die Veruntreuung aufdecken und die Bestrafung des Täters verlangen. Weil er das Vertrauen der Gemeinschaft mißbraucht hatte. Weil er ehrliche Mitbürger um ihr sauer verdientes Geld betrogen hatte. Der ganze Quatsch. Brandon verbrachte ein paar angenehme Minuten damit, sich auszumalen, wie er im Fernsehen befragt wurde – sein Gesicht voller Empörung über dieses abscheuliche Verbrechen und gleichzeitig traurig angesichts der Tatsache, daß ein Bankangestellter die Institution derart niederträchtig betrügen konnte. Sein Vater war dann möglicherweise so beeindruckt, daß er ihn wieder an die Hauptstelle versetzte, wo ihm ein geschmackvoll eingerichtetes Büro mit einem neuen Schreibtisch zugewiesen wurde, dazu Martinis vor dem Mittagessen und eine Sekretärin mit einem Atombusen.

Andererseits war sein Vater ein Arschloch – er ließ sich keine Gelegenheit entgehen, um zu predigen, daß alle sich nach oben arbeiten und durch ehrliche Arbeit ihre Position verdienen müssen usw. Und deshalb steckte Brandon jetzt in diesem elenden Kaff, in dieser gräßlichen Filiale mit bescheuerten Kolleginnen und einem miesen Gehalt, von dem er die Raten für seinen Wagen nicht mehr lange würde bezahlen können. Sein Vater war imstande, ihn hier noch viele Jahre schmoren zu lassen.

Der Superbusen der Sekretärin schrumpfte, bis er aussah wie Miss Unas Bügelbrett. Der Knackarsch ging in die Breite und glich schließlich Johnna Mae Nookims mächtigem Hinterteil. Ihre funkelnden Augen verwandelten sich in Sherman Olivers leicht glasige Glupschaugen. Das grelle Licht der Fernsehscheinwerfer erlosch.

Er konnte das Verbrechen aufdecken, aber dafür bekam er höchstwahrscheinlich nicht mehr als ein anerkennendes Schulterklopfen und einen Vermerk in seiner Akte. Das Kreditinstitut würde seinen Wagen kassieren. Aber es gab eine Alternative. Der Täter hatte schon sehr lange Geld beiseite geschafft. Vielleicht konnte man sich dieses Geld ja teilen. Mit demjenigen, der genau wußte, was vor sich ging, und bereit war, den Mund zu halten, solange er seinen Mercedes fahren und sich gut anziehen konnte.

Es würde nichts bringen, wenn er zuviel forderte. Aber wenn er hartnäckig war, konnte er einiges erreichen – er mußte nur deutlich zu verstehen geben, daß die Unterschlagungen nur so lange geheim blieben, wie er zu schweigen bereit war. Nachdem er sich für eine wöchentliche Zahlung entschieden hatte, griff Brandon zum Kugelschreiber und verfaßte einen Brief. Diesen Brief konnte er keiner Sekretärin diktieren.

Fünftes Kapitel

Das »Geschlossen«-Schild blieb fünf ganze Tage an der Tür von Ruby Bees Bar und Grill. Anfangs kamen ein paar der Jungs trotzdem reingetappt, aber sie fanden sich sehr schnell draußen auf dem Parkplatz wieder, mit heißen Ohren und feuerroten Gesichtern. Keiner versuchte es ein zweitesmal.

Das heißt aber nicht, daß es in den heiligen Hallen dunkel und leer war. Im Gegenteil. Von dem pinkfarbenen Gebäude schienen alle möglichen Aktivitäten auszugehen, was die Jungs veranlaßte, sich am Kopf zu kratzen und zu fragen, was in drei Teufels Namen dort vor sich ging – und wie sollten sie, verdammt noch mal, zu einem Bier und zu einem Tellergericht kommen, wenn die Bar geschlossen war?

Carolyn McCoy-Grunders Wagen stand den größten Teil des Tages vorn bei der Tür, erst etwa ab Mitternacht war er dann hinten bei Zimmer 2 des Motels zu sehen. Dahlia O'Neill watschelte hin und wieder über die Straße zum Schnelldrauf, in der Hand eine Einkaufsliste, auf der so merkwürdige Dinge wie Erdnußbutter und Klebeband standen. Ruby Bee kam und ging. Das gleiche galt für Estelle (wenn es ihre Arbeit im Schönheitssalon erlaubte). Am zweiten Tag spazierte Elsie McMay durch die Tür, gemeinsam mit Joyce Lambertino, deren Ehemann, Larry Joe, Werklehrer an der Highschool und außerdem Mitglied des Stadtrats war. Aber als er gefragt wurde, was sich eigentlich in der Bar abspiele, konnte er nur die Achseln zucken. Und dann murmelte er etwas wie: Er und Joyce würden kaum miteinander reden dieser Tage. Von den Nächten ganz zu schweigen.

Johnna Mae Nookim war angeblich auch im Lokal. Die beiden Hippie-Frauen vom Emporium fanden sich erst abends ein. Earl Buchanons Ehefrau, auch bekannt als Kevin Buchanons Mutter, hielt sich möglicherweise ebenfalls dort auf, aber wenn jemand Earl fragte, war er verschlossen wie eine Auster.

Millicent McIlhaney und Edwina Spitz wurden an der Eingangstür gesichtet, desgleichen Millicents Tochter Darla Jean, die offenbar ziemlich sauer darüber war, daß ihre Mutter sie hinschleppte. Am dritten Tag kamen alle möglichen Mütter, Töchter, Ehefrauen, Witwen und alleinstehenden Frauen zu den verschiedensten Tageszeiten. Allmählich sah es aus, als würde die gesamte weibliche Bevölkerung von Maggody einen guten Teil ihrer Zeit bei Ruby Bee verbringen – und alle weigerten sich, auch nur ein Wort über ihr Treiben zu verlieren.

Lottie Estes sagte zu Miss Una, ihrer Meinung nach sei das, was da passierte, das Werk des Satans. Miss Una pflichtete ihr bei, weil sie das für klug hielt, aber sie war sich nicht ganz sicher, ob Lottie nicht wieder ihre Hitzewallungen hatte – wie damals, als sie ständig davon redete, jeder Mann im Landkreis sei nur darauf aus, sie zu vergewaltigen, was Miss Una nicht recht glauben wollte.

Mrs. Jim Bob mußte jeden Tag ein paarmal beim Schnelldrauf einkaufen, aber sie mochte noch so lange an der Kasse stehen und über die Straße starren – sie kam nicht dahinter, was dort ausgebrütet wurde. Schließlich erkundigte sie sich sogar bei Bruder Verber, ob in der Bar vielleicht ein Hexensabbat vorbereitet werde und ob die Frauen magische Kräfte ausübten und Ziegen opferten und splitterfasernackt herumtanzten. Bruder Verber war dermaßen beunruhigt von dieser Idee, daß er wie ein Mehlsack auf die Knie fiel und sofort ein Gebet gen Himmel schickte, um die Seelen all derer zu retten, die dort herumtanzten, jetzt und in Ewigkeit. Mrs. Jim Bob fand seine Reaktion auf ihre doch recht harmlose Frage ziemlich übertrieben, aber sie sagte nichts, sondern verschwand so schnell wie möglich.

Die Polizeiinspektorin war teilweise über die eben beschriebenen Vorgänge informiert, da sie ständig mit Fragen zu diesem Thema bombardiert wurde. Das Polizeirevier hätte eine Drehtür gebraucht, und der Linoleumfußboden würde nie wieder sein wie vorher. Und es gelang der braven Polizistin nicht, auch nur die kleinste Theorie über die Vorfälle zu entwickeln.

Es bereitete mir allerdings auch keine schlaflosen Nächte. Da Ruby Bees Bar und Grill das einzige Nachtlokal weit und breit war, gab es sowieso keine andere Möglichkeit als zu schlafen. Ich war am Morgen nach Johnna Maes Streikaktion bei Sherman Oliver vorbeigegangen, und er hatte mir versichert, er werde keine Anzeige erstatten. Wir lächelten daraufhin beide, gaben uns die Hand und beließen es dabei. Ich rief Johnna Mae an, um ihr die gute Nachricht zu überbringen, und Putter versprach, er werde es ihr ausrichten. Die schreckliche Tragödie war zumindest fürs erste abgewendet.

Ich muß allerdings zugeben, daß ich mir meine Gedanken über die mysteriösen Zusammenkünfte machte und außerdem immer mehr um meine Ernährung bangte. Dosensuppen sind im Notfall ganz okay, aber mit Schweineschnitzel und Obstkuchen können sie auf Dauer nicht mithalten. Und schon gar nicht mit einem kühlen Bier an einem brütend heißen Nachmittag, selbst wenn der Genuß oft dadurch etwas getrübt wird, daß ich mir mitanhören muß, wie sich die Leute über Schweinepreise bei der Auktion unterhalten und darüber, daß sie die ganze gottverdammte Strecke zur Kooperative in Starley City zurücklegen müssen, um Legemehl zu kaufen (bitte nicht fragen – es hat irgendwas mit Hühnern zu tun, mehr weiß ich auch nicht).

Aus reinem Egoismus ließ ich mich schließlich dazu herab, Kevin Buchanon zu mir zu winken, als er eines Nachmittags mit seinem Fahrrad am Polizeirevier vorbeistrampelte. »Na, wie geht's auf der Bank?« fragte ich unglaublich listig. Ich wollte das Gespräch gleich in meinem Sinne steuern.

»Wie geht was?«

»Dein Job, Kevin«, erklärte ich geduldig. »Du arbeitest doch noch in der Bank, oder?«

»Na klar! Ich arbeite noch in der Bank. Alles in Butter, Arly. Und wie läuft's bei dir?«

»Bestens. Hast du Dahlia schon gefragt?«

»Was soll ich sie denn fragen?« wollte er wissen, wobei sein Adamsapfel wild auf und ab hüpfte. »Soll ich sie auch fragen, wie's auf der Bank läuft oder was? Aber Dahlia arbeitet gar nicht dort, weißt du. Sie ist Kellnerin in Ruby Bees Bar und Grill. Da arbeitet sie schon ziemlich lange, und ich glaube nicht, daß sie mal für die Bank gearbeitet hat.«

Ich atmete tief durch und ermahnte mich zur Ruhe. Schließlich wollte ich etwas von ihm. »Das weiß ich. Ich meine – hast du Dahlia schon gefragt, ob sie dich heiraten möchte?«

Er sah mich an wie ein treuer alter Hund, dem jemand gerade einen bösen Tritt versetzt hat. Seine Augen wurden feucht, und mit brüchiger Stimme sagte er: »Ich hab' das Thema angesprochen, und weißt du, was sie geantwortet hat?«

»Sie hat anscheinend nicht vor Freude gejubelt.«

»Sie hat gesagt –« Er unterbrach sich, um sich mit dem Ärmel die Nase abzuwischen. »Sie hat gesagt, die Ehe ist wie wenn du gefesselt bist in einem dunklen Kerker. Sie hat gesagt, sie will sich nicht in Ketten legen lassen, weil sie nämlich ein Mensch ist. Und sie will behandelt werden wie ein Mann. Ich hab sie gefragt, warum sie wie ein Mann behandelt werden will, wo sie doch keiner ist und auch noch nie einer war, aber da hat sie mich bloß ganz wütend angeschaut und ist gegangen. Mir war zum Heulen.«

»Oh«, machte ich. Wenn schon sein sprachlicher Ausdruck zu wünschen übrig ließ, so rührten mich doch seine verletzten Gefühle. »Hat das irgendwas mit den Machenschaften in Ruby Bees Bar zu tun?«

»Was für Machenschaften?«

»Ich hatte gehofft, du könntest mir das sagen. Hat Dahlia nichts erzählt?«

Er legte angestrengt die Stirn in Falten, während er nachzudenken versuchte. Ich konnte sehen, daß es für ihn ein schmerzhafter und ungewohnter Vorgang war, und ich wollte ihn nicht hetzen. Nach etwa fünf Minuten entspannte sich sein Gesicht, und er grinste mich an. »Jetzt weiß ich wieder, was sie gesagt hat. Sie hat gesagt, die sind alle sauer über irgendwas und wollen deshalb Männer werden oder so was in der Art. Ich kapier einfach nicht, warum Dahlia immer sagt, sie will ein Mann sein. Sie hat doch 'ne tolle Figur, wie sonst keine Frau auf Gottes weiter Erde. Ihre Backen sind wie Pfirsiche, und ihre Lippen wie Kirschbonbons. Sie ist so weich und zuckersüß – ich könnt den ganzen Tag nur dasitzen und sie anschauen.« Bei dieser Vorstellung begann er zu schniefen, und schon wurden seine Augen wieder feucht, seine Nase begann zu laufen, und er schluckte heftig.

Kevins Schwärmerei vermittelt möglicherweise einen falschen Eindruck. Dahlia wiegt dreihundert Pfund. Mindestens. Ihre Backen sind vielleicht pfirsichfarben, aber so groß wie Wassermelonen. Die Bonbons steckt sie sich in den Mund, wie alles, was sie in die Finger kriegt. Sie hat so viele Doppelkinne, daß man sie schon gar nicht mehr zählen kann, und ihre riesigen Brüste schwingen beim Gehen hin und her wie zwei Reifenschaukeln. Sie blickt mit erstaunten Kuhaugen in die Welt und ist etwa so geistreich wie ihr Freund. Oder ihr Exfreund, wer weiß.

»Was soll ich jetzt tun, Arly?« fragte er kläglich.

»Weiß ich auch nicht. Vielleicht hört sie ja auch wieder auf zu grollen und nimmt dich wieder als Freund. Wenn sie sagt, sie will wie ein Mann behandelt werden, darfst du das nicht zu wörtlich verstehen. Also biete ihr lieber keinen Kautabak an. Hör ihr am besten geduldig zu, und wenn du was nicht kapierst, dann nickst du einfach nur.«

»Mensch, Arly, glaubst du wirklich, sie will mich wiederhaben? Aber was ist dann mit der Ehe und dem Kerker? Ich dachte, wir könnten in 'nem Trailer wohnen. Ich glaub' sowieso nicht, daß es hier in der Gegend irgendwo einen Kerker gibt. Ich will auch gar nicht, daß sie Ketten trägt – höchstens vielleicht so eine hübsche goldene mit einem Medaillon oder einer Perle.«

Ich überlegte, ob ich ihm bei vierzig Grad im Schatten feministisches Gedankengut näherbringen sollte. Aber das konnte Tage, ja Wochen und Monate dauern. Wahrscheinlich war es schon ein Zeichen für Gehirnerweichung, daß ich überhaupt erwog, Kevin Buchanon irgend etwas zu erklären. Ganz zu schweigen von einer abstrakten Idee.

»Kauf ihr doch so 'ne Goldkette mit Herzmedaillon«, schlug ich vor. »Vielleicht kommt sie dann zu dir zurück. Und deine Mutter, Kevin – hat die irgendwas über Ruby Bee gesagt?«

»Nein, nichts. Sie hat die ganze Woche über höchstens keine drei Worte gesprochen, und die waren nicht besonders nett. Heute morgen hat sie ein Hemd für mich gebügelt, und da hat Pa geschrien, sie soll ihm endlich sein Frühstück bringen. Und sie hat gesagt, er soll sich sein gottverdammtes Frühstück selber machen. Pa hätte sich fast an seinen Hosenträgern aufgehängt. Er hat doch in seinem ganzen Leben noch nie was in der Küche getan. Jedenfalls hat er zu Ma gesagt, deswegen hätt' er schließlich geheiratet, damit er nämlich 'ne Frau hat, die für ihn kocht und den Haushalt macht. Mas Stimme war kälter als der Arsch von 'nem Brunnenputzer, und sie hat zu Pa gesagt, er soll den Speck nehmen und sich ihn sonstwohin stecken. Ich glaub', ich hab' Pa noch nie so sauer gesehen«, schloß Kevin in ehrfürchtigem Ton. »Und Ma auch nicht.«

»Das war bestimmt sehr unterhaltsam«, meinte ich. Kevin radelte weiter, und ich ging zurück ins Polizeirevier, um über alles nachzudenken. Carolyn McCoy-Grunders, die Frau vom FCB, war offensichtlich dabei, die gesamte weibliche Bevölkerung von Maggody aufzuwiegeln. Die Frauen versammelten sich in der Bar und heckten etwas aus, und ich hatte das blöde Gefühl im Magen, daß das Ergebnis nicht besonders erfreulich sein würde.

Nicht daß ich etwas gegen ein bißchen Aufklärung in dieser letzten Bastion des Mittelalters gehabt hätte. Earl Buchanon verdiente es zweifellos, daß seine Frau ihm sagte, er solle sich sein gottverdammtes Frühstück selbst machen und sich den

Speck an eine bestimmte, anatomisch eher unwahrscheinliche Stelle stecken. Johnna Mae war in der Tat auf der Bank unfair behandelt worden. Die meisten Frauen in Maggody betrachteten sich selbst als Eigentum ihrer Ehemänner, die sie mißhandeln, vernachlässigen, schlagen oder schikanieren durften. Es konnte nichts schaden, wenn ihr Selbstbewußtsein ein bißchen gestärkt wurde.

Aber ich machte mir Sorgen wegen Johnna Mae. Sherman Oliver ärgerte sich bestimmt, wenn sie wieder anfing, vor der Bank zu demonstrieren und ihn zu beschimpfen. Ich beschloß, zu ihrem Trailer zu gehen und sie, wenn möglich, davon zu überzeugen, daß ein Jahr hinter Gittern kein Zuckerschlecken war.

Ich fuhr also zum Pot O'Gold und parkte vor ihrem Trailer. Ein dunkelhaariges Kind in Shorts und einem alten T-Shirt warf in unregelmäßigen Abständen einen Ball gegen die Metallwand. Der Junge hörte einen Moment auf, um mich zu mustern, und widmete sich dann wieder seinem Spiel. Ich ging zur Tür und klopfte.

Putter Nookim öffnete die Tür. Er starrte mich an, während er sich die Hände mit einem schmuddeligen Geschirrhandtuch abtrocknete. Hinter ihm hörte ich das Dröhnen des Fernsehers, und irgendwo im Zimmer begann das Baby zu plärren. »Hey, Arly – suchst du Johnna Mae?« fragte er ohne sichtbare oder hörbare Begeisterung. »Sie ist nicht hier.«

Der Tennisball knallte mit einem lauten Boing! direkt neben meinem Ohr gegen die Wand, aber ich gab mir Mühe, nicht zusammenzuzucken, und sagte: »Hast du eine Ahnung, wann sie wiederkommt?«

Boing! »Nein. Sie ist mit den anderen Frauen in Ruby Bees Bar. Dauernd ist sie da, schon fast 'ne ganze Woche, und ich weiß nicht, wann sie heimkommt.« Boing! »Sie sagt, was sie da machen ist total wichtig. Sie sagt, es ist für die Sache.« Boing. »Mir wär's lieber, sie käm' heim.«

»Das kann ich mir vorstellen«, murmelte ich mit einem Blick

auf die fleckige Schürze, die er über seinen Jeans trug. »Wie geht's eigentlich deinem Rücken, Putter?« Boing. »Kannst du bald wieder arbeiten?«

Er steckte die Hände in die Taschen und schüttelte den Kopf. Wir sahen uns an – boing! –, und dann sagte ich, ich würde versuchen, Johnna Mae bei Ruby Bee zu erwischen – boing. Putter schloß die Tür hinter mir. Ich ging zu dem zukünftigen Baseballstar und bot ihm einen Dollar für den Ball. Er fing den Ball und beförderte ihn mit einem geschickten Wurf über den Trailer, zweifellos um auf der anderen Seite sein Trainingsprogramm fortzusetzen.

Obwohl es schon ziemlich spät am Nachmittag war, brannte die Sonne immer noch glühend heiß vom Himmel und bemühte sich, von allem und jedem ein paar Schichten abzupellen. Der Sitzbezug in meinem Polizeiwagen knisterte richtig, als ich mich vorsichtig darauf niederließ, und ich spürte die Hitze durch meine Klamotten. Ich entschied, daß ich die Konfrontation mit den Verschwörerinnen lange genug hinausschieben konnte, um mir im Imbiß Ideal eine Kirschlimo zu kaufen, aber als ich an die Kreuzung kam, sah ich etwas, was in Maggody nur alle zehn Jahre einmal zu sehen ist.

Ich sah sogar zwei Dinge. Das eine war ein weißer Wagen mit dem Logo eines Fernsehsenders auf der Tür, das andere ein cremefarbener Kombi mit dem Logo eines Fernsehsenders auf der Seite. Beide parkten vor der Kirche der Stimme des Allmächtigen Herrn. Ein Mann und eine Frau unterhielten sich am Rand des Rasens, während zwei Männer mit tragbaren Kameras herumhantierten.

Ansonsten war niemand da. Ich hielt an der Kreuzung, blinzelte wie eine Kröte im Hagel und fragte mich, ob demnächst wohl der Goodyear-Zeppelin auftauchen würde. In diesem Moment traten Bruder Verber und Mrs. Jim Bob aus der Kirche und gesellten sich zu dem Mann und der Frau. Es wurde heftig gestikuliert. Mrs. Jim Bob legte zwischendurch die Hand über die Augen und spähte die Straße hinunter. Bruder Verber zog ein Taschentuch hervor, tupfte sich die schimmernde Stirn, schneuzte sich kräftig und steckte das Tuch wieder in die Tasche, während er pausenlos auf die beiden Fremden einredete, die amüsiert, aber nicht sonderlich beeindruckt schienen. Mrs. Jim Bob stolzierte empört zurück zur Kirche.

Die Situation wurde noch interessanter, als ein Deputy des Sheriffs in den Parkplatz der Bank einbog. Er winkte mir kurz zu, stieg aus, als aus der entgegengesetzten Richtung bereits der nächste Deputy auf den Platz gefahren kam. Die beiden gingen zum Straßenrand und unterhielten sich dort.

Faszinierend, dachte ich. Ich hätte gern mit einem Tennisball nach den beiden geworfen, um sie auf mich aufmerksam zu machen. Sollte ich einfach die Sirene anstellen? Sie funktioniert zwar so gut wie nie, aber man kann nie wissen. Ein weiteres Auto hielt nun hinter dem Fernsehkombi, und ein Mann mit einer Kamera um den Hals stieg aus, gefolgt von einer aufgemotzten Frau mit einem Notizblock. Sie schlossen sich den Leuten auf dem Rasen an.

Der Schweiß lief mir den Rücken hinunter und tropfte von meiner Nasenspitze, aber irgendwie konnte ich mich nicht aufraffen, etwas zu tun – schon deswegen, weil ich gar nicht wußte, was. Ich hatte mich gerade mehr oder weniger entschlossen, einfach alles zu ignorieren und erst meine Limo zu trinken, als ich aus der Ferne schrille Stimmen hörte. Ich fuhr ein paar Zentimeter vor, um an dem alten Drugstore vorbeisehen zu können.

Demo-Zeit in Maggody! Estelles Kombi kam im Schneckentempo angekrochen, mitten auf der Straße. Bunte Bänder aus Kreppapier flatterten vom Verdeck und von den Türgriffen. An der Tür war ein Plakat befestigt, das ich aber aus meiner Perspektive nicht lesen konnte. Dem Wagen folgte eine Frauenfront, untergehakt, und ihre Münder bewegten sich doppelt so schnell wie Estelles Wagen. Manche der Frauen hatten Sandwich-Plakate umgehängt und sich mit Papierbändern geschmückt, während andere Schilder trugen. Lauter bekannte Gesichter.

Ich stellte endlich den Motor ab und stieg aus. Die Fernsehleute waren jetzt hellwach und richteten ihre Kameras auf die Demonstrantinnen. Der Zeitungsfotograf stand mitten auf der Straße und schoß ein Bild nach dem anderen. Die beiden Deputys hatten sich in den Schatten eines halbvertrockneten Holzapfelbaums zurückgezogen, verfolgten jedoch alles mit gespannter Aufmerksamkeit.

»Nieder mit der Bank von Maggody!« ertönte der Schlachtruf.

Die Tür der Billardhalle öffnete sich, und mehrere stiernackige Männer traten heraus, um den Zug anzustarren, der majestätisch an ihnen vorbeimarschierte. Roy Stivers kam an die Tür des Antiquitätengeschäfts, die Daumen in den Hosenträgern verhakt. Seine Backe war dick von einem Klumpen Kautabak. Perkins glotzte durchs Fenster des Friseurgeschäfts, neben ihm Earl Buchanon und Jeremiah McIlhaney. Lottie Estes stand mit düsterer Miene vor der Kirche.

»Sherman Oliver diskriminiert Frauen!«

Der so Beschuldigte und Brandon Bernswallow kamen aus der Bank. Bernswallow tippte einem der Deputys auf die Schulter und flüsterte ihm etwas ins Ohr. Sherman Oliver verschränkte die Arme vor der Brust und wartete reglos ab. Ich konnte allerdings sehen, daß sein Augenlid zuckte und sein Gesicht von Sekunde zu Sekunde röter wurde. Mit dem Fuß klopfte er so heftig auf den Boden, als wollte er eine ganze Ameisenkolonie ausrotten.

»Frauen gemeinsam sind stark!«

Mrs. Jim Bob eilte mit drohend vorgeschobenem Unterkiefer über den Rasen und pflanzte sich neben Bruder Verber auf. Dieser wischte sich das Gesicht, und seine Miene drückte die höchste Stufe rechtschaffener Entrüstung aus.

»Nieder mit der Bank von Maggody!«

Die Demonstrantinnen passierten das Emporium und blieben lange genug stehen, damit die Fernsehkameras sie in ihrer großen Stunde filmen konnten. Estelle schenkte den Millionen unsichtbarer Zuschauer ein strahlendes Lächeln, winkte mir zu und steuerte langsam den Parkplatz der Bank an. Es waren mindestens drei Dutzend Frauen in drei Reihen, und ich mußte nicht mal die Augen anstrengen, um Rubella Belinda Hanks genau in der Mitte der ersten Reihe auszumachen, links bei Johnna Mae untergehakt und rechts bei der FCB-Frau. Wo sonst hätte sich die Mutter der Polizeiinspektorin aufhalten sollen? Hätte sie etwa zu Hause bleiben und Plätzchen backen sollen?

»Wir werden siegen!«

Ich war nicht sicher, wie dieser Sieg aussehen sollte, und im Moment schien es mir eher wahrscheinlich, daß demnächst die Hitze über uns alle siegen würde. Oder die allgemeine Spannung, die mindestens so quälend war wie die Hitze. Da die Frauen mitten auf der Straße marschierten, entstanden allmählich gewisse Verkehrsprobleme. Wir haben normalerweise nicht allzuviel Verkehr in Maggody, aber ein paar Trucks gibt es doch, und hin und wieder tauchen Touristen auf, die ländliche Abgeschiedenheit und billige Antiquitäten suchen. Von beiden Kategorien waren mittlerweile ein paar Exemplare eingetroffen, die nicht weiterkamen. Manche fühlten sich veranlaßt, auf die Hupe zu drücken und unpassende Bemerkungen aus dem Wagenfenster zu schreien.

»Frauen gemeinsam sind stark!«

Einer der Deputys kratzte sich am Kopf, der andere kratzte sich am Hintern. Beide schienen ratlos, was nur allzu verständlich war. Die Fernsehleute filmten munter weiter, und der Zeitungsreporter versuchte, den Zuschauern am Straßenrand ein paar Kommentare zu entlocken.

»Wir kämpfen für die Zukunft!«

Mrs. Jim Bob stieß Bruder Verber an, der tief Luft holte und dann todesmutig auf die Straße trat. Alle warteten gespannt, ob Estelle bremsen würde. An ihrem Gesichtsausdruck konnte ich sehen, daß die Chancen fifty-fifty standen. Knapp eine Handbreit vor Bruder Verber kam ihr Kombi zum Stillstand, und ein kollektiver Seufzer der Erleichterung ging durch die Menge.

Estelle streckte den Kopf aus dem Wagenfenster. »Platz da!« schrie sie.

»Was Sie tun, ist eine Sünde! Hören Sie auf mich, Estelle Oppers! Hört auf mich, ihr Frauen!« hob Bruder Verber an, die Augen halb geschlossen, die Hände flehend gen Himmel erhoben. »Ich möchte, daß ihr alle nach Hause geht – zu euren Ehemännern. Kniet vor ihnen nieder und bittet sie um Verzeihung für das, was ihr tut.«

»Blöder Hosenscheißer!« rief Johnna Mae. Sie machte sich aus der Kette los, um drohend die Faust zu schütteln. Dann hakte sie sich wieder bei Ruby Bee ein und fügte hinzu: »Dieses Chauvischwein! Für wen hält er sich eigentlich? Für Moses?«

»Hochmut kommt vor dem Fall!« brüllte nun seinerseits Bruder Verber, woraufhin kurz verblüffte Stille eintrat. »Die Frau gehört ins Haus. In der Bibel steht, daß die Frauen für den Mann säen und ernten sollen und nicht den Verkehr blockieren und ein großes Tohuwabohu veranstalten!«

»Säen Sie doch selbst. Mal seh'n, was Sie ernten!« ertönte eine Stimme aus den Reihen der Demonstrantinnen.

Das zog wieder Zurufe aus der ständig wachsenden Menschenmenge nach sich. Die Leute stiegen aus den Autos und Trucks, um der Sonne zu entfliehen oder weil sie hofften, sie würden vielleicht in den Abendnachrichten gezeigt. Auch am Straßenrand versammelten sich immer mehr Schaulustige. Die beiden Deputys wirkten sehr unglücklich, blieben aber im Schatten.

Brandon Bernswallow kam auf mich zu. Die Falten auf seiner Stirn waren so tief, als hätte sie jemand mit der Axt hineingeschlagen. »Sie müssen augenblicklich einschreiten, Polizeiinspektorin Hanks«, kläffte er mich an. »Die Demonstration ist nicht genehmigt, und ich rate Ihnen, unternehmen Sie etwas, und zwar sofort! Diese Art von Öffentlichkeit schadet dem Ansehen unserer Bank. Mein Vater bekommt einen Herzinfarkt, wenn er in den Nachrichten davon erfährt. Und wahrscheinlich denkt er noch, daß alles meine Schuld ist. Tun Sie endlich etwas!«

Ich wollte ihn gerade darauf hinweisen, daß das gar nicht so leicht sein dürfte, als ich einen dumpfen Aufprall hörte. Bruder Verber hatte sich auf den Kühler von Estelles Kombi geworfen und blökte nun direkt durch die Windschutzscheibe, wobei er nicht mit Spucke sparte. Estelle kurbelte das Seitenfenster hoch und stellte die Scheibenwischer an. Mrs. Jim Bob klammerte sich an Lottie Estes, die ihr mit einem Tüchlein Luft zufächelte und gleichzeitig die Demonstrantinnen ankeifte.

Die Fernsehkameras konzentrierten sich nun auf mich. Eine Frau mit makelloser Frisur hielt mir ein Mikro unters Kinn und sagte: »Wir sprechen jetzt mit Arly Hanks, Polizeiinspektorin von Maggody. Inspektorin Hanks, wie wollen Sie mit dieser sich zuspitzenden Krisensituation fertig werden? Immer mehr Menschen versammeln sich hier, um Gleichberechtigung für Frauen zu fordern – glauben Sie, daß Sie und die beiden Deputys Ausschreitungen verhindern können?«

Bevor ich ein Wort herausbrachte, hatte Bernswallow mich schon beiseite geschubst und sagte: »Die Bank von Farberville ist sehr besorgt angesichts dieses zwar unbedeutenden, gleichwohl beunruhigenden Vorfalls. Wir haben uns stets dafür eingesetzt, daß –«

Carolyn McCoy-Grunders schubste ihn beiseite. »Ich bin die offizielle Sprecherin von *Frauen gegen Chauvinismus im Büro*, und wir erklären hiermit, daß –«

Bruder Verber schubste sie beiseite. »Die Bibel ermahnt die Frauen, den Tempel zu reinigen und zu gehorchen und sich nicht aufzuführen wie vulgäre Schlampen. Außerdem kann ich aufgrund meiner Erfahrung als Pastor sagen, daß –«

Johnna Mae schubste ihn beiseite. »Ich war elf Jahre lang in dieser Bank angestellt. Und nur weil ich 'nen Kaiserschnitt hatte und sechs Wochen zu Hause bleiben mußte, damit die Narbe verheilt, soll ich jetzt –«

Selbst die Leute vom Fernsehen waren das ewige Geschubse

leid. Sie machten die Scheinwerfer aus und mischten sich unter die Frauen, die sich inzwischen auf dem Parkplatz eingefunden hatten. Die beiden Deputys waren aufgewacht und begannen die Menschenansammlung zu zerstreuen. Sie forderten die Schaulustigen auf, weiterzufahren oder wieder ihren Geschäften nachzugehen, wenn sie nicht einen Strafzettel wegen Verkehrsbehinderung kassieren wollten.

»Für wen halten Sie sich eigentlich?« fuhr Bernswallow die Frau von *Frauen gegen Chauvinismus im Büro* an. »Hierzulande haben wir keine allzu hohe Meinung von verklemmten Frauen, die sich für was Besseres halten und herkommen, um die ganze Stadt aufzuhetzen.«

Daraus entwickelte sich ein Gespräch, das ich hier lieber nicht wiedergeben möchte. Ich überließ die beiden ihrem Gegifte und ging hinüber zu Sherman Oliver. »Johnna Mae hat offensichtlich ihre Meinung geändert«, sagte ich mit einem Achselzucken.

»Sieht ganz danach aus. Ich bin zutiefst enttäuscht. Ich hätte doch auf Brandons Rat hören sollen, Anzeige gegen sie zu erstatten.« Sein ohnehin rotes Gesicht verfärbte sich noch mehr. »Was haben diese törichten Frauen bloß im Sinn?«

Was sie jetzt gerade im Sinn hatten, war, Estelles Kombi auszuladen. Mitten auf dem Parkplatz. Bei der Ladung handelte es sich um Klappstühle, Kühlboxen, Tüten mit Lebensmitteln, Auflaufschüsseln mit Plastikfolie und große Flaschen. Andere Frauen stellten emsig ihre Plakate auf, die allesamt für die Bank oder ihren Leiter nicht besonders schmeichelhaft waren. Die Fernsehteams waren begeistert von dem regen Treiben und stürzten sich vor allem auf die Mutter einer gewissen Person, weil diese ein besonders beleidigendes Schild am Holzapfelbaum befestigt hatte.

Bruder Verber, Mrs. Jim Bob und eine ganze Gruppe von Ehemännern verfolgten die Geschehnisse vom Kirchenrasen aus. Die Deputys hatten den Straßenverkehr wieder in Fluß gebracht, aber die Leute auf der anderen Seite der Straße rührten sich nicht vom Fleck. Lauter grimmige Gesichter. Ich hatte in meinem Leben noch nie so viele verkniffene Münder und feindselige Blicke gesehen – und dabei bin ich früher bei Regen immer mit der U-Bahn durch Manhattan gefahren.

»Verhaften Sie diese Frauen!« verlangte Sherman Oliver mit entschlossener Miene. »Sie begehen Hausfriedensbruch.«

Brandon bedachte Carolyn mit einer letzten Beschimpfung und gesellte sich dann zu uns. »Sehr richtig. Inspektorin Hanks – dieser Parkplatz ist Privatbesitz. Ich weiß nicht, was diese Frauen sich einbilden! Sie führen sich auf, als wollten sie hier ein Picknick veranstalten, aber das werden wir nicht dulden.«

Jetzt stieß Carolyn ebenfalls zu unserem fröhlichen Grüppchen. »Oh, ja – verhaften Sie diese grauhaarigen Hausfrauen und werfen Sie sie ins Gefängnis! Die Bank würde wirklich gut dastehen, wenn diese Meldung durch die Nachrichten ginge. Was für eine wunderbare Art zu zeigen, daß man für die Menschen da ist, indem man die Hälfte der Bevölkerung in schmutzige Gefängniszellen sperrt. Haben Sie überhaupt genügend Handschellen? Sie müssen die Frauen sowieso in den Polizeiwagen tragen, weil wir vereinbart haben, passiven Widerstand zu leisten.«

»Verhaften Sie diese Frauen!« forderte Bernswallow. Er klang schon ziemlich ungeduldig.

Sherman Oliver hob die Hand. »Warten wir doch einen Augenblick. Wir wollen schließlich nichts überstürzen.« Er knabberte an einem Nagelhäutchen und starrte auf den Parkplatz, der immer mehr einer Gartenparty ähnelte. Klapptische mit Tischtüchern, gedeckt mit Papptellern und Plastikbesteck. Eine Frau hatte ein paar Einmachgläser als Vasen mitgebracht und dazu kleine Blumensträuße. Estelle und Elsie Buchanon holten die Schüsseln aus dem Wagen und nahmen die Deckel ab. Dahlia O'Neill stand dabei und leckte sich gierig die Lippen.

»Lieber Gott«, murmelte ich vor mich hin. »Wir sollten herausfinden, was sie vorhaben, ehe wir etwas Unüberlegtes tun«, fügte ich ein bißchen lauter hinzu.

Carolyn lächelte. »Es ist ganz einfach. Wir werden hierbleiben, bis Johnna Mae Nookim ihre Stelle als Hauptkassiererin wiederbekommen hat und für ihren Mutterschaftsurlaub und für die Tage, die sie ungerechterweise arbeitslos war, voll bezahlt wird. Außerdem muß sie Schmerzensgeld erhalten, weil dieser Herr hier sie dermaßen diskriminierend behandelt hat.« Mit ihrem rotlackierten Fingernagel deutete sie dabei auf Bernswallow. »Und er muß selbstverständlich entlassen werden.«

»Was?« platzte Bernswallow heraus. »Sie haben wohl Knoten in der Strumpfhose! Wie kommen Sie dazu, so unmäßige Forderungen zu stellen? Mein Großvater hat diese Bank gegründet, und mein Vater ist Aufsichtsratsvorsitzender. Niemand kann mich feuern.«

Sherman Oliver schaute Carolyn an. »Er hat recht – die Bank gehört seiner Familie, junge Frau, aber wir werden schon eine Lösung finden. Das Picknick hier auf dem Parkplatz wird auf lange Sicht unserem Ansehen nicht zwangsläufig schaden. Wenn ihr Mädels versprecht, daß ihr aufräumt, ehe ihr heute abend heimgeht, können wir die Sache meinetwegen vergessen.«

»Wir gehen heute abend nicht nach Hause, es sei denn, wir bekommen eine schriftliche Erklärung, daß unsere Forderungen erfüllt werden. Ich habe bereits ein provisorisches Schreiben aufgesetzt – vielleicht möchten Sie einen Blick darauf werfen?«

»Sie Emanzen-Schlampe!« explodierte Bernswallow. »Wo klemmt's bei Ihnen? Ich wette, Sie sind eine von diesen Lesben, die Männer hassen, weil die sie nicht attraktiv finden. Wahrscheinlich hat Sie keiner zum Schulball eingeladen, was, Prinzessin? Sie haben bestimmt zu Hause gesessen und sich die Möse geleckt.«

»Aufhören!« rief ich und stieß ihn weg. Dann wandte ich mich an Sherman Oliver und sagte eisig: »Sagen Sie ihm, er soll den Mund halten. Die Situation ist schon schwierig genug, da brauchen wir nicht noch einen Klugscheißer, der blöd daherschwätzt. Es muß doch eine Möglichkeit geben, das Problem zu lösen!«

Oliver ließ den Blick über den Parkplatz schweifen, fuhr sich mit der Hand durch die Haare und schüttelte den Kopf. »Wir können nicht zulassen, daß die Bank in ein schlechtes Licht gerät. Eine Bank lebt vom Wohlwollen und von der Unterstützung der Gemeinschaft. Ich sollte Mr. Bernswallow anrufen und ihn fragen, was wir seiner Meinung nach tun sollen.«

Brandon zuckte zusammen. »Vielleicht rufe ich ihn lieber an.«

»Das wäre wahrscheinlich besser«, meinte Carolyn zuckersüß. »Dann erfährt er die Neuigkeiten von seinem kleinen Jungen, der am liebsten Frauen malträtiert, wenn er nicht gerade Schmetterlingen die Flügel ausrupft oder seine Männertricks anwendet, um Studentinnen zu vergewaltigen.«

»Das reicht, Sie Schlampe!« rief Brandon erbost und wollte auf sie losgehen.

»Oh, Carolyn«, zwitscherte eine Stimme vom Parkplatz. »Zeit fürs Abendessen. Wir möchten, daß du oben am Tisch sitzt.«

Ich wünschte mir, ich hätte eine Kugel dabei, und sei es nur, um sie mir durch den Kopf zu jagen.

Ich flehte die Deputys an, noch eine Weile zu bleiben und wenigstens einigermaßen für Ordnung zu sorgen. Dann machte ich mich auf die Suche nach Ruby Bee. Sie saß an einem Klapptisch mit Estelle, Johnna Mae und Dahlia. Als ich näher kam, widmete sie sich demonstrativ ihrem Hühnersalat, aber ich ließ mich davon nicht abschrecken.

»Wir müssen uns unterhalten«, knurrte ich.

»Hallo, Arly«, rief Dahlia, den Mund voller Grüne-Bohnen-Auflauf, ein Lieblingsgericht hier in Maggody, zubereitet mit Champignoncremesuppe und eingelegten Zwiebelringen. Ruby Bee verfeinert ihn immer noch mit Piment und behauptet, die zusätzliche Farbe gebe dem Gericht eine festliche Note. Im Grunde ihres Herzens ist Ruby Bee eine Künstlerin.

»Hallo, Dahlia. Ich hab' mich heute nachmittag mit Kevin unterhalten, und er schien ziemlich durcheinander.« Ich schwieg einen Moment – wegen der dramatischen Wirkung und weil ich Dahlia Gelegenheit geben wollte, ihr Gehirn anzukurbeln. Dann fügte ich kaltherzig hinzu: »Er war so am Boden zerstört, daß er kaum reden konnte. Er hat sogar mit den Tränen gekämpft.«

Dahlias Gabel kam auf halber Strecke zwischen Teller und Mund zum Stillstand – möglicherweise das erstemal in ihrem Leben. »Was? Du liebe Zeit! Vielleicht muß ich mit ihm reden.«

Estelle schüttelte so energisch den Kopf, daß eine rote Locke sich aus der Frisur löste und ihr in die Stirn fiel. »Hör zu, Dahlia O'Neill, wir haben uns doch darauf geeinigt, daß keine von uns aufgibt, nur weil die Männer irgendwelche Tricks probieren. Wir tun das alles nicht nur für Johnna Mae, sondern für die Frauen im ganzen Land. Diese Frauen sind unsere Schwestern, und wir arbeiten darauf hin, daß sie gleichberechtigt behandelt und nicht unterdrückt werden. Du kannst jetzt nicht das Handtuch werfen, nur weil Kevin feuchte Augen kriegt. Wahrscheinlich ist ihm bloß ’ne Fliege ins Auge geraten.«

»Ja, das stimmt, er hat immer Probleme mit Insekten, wenn er Fahrrad fährt«, meinte Dahlia. Estelles Predigt hatte sie immerhin so weit aufgeheitert, daß sie es schaffte, die Gabel vollends in den Mund zu schieben. »Einmal wär’ er fast an einem Junikäfer erstickt. Ich mußte ihm so auf den Rücken hauen, daß ich dachte, gleich landet er kopfüber im Dreck. Wer hat eigentlich den Bohnenauflauf gekocht? Elsie McMay? Ich brauch’ unbedingt das Rezept.«

Ruby Bee stocherte mit der Gabel in ihrem Essen herum. »Ich würde sagen, da sind Wassernüsse drin. Wer hätte das gedacht. Da muß ich Elsie selbst fragen, und dann schreib ich’s für dich auf eine Rezeptkarte, Dahlia.«

»Ich hätte gedacht, das sind Selleriestücke«, meinte Estelle nachdenklich.

»Nein, das sind Wassernüsse«, erklärte Johnna Mae, die mich keines Blickes würdigte. »Ich mag das, daß es so bißfest ist.«

Ich holte tief Luft, zählte bis zehn und sagte dann: »Ich kann nicht recht verstehen, wie ihr die Situation der amerikanischen Frauen verbessern wollt, wenn ihr hier auf dem Parkplatz rumsitzt und Rezepte austauscht. Und die FCB-Frau hat gesagt, ihr seid alle wild entschlossen, hierzubleiben, bis das Unrecht aus der Welt geschafft ist. Glaubt ihr nicht, daß diese hehren Ideale gegen Mitternacht ein bißchen verblassen – oder habt ihr Kerosinlampen mitgebracht, um die ganze Nacht Canasta spielen zu können?«

Ruby Bee blickte hochnäsig auf mich herab, was ziemlich schwierig war, weil sie saß und ich stand. »Wir haben alles Notwendige dabei, auch Lampen, und wir werden diesen Platz besetzt halten, bis unsere Forderungen erfüllt sind.«

»Aber das hier ist nicht Columbia University, und ihr seid keine College-Studentinnen in den sechziger Jahren«, erklärte ich so ruhig wie möglich. »Vielleicht interessiert es ja kein Schwein, wo du schläfst – aber was ist mit dir, Johnna Mae?

Hast du etwa vor, deinen Mann und deine Kinder während der ganzen Aktion allein zu lassen?«

»Ich hab's Putter erklärt, und er war sehr lieb. Er begreift, daß das die einzige Möglichkeit ist, wie ich meinen Job zurückkriegen kann.«

»Und was passiert, wenn Mr. Oliver beschließt, dich doch wegen Körperverletzung anzuzeigen?«

»Carolyn sagt, daß die Medien im ganzen Land darüber berichten werden, wie unterdrückt wir Büroangestellten sind. Sie sagt, wenn Oliver hört, wie gut ihre Verbindungen zum Fernsehen sind, dann traut er sich nicht, mich anzuzeigen. Sie sagt, wenn wir durchhalten, dann werden wir uns von den Ketten des Sexismus befreien.«

»Was hat sie eigentlich die ganze Woche gemacht – hat sie euch die richtigen rhetorischen Phrasen beigebracht?« fragte ich, schon weniger gelassen als vorher. »Mußtet ihr jeden Abend nach dem Essen Tests machen, ob ihr das Vokabular beherrscht? Gab's für Rechtschreibfehler Punktabzug?«

Carolyn berührte mich am Ellbogen. »Arly, ich hoffe, Sie werden von den Vertretern des Patriarchats, die diese Stadt regieren, nicht unter Druck gesetzt. Wir tun dies hier für alle Frauen in Maggody, und wir würden uns sehr freuen, wenn Sie uns unterstützen. Wir sind nicht der Feind. Es wäre schlimm für mich, wenn Sie gemeinsame Sache mit den anderen machen würden – und gegen uns.«

»Und gegen deine eigene Mutter«, murmelte jemand.

»Ich bin nicht gegen euch. Ich finde auch, daß Johnna Mae ihren Job wiederhaben soll und daß ihr Mutterschaftsurlaub bezahlt werden muß. Das Problem ist nur, Sie kommen in diese Stadt geschwebt und stechen ein Hornissennest an, aber die Frauen sind aller Voraussicht nach diejenigen, die später darunter zu leiden haben. Sie haben viel Unfrieden zwischen Ehemännern und Frauen gestiftet, zwischen Arbeitgebern und Arbeitnehmern und zwischen Müttern und Töchtern. Wenn sich diese Sache hier gelöst hat, dann schweben Sie wieder davon, aber die Frauen bleiben in Maggody und müssen sich mit den Folgeproblemen auseinandersetzen.«

Eine wirklich aufrüttelnde Rede, fand ich, aber Carolyn schenkte mir nur ein herablassendes Lächeln und ging dann zum Nebentisch, um Elsie McMay zum Erfolg ihres verdammten Bohnenauflaufs zu gratulieren.

Ich musterte Ruby Bee verdrossen. Sie matschte immer noch mit der Gabel in ihrem Essen herum. »Haben wir denn auch alle unsere Schlafsäcke mitgebracht?« fragte ich spöttisch.

»Ja, und unsere Liegen«, entgegnete sie gutgelaunt.

Ich wollte gerade nach Schlafanzügen und Zahnbürsten fragen, als Earl Buchanon aus der Gruppe auf der anderen Straßenseite ausbrach und zum Mittelstreifen ging. »Was ist mit meinem Abendessen?« schrie er.

Eilene Buchanon legte ihre Serviette weg und stand auf. »Du kannst dir selbst was kochen – oder meinetwegen verhungern. Mir ist das egal.«

»Hör mal gut zu, Frau. Du machst dich doch nur lächerlich, mitsamt deinen Freundinnen. Ihr führt euch auf wie diese kommunistischen Hippie-Feiglinge im Vietnamkrieg. Ich will, daß du hierherkommst, und zwar gleich – es sei denn, ich soll kommen und dich holen.«

Sämtliche Gespräche über Wassernüsse und Schokokekse verstummten augenblicklich. Die Frauen blickten zu Eilene und dann zu Earl. Die Deputys, Oliver und Bernswallow (die immer noch vor der Bank standen) taten das gleiche, ebenso die Polizeiinspektorin, die sich sehnlichst wünschte, ein Sattelschlepper möge mit hundertzwanzig Sachen um die Kurve brettern.

Millicent McIlhaneys Ehemann trat ebenfalls an den Mittelstreifen und gesellte sich zu Earl. »Das gilt auch für dich, Millicent«, rief er. »Und für Darla Jean – hört mit dem Quatsch auf und kommt her. Wenn ihr wißt, was gut für euch ist, dann steht jetzt hopplahopp mein Essen auf dem Tisch!«

Bruder Verber schloß sich den beiden an. Auf den Fußballen

wippend, die Hände vor dem Bauch gefaltet, sagte er: »Wir können alle sehen, daß dies das Werk des Teufels ist, vor allem, wenn ihr vorhabt, euch nackt auszuziehen und Vieh zu schlachten, um euch mit dem Blut einzureiben und zu tanzen. Euren Seelen droht das Fegefeuer. Ja, ich habe gesagt, das Fegefeuer, es wird an euren Füßen züngeln und eure Haut versengen, bis ihr um Gnade winselt. Aber ich muß euch leider sagen: In der Bibel steht, daß es keine Gnade gibt. Wenn jetzt eine von euch sich die Kleider vom Leib reißt, so kann ich zwar für sie beten, aber für ihre Seele kann ich keine Verantwortung übernehmen.«

»Alter Wichser«, brummelte Johnna Mae.

Ruby Bee rümpfte die Nase. »Warum sollen wir denn nackt rumspringen und uns mit Blut einschmieren?« sagte sie zu Estelle. »Ich wüßte nicht, daß eine das vorgeschlagen hätte.«

»Ich glaube auch, daß ich mich an so einen Vorschlag erinnern würde«, meinte Estelle ebenfalls verwundert. Die beiden schauten zu Dahlia, aber die war zu beschäftigt mit einer Götterspeise (Zitronengelatine, Pecannußstücke und Kokos).

Eine vierte Gestalt fand den Mut vorzutreten. Der junge Mann wäre fast über einen besonders hinterhältigen Kieselstein gestolpert. »Dahlia!« rief er. »Ich möchte, daß du mit diesem Unsinn aufhörst. Wir sind zwar nicht verheiratet wie die anderen, aber wir gehen jetzt schon lange miteinander, und ich denke immer, du bist mit mir verlobt.«

»Na, so was, Dahlia!« staunte Estelle. »Das habe ich ja noch gar nicht gewußt, aber ich freue mich ganz schrecklich für dich! Wann kommst du unter die Haube?«

Dahlia blies die Backen auf und schob die Unterlippe vor. »Du kannst denken, was du willst, Kevin Fitzgerald Buchanon«, rief sie, »aber ich bin nicht mit dir verlobt, und du hast kein Recht, so was zu behaupten, schon gar nicht mitten auf der Straße und vor allen Leuten.«

»Und ich komme nicht nach Hause«, verkündete Eilene Buchanon lautstark.

»Ich auch nicht!« erklärte Millicent. Ein paar andere Demonstrantinnen stimmten zu, und Johnna Mae rief noch einmal: »Alter Wichser!«, aber diesmal so laut, daß der Ausruf dem alten Wichser persönlich ein entrüstetes Schnauben entlockte.

Ruby Bee erhob sich und ging zum Straßenrand. Sie stemmte die Fäuste in die Hüften und machte das Gesicht, mit dem sie schon zahlreiche potentielle Barstreitigkeiten im Keim erstickt hatte. »Jetzt hör mal gut zu, Earl Buchanon – und ihr andern auch. Ich bin Witwe, deshalb kann mich kein Chauvi mehr rumkommandieren, keiner schreibt mir vor, daß das Abendessen Punkt fünf auf dem Tisch stehen soll und alles. Ich muß nicht bis Mitternacht aufbleiben und Overalls bügeln oder jeden Morgen um sechs aus dem Bett, um frische Brötchen zu backen. Aber ich hab' das zwanzig Jahre lang mitgemacht, weil man mir beigebracht hat, daß so das Eheleben aussieht und daß es piepegal ist, ob ich ausschlafen möchte oder zur Matinee ins Kino von Starley City. Also – keine Frau soll so was tun müssen, wenn sie's nicht will. Und keine von uns will es. Eilene nicht und Millicent und Elsie und Dahlia genausowenig, falls sie je heiraten sollte. Keine von uns hier auf dem Parkplatz will das noch.«

Sie war dabei, sich in einen Predigerton à la Verber hineinzusteigern, als ein Wagen um die Ecke bog, bremste und am Rand des Platzes parkte. Truda Oliver stieg aus und kam zu dem Tisch, an dem ich immer noch stand. »Johnna Mae, ich habe darüber nachgedacht, wie die Bank Sie behandelt hat, nachdem Sie freigenommen haben, um Ihr Baby zu kriegen, und ich finde, Sie haben von dieser Institution, der Sie all die Jahre treu gedient haben, Besseres verdient.« Sie winkte ihrem Ehemann zu, der sich an Bernswallow klammerte wie ein Oppossumbaby an seine Mama. »Sherman, ich werde hierbleiben und diesen Protest unterstützen, bis du dich bereit erklärst, alles wiedergutzumachen, was dieser Frau angetan worden ist. Und was dein Abendessen angeht – es wird langsam Zeit, daß du lernst, einen Dosenöffner zu bedienen.«

Carolyn erhob sich und begann langsam und rhythmisch zu klatschen. Ihre Anhängerinnen standen eine nach der anderen auf und begannen ebenfalls zu klatschen, bis es lauter klang als Silvesterknaller. Sherman Oliver starrte seine Frau verständnislos an. Sie hatte die Hand auf Johnna Maes Schulter gelegt und zog eine Supermärtyrerinnenmiene. Der Lärm trieb die Herren an der Mittellinie zurück auf die andere Straßenseite, wo sie sich leise unterhielten und mit den Füßen im Kies scharrten.

Außerdem scheuchte der Lärm Oliver und Bernswallow zurück in die Bank. Die Deputys fuhren einfach weg, und nach kurzem Überlegen stieg ich in den Polizeiwagen und folgte ihrem Beispiel. Ich grinste in mich hinein, aber das spielte keine Rolle, weil mich ja niemand sehen konnte. Zeit für eine Kirschlimo.

* * *

Staci Ellen Quittle legte ihren Taschenbuchroman weg und griff zum Telefonhörer. »Büro *Frauen gegen Chauvinismus im Büro*«, sagte sie, wobei sie mit der Zunge den Kaugummi hinter die Backenzähne schob. Nachdem sie eine Weile zugehört hatte, sagte sie: »Nein, tut mir leid, sie ist diese Woche nicht im Büro. Sie bearbeitet gerade einen Fall in einer kleinen Stadt namens Maggody und konnte leider nicht genau sagen, wann sie zurückkommt. Soll ich etwas ausrichten?«

Mit einem Seufzer griff sie zu einem Bleistift und einem gebrauchten Briefumschlag. Es war eine jener »Mitteilungen«, wie sie ständig kamen. Die meisten Wörter waren eher deftig als fachlich, was ihr eigentlich lieb sein konnte, weil ihre Rechtschreibung zu wünschen übrig ließ. Obwohl Staci Ellen nie gewagt hätte, selbst solche Ausdrücke in den Mund zu nehmen, da ihr als Kind viel Respekt vor Seifengeschmack eingetrichtert worden war, beherrschte sie doch den Wortschatz: Ihr Freund nahm sie jeden Donnerstag abend zum Bowling mit, und donnerstags spielte die Liga, und wenn die Jungs ein paar Bier intus hatten, wurde die Sprache ziemlich grob. Einmal hatte sie versucht, sich davor zu drücken, mit der Ausrede, sie müsse sich die Haare waschen, aber er war bei ihr zu Hause vorbeigekommen und hatte sie buchstäblich in sein Auto gezerrt. Und an dem Abend hatte sein Team gegen die Autowerkstatt auf der Pipkin Avenue gespielt, und alle Freundinnen wußten aus Erfahrung, daß die Jungs von der Werkstatt (ganz zu schweigen von ihren nuttigen Freundinnen) die schlimmsten Ausdrücke weit und breit benutzten. Einmal sagte Wanda, ihrer Meinung nach sei das Gossensprache, und Staci Ellen lachte so, daß ihr ein paar Tropfen die Beine hinunterliefen. Sie mußte auf der Damentoilette ihren Slip auswaschen und ihn unter dem Händetrockner fönen.

»Ich werde es Ms. McCoy-Grunders ausrichten, wenn sie anruft«, sagte Staci Ellen. »Vielen Dank, daß Sie das Büro *Frauen gegen Chauvinismus im Büro* angerufen haben.« Sie legte auf und griff wieder nach ihrem Buch. Da fiel ihr etwas ein. Wenn sie diese Wörter nicht laut aussprechen konnte, wie sollte sie dann die Botschaft von diesem unanständigen Kerl aus Las Vegas wiederholen? Sie überlegte, ob sie vielleicht ihren Freund überreden konnte, im Büro zu warten, bis Ms. Großkotz mit Bindestrich anrief, aber sie kam zu dem Schluß, daß es nicht funktionieren würde, weil Bruno die ganze Zeit nur darauf herumhacken würde, daß es ihm nicht paßte, daß sie für diese Lesbe arbeitete. Deshalb holte er sie ja auch nie nach der Arbeit ab, und sie mußte immer den Bus nehmen, und manchmal kam sie erst nach Hause, wenn es schon dunkel wurde, was ziemlich unangenehm war, wegen der Gegend, in der sie wohnte, und wegen der vielen Jugendlichen in engen Jeans, die da rumhingen und sie anglotzten und in aller Öffentlichkeit solche Ausdrücke benutzten.

Sie holte ihren eingeklemmten Kaugummi wieder vor und kaute weiter, während sie überlegte. Sie hatte ein paar Ideen, darunter die simple Lösung, den Briefumschlag einfach zusammenzuknüllen und in den Papierkorb zu werfen. Sie konnte auch das Büro früh schließen und falls es herauskam, behaupten, sie hätte so schlimm PMS gehabt – aber das ging nicht, weil sie das Argument erst letzte Woche benutzt hatte, und Ms. Großkotz mit Bindestrich hatte Verständnis gezeigt, was ja für ein Büro wie *Frauen gegen Chauvinismus im Büro* die politisch korrekte Haltung war, aber sie hatte bestimmt den Tag in ihrem Terminkalender vermerkt, um überprüfen zu können, ob Staci Ellen die Ausrede ein Minütchen zu früh wieder verwendete.

Am Schluß entschied Staci Ellen, jedes Wort am Telefon zu buchstabieren. Auf diese Art würde sie ihre sprachliche Tugend nicht verlieren, und andererseits mußte sie nicht den Vorwurf einstecken, sie hätte zum zehntausendstenmal eine Nachricht verschlampt, was total übertrieben war. Sie nahm ihr Buch und fand die Szene, in welcher der Graf mit den grauen Mandelaugen und der Duellnarbe auf der Wange die bitterarme schwarzhaarige Hauslehrerin (die in Wirklichkeit eine reiche Erbin war, was sie aber erst auf der vorletzten Seite herausfand) gegen ihren Willen umarmte und sie so leidenschaftlich küßte, daß ihre Lippen schmerzten, und doch fühlte sie sich seltsam zu ihm hingezogen, weshalb sie ihren wogenden Busen unwillkürlich gegen seine Brust preßte und in ihren Lenden ein Feuer spürte, das sie fast verzehrte.

Das war Staci Ellens Lieblingsszene, zumal nachdem sie im Büro im Lexikon nachgeschlagen hatte, was das Wort »Lenden« bedeutete. Selbstverständlich in Ms. Bindestrichs Abwesenheit. Staci Ellen Quittle war nicht von gestern, was sie sich selbst und manchmal auch Bruno gern versicherte – wenn er sie je zu Wort kommen ließ und nicht nur dauernd selbst redete, über Bowling und darüber, daß er die Farbe seiner Team-Uniform wechseln und auf dem Hemd einen Totenkopf mit überkreuzten Knochen haben wolle.

Leiser Ärger flackerte über ihr Gesicht, und sie warf einen kurzen Blick auf den Kalender. Donnerstag. Verdammt, verdammt, dreimal verdammt.

Als es dunkel wurde, fuhr ich wieder zur Bank, um nachzusehen, ob die Demonstrantinnen womöglich schon Dollarscheine auf dem Rasen verbrannten oder sonst irgend etwas machten, dem ich meine polizeiliche Aufmerksamkeit widmen mußte. Mindestens ein Dutzend Pickup-Trucks parkten inzwischen auf der Kirchenseite der Straße, und doppelt so viele Männer lehnten mit verschränkten Armen und mürrischen Gesichtern dagegen. Wahrscheinlich hofften sie, sie könnten mit dieser stummen Nachtwache die Demonstrantinnen einschüchtern, aber die Wirkung auf die Frauen schien nicht sehr stark – die saßen einfach nur da, tranken aus Plastiktassen und unterhielten sich. An strategisch wichtigen Stellen hatten sie Lampen aufgestellt, und vier Frauen spielten Karten. Ich konnte nicht sehen, ob sie Canasta, Bridge, Poker oder Quartett spielten. Da Dahlia zu der Gruppe gehörte, nahm ich an, daß sie die anspruchsloseste Möglichkeit gewählt hatten.

Eilene warf allerdings immer wieder prüfende Blicke auf die gegenüberliegende Straßenseite, und dasselbe galt für ein paar andere Frauen. An einer Seite des Parkplatzes ließ Truda Oliver ihre Hände flattern und redete auf Johnna Mae ein. Ruby Bee, Estelle und Elsie McMay kämpften mit einem Stapel Militärpritschen, wobei sie zweifellos darüber debattierten, ob es angebracht war, durch Wassernüsse die ganze Bohnenauflauf-Tradition über Bord zu werfen (und das Rezeptheftchen der Baptistischen Frauenliga, Vater segne diese Speise). Carolyn McCoy-Grunders wanderte umher und überwachte die Aktivitäten.

Alles war bestens organisiert. Offensichtlich hatte Carolyn schon mehr als einen Protestmarsch geleitet. Ich überlegte, ob ich aussteigen, die Frauen auf ihre Pritschen packen und ihnen eine gute Nacht wünschen sollte, aber ich beschleunigte lieber und fuhr in Richtung Farberville, um zu überprüfen, ob ein gewisser charmanter Sergeant bereit war, mir ein Glas Wein anzubieten, wenn ich ihm dafür unterhaltsame Geschichten aus Maggody auftischte. Wasser bei der Hand löscht den Brand – obwohl mir persönlich ein Burgunder lieber wäre. Hihi.

Brandon Bernswallow zog eine Grimasse, als er an die bissigen Bemerkungen seines Vaters dachte, die alle total unfair gewesen waren. Es war ja nicht so, daß Brandon die Bank vor der negativen Berichterstattung hätte bewahren können – in den Sechs-Uhr-Nachrichten hatten sie wirklich zugeschlagen. Angefangen mit einer langen Einstellung, bei der man die Demonstrantinnen die Straße herunterkommen sah, und dann die Interviews mit dieser feministischen Schlampe (die sich trotzdem zum Pinkeln hinhocken mußte, egal, für wie toll sie sich hielt), mit Johnna Mae Nookim, ihm selbst, dem beknackten Oliver und selbst mit dem aufgeplusterten Pfarrer von der anderen Straßenseite. Dort wollte Brandon gerade seinen Wagen parken. Er war von Hasty auf der Landstraße nach Maggody gefahren und hatte die Scheinwerfer abgestellt, ehe er im Leerlauf hinter der Kirche einbog. Seine Anwesenheit in der Stunde der Not mußte ein Geheimnis bleiben, und viel zu viele Einwohner hatten sich auf der einen oder der anderen Straßenseite versammelt. In dem Trailer des Pfarrers brannte zwar Licht, aber die Vorhänge waren zugezogen, und es regte sich nichts.

Das Emporium war dunkel. Brandon überquerte das dahinterliegende Grundstück, wobei er die Ratten aufscheuchte, die gerade Löcher in die Mülltüten knabberten. Weiter durch Gras und Gestrüpp, bis er weit genug von der Bank entfernt war, um rasch und unauffällig die Straße überqueren zu können. Dann näherte er sich der Bank von hinten, so daß die blöden Frauen nicht sehen konnten, wie er sich durch die Hintertür schlich. Wahrscheinlich würden sie sowieso nichts merken. Ihr Essen und ihr Gequassel waren ihnen viel zu wichtig – wahrscheinlich würden sie nicht mal registrieren, wenn neben ihnen eine Atombombe hochging. Bei diesem Gedanken bedachte er sie alle mit einer unsichtbaren, gleichwohl obszönen Geste.

Er schloß auf und glitt hinein, verriegelte die Tür aber nicht von innen, denn er erwartete Gesellschaft, und es wäre doch sehr unhöflich seinem Gast gegenüber, wenn nicht geradezu beleidigend, die Tür abzuschließen. Womöglich würde der

Betreffende dann gleich wieder verschwinden. Das hintere Zimmer war dunkler als das Innere eines Kuhmagens. Brandon ging zu seinem Büro, die Hände vor sich ausgestreckt, um sich nicht sein anerkanntermaßen attraktives Gesicht zu verletzen. Waren nicht alle College-Studentinnen scharf darauf gewesen, seine samtweichen Lippen zu küssen? Er hatte mehr Mädchen aufs Kreuz gelegt als alle anderen Jungs in seinem Wohnheim und war ständig damit aufgezogen worden. Die Jahre am College waren die besten seines Lebens gewesen, mit Bier und Mädchen und dann diese verrückte Luau-Party, bei der er etwa um die Mittagszeit mit Purple Passion angefangen hatte und betrunkener als ein Stinktier gewesen war, als er das Mädchen im Delta-Omega-Haus abholte (bei seinen Kumpeln besser bekannt als die Hundehütte, aber das war ein Insiderwitz). Er hatte an dem Nachmittag bestimmt vier Liter von Shansons tödlichem Gebräu getrunken. Nicht, daß es seine Manneskraft reduziert hätte! Natürlich brachte er Luci Hunnicut dazu, ihm einen zu blasen, während er zum Wohnheim zurückfuhr, und er rammte nur ein einziges Mal kurz den Bordstein. Das war wirklich 'ne geile Party gewesen. Überall lila Kotze.

»Stehenbleiben – oder ich schieße!« krächzte eine Stimme in der Dunkelheit.

Brandon blieb wie angewurzelt stehen. Sein Herz hämmerte so laut, daß er es hören konnte, und er hatte einen säuerlichen Geschmack im Mund. Seine Finger erstarrten. Er schaffte es immerhin, den erhobenen Fuß auf den Boden zu bringen und die Arme zu senken. »Wer ist da?« stieß er hervor. Es klang wie ein Gurgeln, aber etwas anderes brachte er nicht zustande.

»Zwingen Sie mich nicht, Sie zu erschießen. Ich ziele direkt auf Sie, mit 'ner großen Pistole.«

Brandon überlegte panisch, ob es im hinteren Zimmer irgend etwas gab, was er als Waffe verwenden konnte. Der Metallpapierkorb kam nicht in Frage, so wenig wie die verstaubten Akten in der Ecke. »Hören Sie auf – oder ich tilge Ihr Konto« – das würde den Kerl sicher auch nicht einschüchtern. Brandon holte tief Luft und versuchte, etwas strenger zu sprechen. »Ich bin der Filialleiter, und ich habe das Recht, mich hier aufzuhalten. Ich habe auch ein Gewehr bei mir, und ich habe schon viele Enten und Eichhörnchen erlegt.«

»Ach ja? Kann ich Ihren Ausweis sehen?«

»Sie können überhaupt nichts sehen, Sie Schwachkopf. Es ist stockdunkel hier – haben Sie das noch nicht bemerkt?« fragte Brandon. Er fühlte sich jetzt stark genug, um in die Offensive zu gehen, was, wie Coach Grebes während der Halbzeit in der Kabine immer sagte, die beste Verteidigung war. Diese These hatte Brandon zwar immer etwas verwirrt, aber er hatte sie sich trotzdem brav gemerkt.

»Ich weiß so gut wie Sie, daß es hier dunkel ist«, entgegnete die Stimme hörbar gekränkt. »Aber wie soll ich wissen, ob Sie wirklich Mr. Bernswallow sind und nicht ein Bankräuber, der mich reinlegen will und so tut, als wär' er Mr. Bernswallow? Es könnte ja auch sein, daß ich das Licht anknipse, und dann erschießen Sie mich mit Ihrem Gewehr.«

Brandon erkannte jetzt die Stimme, beschloß aber auszutesten, wie weit er den Nachtwächter kriegen konnte, der nur Watte im Hirn hatte und auch davon nicht mal genug, um einen Tampon für eine Maus herzustellen. »Ja, Sie würden sich ziemlich blöd vorkommen, wenn ich Sie zwischen die Augen schießen würde – da treffe ich nämlich immer die Eichhörnchen und die Kaninchen und die Ratten auf der Müllkippe. Peng!«

»Äh – wie wär's, wenn wir beide unsre Waffen weglegen?«

»Gute Idee. Aber warten Sie einen Moment. Wenn ich tatsächlich ein Bankräuber bin und nur so tue, als wäre ich dieser Bernswallow, woher wollen Sie dann wissen, daß ich nicht lüge, wenn ich behaupte, ich würde mein Gewehr weglegen?«

Es folgte ein langes Schweigen, während der Nachtwächter diese Frage verarbeitete. »Na ja«, meinte er schließlich, »vielleicht sagen Sie erst ›Ich leg mein Gewehr weg‹, und dann noch ›Großes Indianerehrenwort‹.«

»Ja, das müßte reichen.« Mit einem breiten Grinsen, das

schon fast weh tat, folgte Brandon den Anweisungen und kickte als Klangeffekt sogar noch gegen den Metallpapierkorb. Dann sagte er: »Machen Sie das Licht an, Kevin – falls Sie wissen, wie man einen Schalter bedient. Im Gegensatz zu Ihnen habe ich Wichtigeres zu tun, als im Finstern herumzustehen.«

Kevin machte mit zitternden Fingern das Licht an. Seine Augen waren weit aufgerissen, und sein Mund stand offen. »Meine Güte, Mr. Bernswallow, ich hab' nicht gewußt, daß Sie es sind, sonst hätt' ich doch nicht gesagt, ich würde Sie erschießen wie 'nen Bankräuber. Tut mir echt leid.«

»Das will ich hoffen.« Brandon drängte sich an ihm vorbei und begab sich in den dunklen vorderen Raum. Durch ein Seitenfenster warf er einen Blick auf die verdammten Schlampen draußen auf dem Parkplatz, schloß dann die Jalousien und befahl Kevin Buchanon zu gehen.

»Aber ich muß die Bank bewachen, Mr. Bernswallow. Das wissen Sie doch, oder? Als Sie mich eingestellt haben, damit ich die Toiletten putze und den Fußboden wische, da haben Sie gesagt, ich muß den Rest der Nacht hier Wache schieben, falls ein Bankräuber kommt und die Tür aufbricht und –«

»Verduften Sie, und zwar sofort. Ich habe wichtige Geschäfte zu erledigen, und ich will nicht, daß Sie mir dabei über die Schulter glotzen.«

»Ich will Ihnen nicht über die Schulter glotzen, Mr. Bernswallow. Ich setz' mich auf meinen Klappstuhl bei der Hintertür, so wie immer. Der Stuhl ist so hart unter meinem Hintern, daß ich gar nicht einschlafen kann, selbst wenn ich will.«

»Schaffen Sie Ihren Hintern hier raus«, sagte Brandon mit zusammengebissenen Zähnen. »Sie können in einer Stunde zurückkommen und meinetwegen auf Ihrem gottverdammten Klappstuhl sitzen, bis Ihnen der Arsch abfällt.«

Kevin grinste, wobei er seine schiefen Zähne entblößte – und ein Stück Spinat vom Abendessen (das er in der Trucker-Kneipe am Rand von Starley City zu sich genommen hatte, weil sein Pa natürlich nichts gekocht hatte). »Darf ich noch was sagen?

Ich find' den großen Pokal so toll, der in Ihrem Büro steht. Sie wissen doch sicher, welchen ich meine, oder? Den goldenen mit den Henkeln auf beiden Seiten und dem schönen Schild dran. Wo haben Sie das Ding gewonnen, Mr. Bernswallow?«

»Es ist ein Pokal von meinen Verbindungsbrüdern. Mehr sage ich nicht. Wenn Ihnen Ihr Job und Ihr Leben lieb sind, dann verduften Sie jetzt endlich.«

Brandon wartete, bis Kevin am Hintereingang war, dann ging er in sein Büro und setzte sich an den Schreibtisch. Die von Kevin erwähnte Trophäe war in der Tat sehr groß und genoß allgemeine Bewunderung. Brandon hatte seinen Eltern gesagt, er hätte sie als Anerkennung seines kameradschaftlichen Verbindungsgeistes erhalten, was selbstverständlich ein Witz war, da jeder wußte, daß der Geist des Alkohols gemeint war. Wenn seine Eltern die Wahrheit erfahren hätten, hätten sie ihn zu dem verdammten Arzt gezerrt und ihn auf jede Geschlechtskrankheit der westlichen Hemisphäre untersuchen lassen.

In sich hineingrinsend holte Brandon das vorbereitete Blatt Papier heraus und betrachtete verzückt seine Kalkulationen. Eine Pauschalsumme, die sofort fällig war, oder eine monatliche Zahlung mit elfeinhalb Prozent Zinsen, bei halbjährlicher Anpassung gemäß der Entwicklung des Preisindex.

Es war die albernste Erpressungsforderung, die er je gesehen hatte, und Brandon war enttäuscht, als sein Besucher, der gleich darauf erschien, die komische Seite der Angelegenheit nicht sehen wollte. Das wollte er gerade sagen, als der Pokal auf seinem Hinterkopf landete.

* * *

Bruder Verber war ein bißchen enttäuscht, aber nur, weil das Buch, das er in einem entlegenen Antiquariat in Farberville erstanden hatte, keine richtigen Illustrationen besaß. Oh, ein Ritual nach dem anderen wurde darin beschrieben, samt Satansbeschwörungen und allem möglichen. Es gab Darstellungen von Pentagrammen und Hexagrammen. Dann ein langes Kapitel über die Geschichte der Hexerei im Mittelalter, in dem das einzig Interessante die Beschreibung der Hexenverbrennungen war – oder wie die Frauen unter Wasser getunkt wurden, bis sie zugaben, daß sie Hexen waren, woraufhin dann auf dem Marktplatz ein bißchen gezündelt wurde. Die Männer damals verstanden keinen Spaß.

Aber er hatte gehofft, er würde eine klare, nachvollziehbare Schilderung finden, wie die Hexen sich nackt auszogen und ihre Brüste mit Opferblut beschmierten und tanzten, bis sie in sexueller Extase zusammenbrachen. Bruder Verber mußte alle Einzelheiten wissen, falls die Frauen auf der anderen Straßenseite etwas Derartiges machten und er gerufen wurde, um sie zu retten. Und er mußte unbedingt vorher wissen, was sie taten, wenn sie sich in dieser sexuellen Ekstase befanden, und ob sie Orgien mit Dämonen feierten oder ob sie Schlange standen, um von einem Hohepriester mit einer Bocksmaske bedient zu werden. Eine Zeichnung oder besser noch ein Foto dieser Vergehen wäre da von unschätzbarem Wert gewesen.

Bruder Verber merkte, daß der Rücken seines Pyjamas allmählich schweißnaß wurde. Der Trailer stand den ganzen Tag in der Sonne, speicherte die Hitze und kühlte nur sehr langsam wieder ab. Er öffnete das Fenster und ging zum Sofa zurück, zu seinem Buch. Nun, er war gar nicht sicher, ob er eine sexuelle Ekstase erkennen würde, wenn er eine sah. Oder einen Priester mit Bocksmaske und einem entsprechenden Organ, das die Weiber in Raserei versetzen würde.

Er wischte sich das Gesicht ab und trank einen kräftigen Schluck Eistee. Die Hitze machte es ihm schwer, sich auf sein Forschungsmaterial zu konzentrieren. Aber er war es seiner Gemeinde schuldig, und die Frauen auf dem Bankparkplatz auf der anderen Straßenseite konnten jeden Moment anfangen, sich die Kleider vom Leib zu reißen. Bruder Verber wollte auf alles vorbereitet sein.

* * *

Kevin Buchanon dachte einen Augenblick lang, er würde Rauch riechen. Er schnüffelte ausführlich, sagte sich dann aber, es sei bestimmt nur Einbildung, und blätterte weiter in seinem Katalog. Diese Typen vom Profi-Angler kamen wirklich auf die tollsten Ideen. Kevin war zutiefst beeindruckt von den Ködern, die die Bewegung der lebendigen Fische nachahmten und in fünf Farben zu haben waren, darunter Chromoxidgrün und Perlweiß.

Während er versuchte, sich einen chromoxidgrünen Fisch vorzustellen, stieg ihm wieder Qualm in die Nase. Vielleicht rauchte ja Mr. Bernswallows Besucher eine Zigarette. Womöglich paffte sogar Mr. Bernswallow, denn er war wirklich komisch drauf gewesen und vermutlich zu den merkwürdigsten Dingen aufgelegt – zum Beispiel, wie er gesagt hatte, Kevin solle seinen Wachposten aufgeben und die Bank unbeaufsichtigt lassen, ausgerechnet zu einer Zeit, da auf dem Parkplatz so ein Durcheinander herrschte.

Etwas derart Verantwortungsloses hätte Kevin niemals getan. Es war seine Pflicht, die Bank zu bewachen, also tat er das auch. Er zog sich einfach auf die Toilette zurück und vertrieb sich eine Stunde lang die Zeit mit dem Angler-Magazin. Es war noch nicht mal eine besondere Qual, sondern paßte genau in seinen normalen Rhythmus. Seine Ma hatte ihm immer wieder gesagt, daß es wichtig war, regelmäßig aufs Klo zu gehen. Und dieses Stückchen Weisheit hatte sich Kevin zu Herzen genommen.

Siebtes Kapitel

Earl Buchanon bemerkte als erster den seltsamen Lichtschein in der Bank. Er war rötlich, ähnlich wie in der Oben-ohne-Bar am Rand von Farberville, zu der er und ein paar Freunde mal abends gegangen waren, wobei man von Glück reden konnte, daß sie das noch rechtzeitig gemacht hatten, denn schon eine Woche später war der Schuppen verrammelt gewesen wie ein Safe, und das würde sich auch nicht ändern – bis zum Jüngsten Tag oder bis der Sheriff aus dem Bezirk verjagt wurde.

Aber das Licht in der Bar stammte von den bunten Glühbirnen am Rand der Bühne. Earl konnte sich beim besten Willen nicht erklären, warum sie plötzlich in der Bank so eine Beleuchtung installiert haben sollten. Niemand würde für einen Bourbon mit Cola zwei Dollar fünfzig zahlen, um zu sehen, wie Miss Una ihre Strickjacke auszog oder wie Oliver seine knubbeligen Knie vorführte und in seinen ausgebeulten karierten Boxershorts paradierte. Earl fand die Vorstellung jedenfalls nicht gerade verlockend.

Keine der Frauen merkt was, dachte er vorwurfsvoll. Sie waren viel zu sehr damit beschäftigt zu tratschen, wie vor der Bibelstunde Mittwoch abends. Oder wie bei den grauenhaften Teestunden bei der verdammten Missionsgesellschaft. Oder beim jährlichen Basar des Veteranenclubs.

Earl stieß Jeremiah McIlhaney an, der düster vor sich hin brütete wie ein Huhn auf einem Dutzend Gänseeiern. »Weißt du noch, wie wir in der Oben-ohne-Bar in Farberville waren?« fragte er.

»Ich denk' schon.«

»Da hatten sie doch diese Lichter, daß die Frauen alle ganz rosarot aussahen.«

»Ja, stimmt, die waren alle richtig rot. Wie Cocktailtomaten, die nur drauf warten, daß man reinkneift.« Jeremiah packte sich an die Eier und grinste – aber nur eine Sekunde lang, dann wurde sein Gesicht wieder grimmig. »Was ist bloß in diese Frauen gefahren? Demnächst fangen sie noch an und kauen Tabak und wollen Pissoirs in den öffentlichen Toiletten. Glaub mir, Earl – eines Tages will 'ne Frau Präsident werden. Kannst du dir vorstellen, wie irgend so ein blödes Weib den gottverdammten Kommunisten was vorsäuselt, statt sie in Grund und Boden zu bomben?«

Earl blickte wieder hinüber zur Bank, um sich zu versichern, daß es keine Einbildung war. »Aber in der Bar, da hatten sie so farbige Scheinwerfer, stimmt's?«

»Ich hab' doch nicht die Beleuchtung studiert«, knurrte Jeremiah, der immer noch auf die andere Straßenseite starrte, als hoffte er, Millicent würde seinen Blick spüren und endlich heimkommen, wo sie hingehörte. Aber bisher blieb ihm der Erfolg versagt.

»Also, dann sieh dir doch mal das Fenster von der Bank an. Da ist so ein ähnliches Licht.«

Brummig folgte Jeremiah der Anweisung. Er hätte sich fast verschluckt. »Verdammte Scheiße, Earl! Das ist keine Bühnenbeleuchtung wie in der Oben-ohne-Bar, Himmelherrgott! In der Bank brennt's!«

Das scheuchte alle auf, und sie rannten über die Straße wie ein Rudel wildgewordener Hunde. Die Frauen fuhren erschrocken herum und glaubten schon, der Boxer(shorts)aufstand sei ausgebrochen, aber das Geschrei und Gefuchtel veranlaßten sie schließlich doch, sich umzusehen, und da bemerkten auch sie das Feuer in der Banklobby.

Alle wußten, was sie in dieser Situation schreien mußten – »Feuer! Feuer!« war besonders populär –, aber im allgemeinen Durcheinander stolperte jede über jeden. Earl verhedderte sich in einem Klapptischfuß und landete bäuchlings im Kies. Das Einmachglas mit den Ringelblumen hätte fast Elsie McMay getroffen, die beide Hände an die Brust preßte, um nicht zu hyperventilieren. Ruby Bee bat eine der Hippiefrauen, schnell ins Emporium zu gehen und die freiwillige Feuerwehr in

Emmet zu alarmieren, aber auch sie hatte Schwierigkeiten mit der Atmung. Joyce Lambertino stand kurz vor einem hysterischen Anfall. Estelle torkelte durch die Gegend wie ein neugeborenes Kälbchen und rief, jemand müsse etwas unternehmen, ehe die ganze Stadt in Flammen aufginge wie damals beim großen Brand von Chicago.

Die einzige Person, die sich nicht vom Fleck rührte, war Dahlia O'Neill, die gut als Marmorstatue in einem Museum hätte durchgehen können – oder vielleicht auch als zwei oder drei. Ihre Augenlider klappten dabei relativ schnell auf und zu, und ihr Mund öffnete sich immer weiter, je mehr sie begriff, was vor sich ging. Schließlich fand sie ihre Stimme wieder und jaulte: »Kevin! Kevin ist da drin! Tut doch was!«

Eilene Buchanon packte Earl am Kragen und zog ihn hoch. »Dahlia hat recht. Kevin, der Nachtwächter. Er ist bestimmt da drin. Du mußt ihn retten, Earl! Du mußt Kevin retten!«

»Kevvvin!« heulte Dahlia lauter als ein Güterzug im Tunnel. »Kevvvin!« Sie stapfte in Richtung Bank. Es kümmerte sie nicht, daß die Erde unter ihr bebte und Truda Oliver rücksichtslos gegen den Kombi gedrängt wurde. »Kevvvin! Ich komme! Ich rette dich!«

Der Vorraum brannte jetzt lichterloh, und der Rauch drang auf den Parkplatz. Direkt über dem Vordereingang züngelte eine Flamme empor, und Sekunden später hatte das halbe Dach Feuer gefangen. Ruby Bee beobachtete das Schauspiel fassungslos, doch dann kam sie wieder zu sich und rannte hinter Dahia her, die inzwischen den Gehweg vor dem Haupteingang erreicht hatte.

»Du kannst da nicht rein«, keuchte Ruby Bee und hängte sich mit ihrem ganzen Gewicht an Dahlias Arm.

»Ich muß aber Kevvvin retten!«

»Du kannst da nicht rein! Sonst verbrennst du noch selbst. Außerdem ist Kevin sicher durch die Hintertür rausgelaufen, als er das Feuer entdeckt hat. Er ist doch nicht so blöd und bleibt in der Bank, um den Helden zu spielen, oder?« Ruby

Bee bedauerte ihre rhetorisch gemeinte Frage augenblicklich. Kevin hatte einige der größten Dummheiten im ganzen Bezirk begangen. Wenn auf der Kirmes als Preis für Blödheit Medaillen verliehen würden, dann hätte Kevin bereits einen ganzen Waschkorb voller Gold. Ruby Bee zerrte Dahlia ein paar Schritte zurück. »Du kannst auf keinen Fall da rein! Das brennt doch wie Zunder.«

Carolyn kam zu ihnen gerannt. »Hat jemand die Feuerwehr alarmiert?«

Ruby Bee grub ihre Finger in Dahlias Arm, falls das Mädchen vorhaben sollte, etwas à la Kevin zu unternehmen, und sagte: »Ich hab' eine der Hippiefrauen ins Emporium geschickt. Emmet ist keine zehn Kilometer von hier. Die müßten gleich da sein.«

»Wenigstens ist niemand im Gebäude«, meinte Carolyn.

»Kevvvin! Ich muß ihn retten. Kevvin!« winselte Dahlia und steigerte sich weiter in ihr Elend. Sie versuchte sich loszureißen, aber Ruby Bee ließ nicht locker.

»Ist doch jemand drin?« fragte Carolyn entsetzt.

Ehe Ruby Bee antworten konnte, gab es eine kleine Explosion, und die Hitze schlug ihnen ins Gesicht. Sie stolperten rückwärts und schlugen nach der Glutasche, die wie ein Schwarm Moskitos stach. »Da ist niemand drin«, sagte Ruby Bee, während sie panisch über ihren guten dunkelblauen Rock strich.

Inzwischen hatten alle aufgehört zu reden. Sie versammelten sich auf einer Seite des Parkplatzes. Das Bankgebäude war geliefert, darin war man sich einig. Ob Kevin Buchanon sich dort aufgehalten hatte oder nicht, darüber gingen die Meinungen auseinander. Earl meinte, Kevin sei klug genug, um seinen Arsch rechtzeitig in Sicherheit zu bringen, aber Eilene schien nicht so sicher, und schließlich war sie seine Mutter und kannte ihn besser als alle anderen. Millicent McIlhaney erklärte mit fester Stimme, sie würde nicht eine Sekunde glauben, daß Kevin da drin sei. Darla Jean McIlhaney, die mit Kevin auf der Highschool gewesen war, fühlte sich verpflichtet, ihrem Zweifel

Ausdruck zu geben, ob Gott Kevin auch nur ein Viertel soviel Verstand gegeben hatte wie einer Gans – ihrer Meinung nach konnte er sich durchaus in der brennenden Bank aufhalten und versuchen, das Feuer mit Wassertassen zu löschen oder darauf zu spucken. Jeremiah McIlhaney zerrte Darla beiseite und sagte ihr, sie sollte nicht so ein idiotisches Zeug daherreden, sonst würde sie Prügel beziehen. Darla Jean begann zu heulen, was wiederum Millicent veranlaßte, Jeremiah zu beschimpfen, weil er Darla Jean so einschüchterte, obwohl sie doch nur helfen wollte.

Die Feuerwehr von Emmet bog gerade noch rechtzeitig auf den Parkplatz ein, um zu verhindern, daß die Mitglieder der Familie McIlhaney sich prügelten, aber ziemlich viel Zeit ging verloren, weil der Kombi im Weg stand – von den Pritschen und Klapptischen ganz zu schweigen. Es half auch nicht, daß die freiwilligen Feuerwehrleute ankamen und Parkplätze suchten, die die Straße möglichst wenig blockierten. Schließlich klappte es aber einigermaßen, und die Feuerwehrleute befahlen allen zurückzutreten, und holten ihre Schläuche heraus. Um ihre unüberlegte Bemerkung wiedergutzumachen, ging Darla Jean zu Eilene und bot ihr an, den Parkplatz hinter der Bank abzusuchen, denn vielleicht war Kevin ja durch den Hintereingang entkommen und dann ohnmächtig in einen Graben gestürzt, weil es doch sehr gefährlich war, den Rauch einzuatmen.

Eilene begann laut zu schluchzen. Earl wollte ihr gerade tröstend auf den Rücken klopfen, da kam Elsie McMay und machte ihm Vorwürfe, weil er Eilene zum Weinen gebracht hatte. Die dunkelhaarige Hippiefrau sagte an niemanden speziell gerichtet, die Männer in Maggody seien allesamt bekloppte, ungebildete Schleimbeutel, und das gefiel weder Raz noch Perkins noch Jeremiah noch sonst einem der Männer, die diese Bemerkung mitkriegten.

Nach einem kurzen Wortwechsel war es auf dem Parkplatz so heiß wie drinnen in der Bank, wenn auch in einem weniger greifbaren Sinn. Am Gehweg stand Dahlia und wehklagte, Ruby Bee bemutterte sie, und Carolyn rang die Hände und flehte zum Himmel, sie möge nicht dafür verantwortlich gemacht werden, falls dieser Dorfdepp beschlossen hatte, sich in der Bank schmoren zu lassen.

* * *

Mrs. Jim Bob saß auf dem Sofarand, eine Tasse mit Untertasse auf den Knien balancierend. Ihr bestes Teeservice, das mit den blaßlila Rosenknospen, das sie von ihrer Großtante geerbt hatte, stand auf einem Tablett auf dem Tisch, zusammen mit einem extra Teebeutel und einem kleinen Tellerchen mit Zitronenscheiben. »Du mußt deine Christenpflicht tun, Jim Bob«, sagte sie, nachdem sie jetzt schon über eine Stunde auf ihn eingeredet hatte. »Arly Hanks war blind für die schlimmen Dinge, die in Maggody vor sich gehen, und du bist verpflichtet, sie aufzusuchen und ihr zu sagen, daß sie gefeuert ist. Sag ihr, diese Art von Polizeischutz brauchen wir nicht. Sag ihr, wir brauchen einen Polizeiinspektor, der an die traditionellen Werte glaubt, an Patriotismus und Mutterschaft. Mir hat sie noch nie gefallen als Polizistin, und es ist ja eigentlich auch gar kein Beruf für eine Frau. Sie kommandiert die Leute auf so arrogante Art herum, daß das allein schon gegen die Gesetze des Herrn verstößt. Es wäre doch viel besser, sie würde heiraten und eine Familie gründen. Dann würde sie endlich den Sinn des Lebens begreifen.«

Jim Bob hatte es sich in seinem Fernsehsessel bequem gemacht und balancierte eine halbleere Bierdose auf dem Bauch. Das einzige, was neben ihm auf dem Tisch lag, war eine Fernsehzeitumg mit vielen Eselsohren. Verstohlen schielte er auf seine Armbanduhr. »Ich weiß nicht, ob ich befugt bin, sie einfach aus heiterem Himmel rauszuschmeißen«, sagte er. »Wahrscheinlich steht in der Stadtverordnung, daß ich erst eine Sondersitzung des Gemeinderats einberufen muß oder so.« Er hob die Hand, ehe seine Frau ihn wieder unterbrechen konnte. »Ich will damit nicht sagen, daß ich mich nicht mit dem Gemeinderat zusammensetzen und über Arlys Zukunft sprechen möchte. Ich könnte sogar gleich zu Larry Joe Lambertino rüberfahren und sehen, was er denkt. Roy ist auch da, aber ich habe im Waschsalon gehört, daß Harry Harbin seine Tochter in Miami Beach besucht. Ho hofft immer noch, daß er Bewährung kriegt, und Jesse ist im Altersheim, löffelt seinen Haferbrei und redet mit sich selbst. Es wird ganz schön schwer sein, genug Leute für 'ne Abstimmung zusammenzukriegen.«

»Eure Formalitäten interessieren mich nicht«, erklärte Mrs. Jim Bob schnippisch. »Ich mache mir Sorgen wegen dieser schrecklichen Frauen. Wer weiß, was sie noch alles anstellen. Und das direkt gegenüber der Kirche der Stimme des Allmächtigen Herrn. Womöglich schreien sie ihre schmutzigen Lügen so laut in die Welt, daß wir sie noch im Sonntagsgottesdienst hören. Bruder Verber befürchtet, sie könnten in aller Öffentlichkeit einen Hexensabbat feiern, bei dem all die unschuldigen jungen Menschen zuschauen.«

Jim Bob musterte sie mit zusammengekniffenen Augen. »Ich hab' gehört, er hat Angst, sie würden sich ausziehen und ihre nackten Körper mit Blut beschmieren. Angeblich will er sofort rübergehen, wenn der erste Hüfthalter fällt.«

Es folgte eine bedeutungsschwangere Pause. Mrs. Jim Bob nahm sich eine Zitronenscheibe und ließ sie in ihren Tee plumpsen, während sie überlegte, was Jim Bob sonst noch alles gehört haben mochte. Schließlich rührte sie mit ihrem Löffel klappernd in der Teetasse und legte ihn dann mit einem Knall aufs Tablett. »Natürlich macht er sich Sorgen!« fuhr sie ihren Mann an. »Das ginge dir genauso, wenn du ein Diener des Herrn wärst und sich die Frauen deiner Gemeinde solchen schlimmen Ritualen hingeben würden.«

»Ich wär' schneller da als der Teufel.«

»Ich erlaube nicht, daß in meinem Haus solche Ausdrücke benutzt werden.«

Jim Bob kippte sein Bier hinunter, kämpfte mit dem Hebel, bis der Sessel wieder aufrecht war, unterdrückte einen Rülpser (körperliche Funktionen rangierten im Hause Buchanon an gleicher Stelle wie gotteslästerliche Ausdrücke). »Hör zu. Ich schau' jetzt mal bei Larry Joe vorbei und red' mit ihm über Arly. Dann können wir unsere Entscheidung bei der nächsten Gemeinderatssitzung vortragen, wenn wir nicht schon vorher alle zusammentrommeln können. Du brauchst nicht auf mich zu warten, ich komme sicher erst spät nach Hause, und ich will nicht, daß du morgen zu erschöpft bist, um zu dem Bezirksclub-Treffen zu gehen. Schließlich weiß ich, wie wichtig dir solche Treffen sind.«

Mrs. Jim Bob musterte ihn mißtrauisch, sagte aber nichts, und Jim Bob begab sich gutgelaunt in die Garage. Er fühlte sich jedoch erst in Sicherheit, als er die Finger Lane entlangfuhr, und traute sich erst jetzt, unter dem Sitz nach der Flasche Bourbon zu tasten, die er für Notfälle dort aufbewahrte. Das verbesserte seine Laune noch mehr, und als er in den Highway einbog, gab er sich genüßlich den Gedanken an die süße kleine Cherri Lucinda hin.

Und da sah er das Feuer.

»Verdammte Scheiße«, murmelte er. Cherri Lucinda war immer schrecklich sauer, wenn er sich verspätete.

* * *

Bruder Verber riß die Augen auf. Er durfte jetzt nicht einschlafen, sondern mußte seine gesamte geistige und moralische Energie auf die Frage konzentrieren, wie er mit diesen Frauen umgehen mußte, falls und wenn sie mit ihrem wüsten Treiben begannen. Beim ersten Hinweis auf den Beginn eines verderbten Rituals würde er die Bibel nehmen – das beste Mittel gegen alle Personifizierungen des Teufels – und zu ihnen hinübergehen. In seiner Vorstellung tanzten sie um ein großes Feuer, das Blut tropfte von ihren nackten Brüsten und floß in kleinen dunkelroten Rinnsalen über ihre Bäuche. Sündige, sich schlängelnde rubinrote Bäche, die der ewigen Verdammnis entgegenflossen. Unter anderem.

Es sei denn, er konnte sie retten. Mit Gebeten selbstverständlich. Jawohl, und dazu eine kräftige Dosis Feuer und Schwefel. Mit einer aufrüttelnden Predigt über ihre verderbten, heidnischen, nackten Rituale, die sie mit dem Schnellzug in die Hölle beförderten. Und bald würden sie die Köpfe hängen lassen und ihn anflehen, sie vom Opferblut reinzuwaschen.

Da fiel Bruder Verber ein, daß er in seinem Kampf gegen den Teufel noch eine andere Waffe brauchte: ein Handtuch, damit er das widerliche Blut wegwischen und den Frauen wieder zu Gottgefälligkeit und Reue verhelfen konnte. Er begab sich in seine Kochnische und holte ein Geschirrtuch. Er wollte es bei der Tür bereitlegen, wischte sich aber erst noch die Stirn damit ab. Erbarmen – es war so heiß. Er öffnete die Tür, um das bißchen frische Luft hereinzulassen, das Gott seinem ergebenen Diener gewährte.

Der liebe Gott schien anderswo beschäftigt zu sein, aber das, was Bruder Verber jetzt erblickte, machte alles wett. Hinter der Kirche sah er flackernden Lichtschein. Ein Feuer! Das heidnische Ritual hatte begonnen. Und er war bereit, die Seelen zu retten und die Körper zu reinigen. Bruder Verber war so aufgeregt, daß er fast über den Couchtisch gestolpert wäre, als er in sein Schlafzimmer eilte. Es wäre keine besonders gute Idee gewesen, die nackten, entfesselten Frauen in einem mit bunten Teddybären gemusterten Schlafanzug zur Räson zu bringen. Er hatte sich seine Kleidung schon vorher zurechtgelegt und gehofft, der liebe Gott möge den himmlischen Rauchmelder auslösen und ihn in die Schlacht schicken. Er hüpfte erst auf dem einen, dann auf dem anderen Fuß herum, während er die Hose überzog. Dabei übte er seine Eröffnungsanklage und die darauffolgenden Warnungen vor dem tiefen schwarzen Schlund.

Keuchend seine Drohungen ausstoßend, eilte er ins Wohnzimmer, packte die Bibel und das Geschirrtuch und trampelte die Stufen seines Trailers hinunter. Er mußte rechtzeitig da sein! Der liebe Gott würde seinen treuen Diener nicht enttäuschen, der doch einmal im Monat einen Teil der Sonntagmorgenkollekte an die armen kleinen Waisenkinder in Afrika oder sonstwohin schickte. Der liebe Gott lächelte doch bestimmt wohlwollend auf ihn herab, weil er es wagte, diesen Teufelsanbeterinnen entgegenzutreten und für ihre Seelen zu kämpfen.

Unterwegs blieb er einen Moment stehen, um sich zu fassen, dann hob er den Blick. Er wollte dem sündigen Treiben direkt ins Auge blicken. Sein Gesicht verzerrte sich wie ein zerknülltes Papiertaschentuch, als er begriff, daß es die Bank war, die brannte, und daß alle Frauen völlig bekleidet dastanden.

Er blickte himmelwärts, in den aufsteigenden Rauch. »Ich glaube nicht, daß ich den Waisenkindern so bald wieder fünf Dollar schicken werde«, murmelte er mit zusammengebissenen Zähnen.

Für die Person, die sich hinter den Forsythiensträuchern versteckt hielt, klang diese Drohung sehr seltsam.

* * *

Staci Ellen Quittle schaute zu, wie Bruno einen Drei-Zehn-Split nicht schaffte. Sie wandte den Blick nicht ab, weil Bruno anschließend in der Bar immer jeden einzelnen Wurf besprechen wollte. Staci Ellens Eltern wußten selbstverständlich nicht, daß sie jedesmal noch in die Bar gingen. Staci Ellen erzählte ihnen jeden Donnerstag, sie und Bruno würden nach dem Bowling auf einen Cheeseburger mit Cola in den Diner gehen. Sie belog ihre Eltern nicht gern, aber irgendwie sah sie keine andere Möglichkeit, weil sie genau wußte, Bruno würde sie ohrfeigen und als blöde Zimtzicke beschimpfen, wenn sie nicht mitging, und ihr Pa würde sie ohrfeigen und sie als billige Schlampe beschimpfen, wenn er herausfand, daß sie in die Bar ging. Dabei trank sie nicht mal Bier, nie und nimmer. Bruno bestellte ihr immer eine Dr. Pepper und fragte gar nicht erst, ob sie vielleicht gern was anderes hätte. Und wenn sie dann im Wagen saßen, mußte sie ihm das Geld dafür zurückgeben, weil er für so ein Kindergesöff sein sauer verdientes Geld nicht ausgeben wollte.

Du lieber Gott, dachte Staci Ellen, als Bruno zur Plastikbank zurückkam und sie wütend anstarrte, als wäre sie heimlich die Bahn runtergelaufen und hätte den Pins zugeflüstert, sie sollten nicht umfallen – es war wirklich nicht fair, daß ihr die Männer dauernd vorschrieben, was sie tun und lassen sollte, vor allem, weil sie inzwischen neunzehn Jahre alt war und einen Highschoolabschluß hatte und einen Ganztagsjob im Büro *Frauen gegen Chauvinismus im Büro*. Drei Viertel ihres Einkommens gab sie ihren Eltern für Kost und Logis, und ihr selbst blieb so wenig, daß sie sparen mußte, um sich Strumpfhosen und Shampoo und das süßliche Parfüm zu kaufen, das Bruno sie zu tragen zwang.

Sie stieß Wanda an, der fast die Augen zufielen vor Müdigkeit, die sich aber trotzdem bemühte, genau aufzupassen. »Bestimmt Vic eigentlich auch, was für ein Parfüm du nehmen sollst, wenn ihr ausgeht?«

»Klar.«

»Hat er dir schon mal welches geschenkt?«

»Warum denn das?«

»Nur so«, sagte Staci Ellen mit einem leisen Seufzer.

* * *

Grinsend kam ich in Maggody an, denn ich dachte gerade an einen der Witze, den mir der charmante Sergeant im Austausch für meine wilde Schilderung der Demonstrantinnen H&Co. erzählt hatte. Der Witz war nur gutes Mittelmaß auf der Humorskala, aber meine Ansprüche waren drastisch gesunken, seit ich vor zwei Jahren die Staatsgrenze überquert hatte. Als erstes fiel mir auf, daß die Trucks nicht mehr vor der Kirche des Allmächtigen Herrn parkten. Das war ein gutes Zeichen. Das zweite, was ich registrierte, war, daß Estelles Kombi nicht mehr vorne auf dem Bankparkplatz stand. Ausgezeichnet. Nummer drei: Die Demonstrantinnen schlummerten nicht mehr auf ihren Armeepritschen und spielten auch nicht mehr Canasta im Lampenschein – auf dem Platz waren weit und breit keine Pritschen, Kombis, Klapptische und Demonstrantinnen zu sehen. Hervorragend.

»Gott sei Dank«, murmelte ich, und mein Gesicht verzog sich schon zu einem erleichterten Grinsen, als mein Blick auf die Bank fiel. Auf die Überreste der Bank, um genau zu sein. Ich trat auf die Bremse, legte den Rückwärtsgang ein, fuhr mit quietschenden Reifen zehn Meter zurück und bog auf den Bankparkplatz ein. Meine Scheinwerfer bestrahlten das Skelett des Gebäudes, in dem sich früher Geld und Rechnungsbücher und Plastikblumen und Schlangen ungeduldiger Kunden befunden hatten, also all jene Dinge, die die Welt der Banker in Bewegung halten.

Der größte Teil der Backsteinmauern stand noch. Das Dach war eingestürzt, und alle Fenster waren zu glitzernden Scherben zersplittert. Behende wie ein Zombie kletterte ich aus dem Wagen und begab mich hinüber zum Gehweg, um mir einen besseren Eindruck zu verschaffen. Die Luft war so ätzend, daß mir die Augen tränten und die Lungen schmerzten. Die bis zur Unkenntlichkeit entstellten Möbel rauchten immer noch. Miss Unas Schalterfenster hob sich von einer rußgeschwärzten Wand ab. Eine Pflanze war zu einem stinkenden Schleimklumpen geschmolzen. Alles schwelte.

Ich drehte den Kopf nach rechts und studierte die Szene, dann drehte ich ihn nach links und studierte die Szene, dann schaute ich geradeaus und studierte die Szene, aber ich kapierte nichts von dem, was meine Augen aufnahmen. Ich hatte mich ein paar Stunden anderswo ganz harmlos amüsiert – und schon bricht über Maggody eine Katastrophe herein. Nachdenklich grub ich meinen Absatz in irgendein verkohltes Ichweißnichtwas. Dann ging ich zurück zum Polizeiwagen und setzte mich auf die Kühlerhaube.

Als mir das keine neuen Erkenntnisse brachte, stieg ich ein und legte die Arme um das Lenkrad. Es kam mir in den Sinn, daß eine entladene Batterie auch wenig Erleuchtung brachte, also ließ ich den Motor an und fuhr hinunter zum Mekka der Erkenntnis und der Erleuchtung – und des Tratsches.

In Ruby Bees Bar und Grill brannte Licht, und Estelles Kombi sowie der Kleinwagen parkten dort. Ich ging hinein. Die Personifizierung der Erleuchtung etc. saß auf einem Barhocker neben Estelle. Carolyn McCoy-Grunders hockte in einer Nische, vor sich ein Glas Wasser und eine Familienpackung Aspirin.

»Wird auch langsam Zeit, daß du dich hier blicken läßt«, knurrte Ruby Bee. »Ich kann es kaum glauben, daß du dich aus dem Staub machst, ohne deiner Mutter zu sagen, wo du hingehst.«

»Habe ich die Sperrstunde überschritten?« fragte ich, mich problemlos ihrem Tonfall anpassend. Darin hatte ich Übung.

»Hast du die Bank gesehen?« erkundigte sich Estelle.

Ich nickte und zog eine Grimasse, während ich mich auf einen Hocker schwang. »Ja, ich hab' sie gesehen, und ich hab' nicht schlecht gestaunt. Was geht hier eigentlich vor?«

Sie erzählten mir ausführlich von dem Brand, wobei sie sich dauernd gegenseitig unterbrachen und immer wieder gehässige Anspielungen auf meine Abwesenheit einbauten. Mehr als einmal fiel der Begriff Pflichtvergessenheit. Und daß ich mich in der Gegend herumtrieb, während ganz Maggody in Flammen stand. Ich begann mich schon als Nero der Neuzeit zu fühlen, da ging den beiden endlich die Luft aus.

Carolyn setzte sich auf den Barhocker neben mir. »Ich kann's immer noch nicht fassen. Wir waren dabei, das Wacheschieben neu einzuteilen – und im nächsten Moment brennt die Bank, und wir husten uns die Lungen aus dem Leib.«

»Hat der Einsatzleiter der Feuerwehr die Brandursache festgestellt?« fragte ich.

»Jemand hat was von fehlerhaften Leitungen gesagt, und das hat allen irgendwie eingeleuchtet. Du willst doch nicht sagen, daß das Feuer gelegt wurde, oder?«

»Du meinst – Brandstiftung?« quiekte Ruby Bee.

»Das glaube ich nicht«, antwortete Estelle und kaute auf der Unterlippe. »Nachdem das Feuer ausgebrochen ist, hab' ich gehört, wie Miss Una zu Lottie Estes gesagt hat, sie hätte Sherman Oliver schon seit Jahren wegen der Leitungen im Lagerraum gewarnt. Sie hat behauptet, es hätte dort immer nach verbranntem Gummi gerochen. Ihr ist das jedesmal aufgefallen, wenn sie zur Toilette gegangen ist.«

»Soll das heißen, das Feuer ist im hinteren Teil des Gebäudes ausgebrochen?« fragte ich.

Ruby Bee schnaubte empört. »Wir hatten Wichtigeres zu tun als auf ein leeres Gebäude zu starren. Elsie McMay hat einen Blick auf die Armeepritschen geworfen, und da ist ihr eingefallen, daß ihr Chiropraktiker gesagt hat, sie soll nicht auf so 'ner Pritsche schlafen, und sie wollte heimgehen und auf ihrer orthopädischen Matraze schlafen, die sie sich letztes Jahr bei Montgomery Ward im Schlußverkauf geholt hat. Aber Estelle hat gesagt, sie glaubt kein Wort davon. Truda hat sich dann erboten, Elsies Schicht zu übernehmen, und da kamen plötzlich die Jungs über die Straße gerannt und haben geschrien, die Bank brennt, die Bank brennt.«

»Stimmt das?« fragte ich Carolyn.

Sie stützte die Stirn in die Hand. »In etwa. Meine Erfahrungen beziehen sich hauptsächlich auf Universitäten. Ich war noch nie mit dieser Denkweise konfrontiert, und einige der Argumente haben mich sehr verblüfft. Aber ich stand mit meinem Klemmbrett in der Hand mitten in einer Gruppe, da kam einer der Ehemänner, einer der schlimmsten Chauvis, muß ich sagen, und brüllte irgendwas von einem Feuer. Das war etwa gegen zehn.«

»Sie meint Earl Buchanon«, flüsterte mir Estelle ins Ohr. »Er stand nämlich bei seinem Truck auf der anderen Straßenseite und glotzte dauernd zu Eilene herüber, um sie verrückt zu machen. Ich bin sehr stolz auf Eilene – sie hat sich nicht aus der Ruhe bringen lassen. Jedenfalls nicht, bis sie fast durchgedreht ist, weil Kevin womöglich in der Bank war.«

Ich schloß einen Moment die Augen. »Scheiße – an Kevin hab' ich gar nicht gedacht! Aber er war doch nicht in der Bank, oder?«

»Wir wissen es nicht genau«, sagte Estelle so düster wie Vincent Price in einem Horrorfilm.

Carolyn schüttelte den Kopf. »Sobald jemand die Möglichkeit erwähnte, bin ich sofort zum Hintereingang gelaufen und habe nach ihm gerufen. Ich kann mir nicht vorstellen, daß er aus einem Gebäude mit zwei Eingängen und mit Fenstern überall nicht mehr rausgekommen sein soll. Er brauchte ja nur wegzulaufen, als er den Qualm gerochen hat.«

»Klar«, meinte Ruby Bee, aber sie klang nicht überzeugt. »Die arme Dahlia war völlig außer sich vor Angst. Sie wollte ihn retten, aber ich habe sie davon abgehalten – es wäre doch völliger Unsinn gewesen. Also hat sie geheult und geschrien, bis die Feuerwehrleute den Brand endlich gelöscht hatten. Dann hat sie verlangt, daß sie in den Trümmern nach Kevin suchen. Einer von den Männern meinte, niemand könne so blöd sein, daß er aus der Bank nicht mehr rauskommt. Aber du wirst mir nicht glauben, was dann passiert ist.«

»Dahlia hat Asbeststiefel übergezogen und ist in die Bank gewatschelt wie Smokey der Bär?«

Estelle kniff mich in den Arm. »Du darfst keine ungehörigen Bemerkungen über Dahlias Gewichtsprobleme machen. Sie hat Drüsenstörungen. Eine ihrer Drüsen funktioniert nicht richtig, und deshalb werden ihre Fettzellen durch das, was sie ißt, aufgeblasen wie winzigkleine Luftballons. Sie hat mir mal einen Artikel in einer Zeitschrift gezeigt, der hat das alles haarklein erklärt.«

»Und außerdem sollen wir Frauen nicht nach ihrem Äußeren beurteilen«, fügte Carolyn hinzu. »Der persönliche Wert muß nach dem Denken und Handeln beurteilt werden, nicht nach dem sexistischen Konzept, nach dem alle Frauen sich quälen sollen und ständig eine Diät machen, um auszusehen wie Insassinnen eines Straflagers. Das ist ein überholter und unmoralischer Schönheitswahn, der uns von den Werbeagenturen in der Madison Avenue aufgezwungen wird.«

»Jawoll«, meinte Estelle vorwurfsvoll, während Ruby Bee vorwurfsvoll schwieg.

»Tut mir leid«, sagte ich. »Ich hab' das wahrscheinlich nur gesagt, weil es schon spät ist – und weil ich so schockiert darüber bin, daß die Bank aussieht, als hätte jemand ein riesiges Lagerfeuer gemacht. Erzählt mir doch bitte, was Dahlia in dieser schrecklichen Situation getan hat.«

»Sie ist in Ohnmacht gefallen«, antwortete Ruby Bee.

»Wo sind ihre dreihundert Pfund denn gelandet?« fragte ich unbedacht, was mir wieder erboste Blicke einbrachte. Ich machte mich schon auf eine weitere Strafpredigt gefaßt. »Hat sie sich weh getan?«

»Nein«, meinte Ruby Bee. »Sie ist auf Joyce Lambertino gelandet, die direkt hinter ihr stand. Vier Männer waren nötig, um Dahlia hochzuhieven, und die Ärmste war fast zehn Minuten lang ohnmächtig. Einer der Feuerwehrmänner sagte, er hätte einen Erste-Hilfe-Kurs gemacht und seiner Meinung nach hätte sie eine leichte Gehirnerschütterung.«

»Aber bisher hat niemand Kevin gesehen?« fragte ich langsam. »Irgend jemand muß ihn doch gesehen haben, auch wenn alles so chaotisch war. Er ist zwar nicht der Traum meiner schlaflosen Nächte, aber ich möchte nicht, daß er noch in der Bank ist.«

Ruby Bee wandte den Blick ab. »Seine Eltern sind fast verrückt vor Angst, und die arme Dahlia heult wahrscheinlich gerade ihr Kopfkissen naß. Die Vorstellung ist einfach schrecklich.«

»Morgen früh wissen wir mehr«, sagte ich und klopfte ihr beruhigend auf die Schulter. »Es hat keinen Sinn, hier rumzusitzen und sich Sorgen zu machen. Es ist ja auch schon nach Mitternacht. Ich glaube, wir sollten jetzt alle ins Bett gehen.«

»Ich hatte morgen einen Termin bei der Bank«, sagte Estelle und tupfte sich mit einem Geschirrtuch die Augenwinkel trocken. »Wahrscheinlich lohnt es sich nicht, hinzugehen.«

»Bernswallow hängt vielleicht auf dem Parkplatz rum«, meinte Ruby Bee.

»Aber die ganzen Unterlagen sind doch verbrannt. Weißt du, was ich tun sollte? Ich sollte mir einen Anwalt nehmen und die Bank wegen übler Nachrede anzeigen.«

Carolyn lächelte müde. Sie würde den Job sicher nicht übernehmen.

»Die haben nämlich behauptet, ich hätte die Raten für einen Kredit nicht bezahlt, den ich nie aufgenommen habe.« Sie ging zur Kasse, holte den Brief aus dem Schrank darunter und fuchtelte damit in der Luft herum. »Da ist das Corpus delicti.«

Was Carolyn wieder ein müdes Lächeln entlockte.

An dieser Stelle verabschiedete ich mich und ging zu meinem Wagen. Dort saß ich eine Weile, dachte voller Kummer an Kevin Buchanon und bekam ein schlechtes Gewissen, weil ich einmal zu ihm gesagt hatte, ich würde ihm den Kopf abreißen und ihn dem lokalen Fußballteam zum Training überlassen. Dabei gibt es gar keine Fußballmannschaft in Maggody – wir machen nur echt amerikanische Sportarten wie Football und Baseball, keinen ausländischen Firlefanz.

Dann fuhr ich zu meiner Wohnung über dem Antiquitätenladen. Ich versuchte, meinen eigenen Rat zu befolgen und mich ein bißchen auszuruhen.

Dahlias Kopfkissen war, wie sich herausstellen sollte, nicht das einzige, das in dieser Nacht naßgeheult wurde.

Achtes Kapitel

Irgendwann, während ich so die Schatten an der Decke betrachtete, hatte ich eine Art Geruchs-Flashback. Die verkohlten, durchweichten Trümmer hatten einen unangenehmen Duft verbreitet, aber da war noch etwas anderes gewesen – der durchdringende Gestank von Methan. Methangas hat an sich einen leicht identifizierbaren Geruch; es ist ein Verfallsprodukt organischer Materie, das in Sümpfen und an anderen schönen Orten oder auch durch Kohleverkokung entsteht. Das alles hatte ich auf der Polizeischule brav memoriert, nicht etwa in einem Hobby-Chemiekurs. Weit gefehlt: Damals war es um Brandstiftung gegangen. Kerosin zum Beispiel ist eine Kohlenwasserstoffverbindung, die beim Verbrennen stinkende Gase entwickelt.

Als gleich darauf der Wecker losging, rief ich meinen charmanten Sergeant an. Er lauschte meiner Erzählung und stimmte mit mir überein, daß der Branddirektor des Bundesstaats alarmiert werden sollte, der im gleichen Büro arbeitete. Ehe ich meine Haare zurechtgezupft hatte, rief er zurück, um mir mitzuteilen, er und seine Leute würden in einer Stunde da sein.

Ich steckte die letzte Haarklammer fest und ging auf Nahrungssuche. Ruby Bees Lokal war noch geschlossen, höchstwahrscheinlich aus Mitgefühl mit der Familie Earl Buchanon, also mußte ich mich mit einer Tasse Kaffee und einem altbackenen, klebrigen Honigbrötchen auf dem Revier zufriedengeben. Kurz erwog ich, die erwähnte Familie anzurufen, befand dann aber, daß ich noch nicht in der Verfassung für schlechte Nachrichten war. Immerhin raffte ich mich so weit auf, Ruby Bee anzurufen und sie zu fragen, ob sie etwas wußte. Im Handumdrehen luchste sie mir das Geständnis ab, daß ich eine Ermittlung wegen Brandstiftung beantragt hatte. Aber es kam noch schlimmer: Als ich auf den Parkplatz bog, erwarteten mich dort bereits Ruby Bee, Estelle und Carolyn.

»Earl und Eilene haben keine Spur von Kevin gesehen«, berichtete Ruby Bee mit betrübter Stimme. »Dahlia ist in der Bar. Sie wollte mitkommen, aber ich habe ihr klar und deutlich zu verstehen gegeben, daß sie keinen Schritt vor die Tür gehen darf, ehe wir wieder da sind.«

»Das arme Ding ist weiß wie ein Laken«, fügte Estelle hinzu.

Carolyn starrte auf die Bankruine. »Ich kann mir überhaupt nicht erklären, was gestern nacht passiert ist. Die Feuerwehr schien mit der Kurzschlußtheorie ganz zufrieden, aber das wären doch zu viele Zufälle.«

Ich gab zu, daß ich mich den Großteil der Nacht mit demselben Gedanken herumgeschlagen hatte. Während wir die Geschichte noch einmal Stück für Stück durchgingen, fuhr ein weißer Chevy vor, und zwei Männer stiegen aus. Sergeant Plover, mit dem ich sowohl in ferner als auch in jüngster, gerade zwölf Stunden alter Vergangenheit interessante Begegnungen gehabt hatte, machte mich mit Sergeant Merganser bekannt. Merganser war ein schmächtiger Mann, der nervös mit den Augen blinzelte, vielleicht, weil er all die Jahre soviel Rauch zu ertragen gehabt hatte. Für die Leser, die sich nicht mehr daran erinnern: Plover war so groß wie ich und auf entwaffnende Weise ausgerüstet mit einer schiefen Nase, blonden Haaren, Sommersprossen und einer Scheidung. Unsere romantischen Verstrickungen waren mal stärker und mal weniger stark, je nachdem, wessen Nase gerade aus der Form geraten war und wer von uns gerade lieber Schlangeneier verzehren als sich entschuldigen wollte. Wir verfügten beide über höchst elastische Nasen und über eine Sturheit, mit der wir sogar Perkins' Maultier beschämt hätten.

Nachdem wir Ruby Bees verworrenen Bericht über den Brand hinter uns hatten, umschritten die beiden Männer den Unglücksort. Dann bahnten sie sich einen Weg durch die rußgeschwärzten Trümmer, Merganser mit einem Methan-Meßgerät und einer Kamera, Plover mit einer Schaufel, einer Kelle und mehreren blitzblanken Beweismittelbehältern.

Schon nach wenigen Sekunden stolperte Merganser wieder ins Freie; sein Gesicht erinnerte an die wenig attraktive Grünfärbung von Ruby Bees Erbsensuppe. »Sie sollten lieber den Sheriff und den Leichenbeschauer anrufen. Wir haben eine Leiche da drin.«

»O mein Gott«, stöhnte Ruby Bee und umklammerte hilfesuchend meinen Arm.

Estelle griff sich den anderen. »Ist es ... ist es Kevin?«

»Das kann ich nicht sagen, Ma'am«, antwortete Merganser. »Ich weiß nur, daß wir einen Mann gefunden haben, verbrannt und mausetot. Plover sieht nach, ob noch jemand drin ist, aber in der Zwischenzeit sollten wir schon mal Verstärkung anfordern.«

Ich machte mich los und ging zu meinem Wagen. Zum Glück funktionierte das Funkgerät. Ich bat die Zentrale im Büro des Sheriffs, die Nachrichten den entsprechenden Personen weiterzugeben, dann sank ich in den Sitz zurück und biß mir heftig auf die Unterlippe, damit sie endlich aufhörte zu zittern. Als ich meinen Knien wieder einigermaßen trauen konnte, stieg ich aus und informierte Merganser, daß alle unterwegs waren.

Ruby Bee und Estelle standen am Rand des Parkplatzes und unterhielten sich mit Raz, der in seinem verrosteten blauen Truck saß. Ich sah, wie mehrere Autos und Trucks auf der anderen Straßenseite anhielten. Die Farmer kamen aus der Billardhalle und aus dem Friseurladen. Die Hippies erschienen auf der Veranda des Emporium. Bruder Verber und Mrs. Jim Bob traten aus der Kirche und blieben mitten auf dem Bürgersteig stehen. Auch die Frauen, die im Namen der Gleichberechtigung am Abend zuvor Rezepte ausgetauscht hatten, erschienen eine nach der anderen, zusammen mit Seiner Majestät und Larry Joe Lambertino in Larry Joes Allradantrieb-Wagen. Auf dem Rücksitz saß Joyce. Miss Una und Lottie Estes rollten in dem uralten Crosley an und fanden tatsächlich eine Lücke zwischen den Trucks. Johnna Mae, Putter und die kleinen Nookims standen an der Ecke beim ehemaligen Lebensmittelladen.

Bald hatte sich fast die ganze Stadt versammelt. Ein Raunen ging durch die Menge, als Earl und Eilene vorbeifuhren, aber ansonsten schwiegen alle. Merganser murmelte mir etwas zu und verschwand wieder in der Bank. Als Harvey Dorf, der Sheriff von Stump County, auftauchte, nahm er mich beiseite, um sich die Situation erklären zu lassen, und machte sich auf den Weg zur deformierten Eingangstür.

Ich konnte mich nicht überwinden, ihm zu folgen. Kevin Buchanan war immer eine Nervensäge erster Güte gewesen, und ich hatte mehr als einmal das heftige Verlangen verspürt, ihm die Ohren abzureißen. Aber trotz seiner Blödheit gehörte er hierher, zu dem verrückten Leben in Maggody. Ich rieb mir noch die Augen und versuchte, mich gegen die schreckliche Wahrheit zu wappnen, als der Sheriff schon wieder rauskam. Er war genauso grün im Gesicht wie vorhin der Sergeant, sah aber verwundert aus.

»Es ist nicht Buchanon«, informierte er mich mit heiserer Stimme.

»Sind Sie sicher?«

Harve fuhr sich mit dem Finger in den Hemdkragen und blickte zum Himmel. »Die Identifizierung ist schwierig, Arly. Der untere Teil der Leiche ist übel zugerichtet. Aber der Mann lag unterm Schreibtisch, auf den ein Stück Zimmerdecke heruntergestürzt ist, und deshalb war der Oberkörper teilweise vor den Flammen geschützt. Ich bin nicht sicher, wer der junge Mann ist. Aber an den kleinen Buchanon erinnere ich mich noch von letztem Jahr, als er meinen Jeep gestohlen hat und in den Marihuana-Mordfall verwickelt war. Immerhin hab' ich ihm auf dem Revier ein paar Stunden die Leviten gelesen, weil er sich als Polizist ausgegeben und uns bei den Ermittlungen behindert hat. Der da drin ist nicht Kevin Buchanon.«

Mir entfuhr ein Seufzer der Erleichterung, und ich winkte Ruby Bee und Estelle zu. »Harve sagt, es ist nicht Kevin«, rief ich so laut, daß es auch die Leute auf der anderen Straßenseite hören konnten.

Allenthalben große Erleichterung. Earl klopfte Jeremiah McIlhaney auf den Rücken, Eilene stürzte Elsie McMay in die Arme und weinte. Alle nickten weise und behaupteten, nie auch nur eine Sekunde geglaubt zu haben, Kevin Buchanon könnte so dumm gewesen sein, nicht rechtzeitig aus dem brennenden Gebäude zu fliehen.

Mitten in dem ganzen Trubel fuhr ein Krankenwagen auf den Parkplatz. Harve fragte mich, ob ich versuchen könnte, die Leiche zu identifizieren, da ich die Einwohner von Maggody besser kannte als er, und ich nickte, wenn auch etwas widerwillig. Also schlängelten wir uns durch die Menschenmenge. Ich nahm an, daß wir uns auf dem Weg zu Brandon Bernswallows Büro befanden, und so war es auch. Nachdem ich Plover weggeschubst hatte, warf ich einen raschen Blick auf die Leiche, die fast vollständig unter dem verkohlten Schreibtisch verborgenen war.

»Es ist Brandon Bernswallow. Er war der Chefkassierer«, erklärte ich, wobei ich gegen das peinliche Bedürfnis ankämpfte, jemandem mein vertrocknetes Honigbrötchen auf den Fuß zu kotzen.

Harve kratzte sich am Kopf. »Höchstwahrscheinlich hat die Bank gestern abend um fünf zugemacht. Was in aller Welt hatte Brandon hier zu suchen?«

Ich wollte ihm von der Demonstration erzählen, doch Harve unterbrach mich mit einem lauten Schnauben. »Davon hab' ich schon gehört. Verdammt, keine fünf Minuten, nachdem es losging, wußte schon das ganze County Bescheid. Aber das erklärt doch nicht, weshalb der Knabe nach Einbruch der Dunkelheit in die Bank zurückgekommen ist.«

Merganser sah mich mit zusammengekniffenen Augen an. »Und es erklärt auch nicht, weshalb er seinen Arsch nicht hochgekriegt hat, als das Feuer ausbrach.«

»Oder woher das Feuer kam«, fügte Plover hinzu.

Ein Achselzucken war die einzige Antwort, die mir einfiel. Harve legte mir die Hand auf die Schulter und führte mich zum rückwärtigen Teil des Parkplatzes. Wir mußten den Sanitätern Platz machen, die mit dem Leichensack an uns vorbei wollten. Ohne mich loszulassen, erteilte Harve seinen Deputys Anweisungen, was sie zu tun hatten. Nach etwa einer Minute kam ich endlich so weit zur Besinnung, daß ich mich wieder wie ein Cop benehmen konnte. Unter den wachsamen Blicken der Einwohner von Maggody. Niemand war weggegangen oder machte auch nur die geringsten Anstalten, es demnächst zu tun.

* * *

Truda Oliver legte den Telefonhörer auf und machte sich auf die Suche nach ihrem Ehemann, der vor dem Badezimmerspiegel stand und sich rasierte. »Miss Una hat angerufen«, sagte sie. »Anscheinend haben sie in der Bank eine Leiche gefunden.«

Der Rasierapparat fiel klappernd ins Waschbecken. Shermans Augen begegneten ihren im Spiegel. »Ist es der kleine Buchanon, der jeden Abend saubergemacht hat? Ich hab' Brandon immer gesagt, der Junge weiß nicht mal, welches Ende bei einem Mop oben ist, aber es tut mir leid für die Familie.«

»Nein, es war nicht der kleine Buchanon. Es war Brandon.« Truda wartete einen Moment, während ihr Gatte weißer wurde als der Rasierschaum auf seinem Kinn. »Du sollst kommen und eine Einwilligungserklärung unterschreiben«, erklärte sie ihm dann. »Brandons Familie wird von den Behörden benachrichtigt, also kannst du wahrscheinlich bis nachher warten, ehe du sie anrufst und ihnen dein Beileid aussprichst.«

»Weiß man schon, wie das Feuer ausgebrochen ist?« fragte Sherman, während er den Rasierer wieder aufhob und vorsichtig über seine Wange zog. Obwohl er sich alle erdenkliche Mühe gab, zitterte seine Hand so, daß akute Verletzungsgefahr bestand. Resigniert ließ er den Apparat sinken.

Truda reichte ihm ein Handtuch. »Miss Una sagt, sie hat gehört, wie der eine Deputy dem anderen erzählte, das Feuer sei in der Nähe von Brandons Leiche ausgebrochen, also in seinem Büro. Miss Una war vollkommen perplex, hat sie gesagt, weil sie eigentlich gedacht hat, es hätte bei den Leitungen im Hinterzimmer einen Kurzschluß gegeben.«

»Weiß man, weshalb Brandon gestern abend in seinem Büro war?«

»Das sollst du ihnen wahrscheinlich erklären.«

Truda nahm das Handtuch und hängte es wieder ordentlich über die Stange. Dann ließ sie ihren Mann im Badezimmer allein und ging in die Küche, um sich eine Tasse Kaffee zu machen. Aber ihre Hände zitterten ebenfalls – so sehr, daß sie die Tasse nicht zum Mund führen konnte. Irgendwann wurde der Kaffee dann kalt, und der Kaffeeweißer bildete eine dünne beige Schicht auf der Oberfläche.

* * *

Als Ruby Bee und Estelle zur Bar zurückkamen, fanden sie Dahlia zusammengesunken in der Nische direkt neben der Jukebox. Mit Trauermiene blickte sie auf und sagte: »Sagt mir die schreckliche Wahrheit. Ich verdiene es, sie zu hören, und ich bin auf alles vorbereitet.«

»Sie haben eine Leiche in der Bank gefunden, aber es war nicht Kevin, sondern Brandon Bernswallow, der neue Chefkassierer, der Johnna Mae den Job weggenommen und sie dann ohne Grund rausgeschmissen hat.«

Jetzt klappte Dahlias Kinn so weit nach unten, daß sich zahlreiche Doppelkinne bildeten. »Aber wo ist Kevin?«

»Das weiß niemand. Bei Earl und Eilene hat er sich nicht gemeldet, und sonst hat ihn auch niemand in der Gegend gesehen.« Ruby Bee ging hinter die Theke und goß sich eine Tasse Kaffee ein, während ihr Hirn auf Hochtouren arbeitete – schneller als eine Schlange, die durch einen hohlen Baumstamm gleitet. »Weißt du«, sagte sie leise zu Estelle, die sich auf einem Hocker niedergelassen hatte, »es fällt mir echt schwer zu glauben, daß die ganze Geschichte ein Unfall gewesen sein soll. Ich würde das Trinkgeld von einem ganzen Monat verwetten, daß jemand Bernswallow umgebracht und dann das Feuer gelegt hat, um es zu vertuschen.«

Estelle schürzte die Lippen. »Ich denke, da bist du auf der richtigen Fährte, Ruby Bee. Bernswallow war nicht sonderlich beliebt, und mit seiner öligen Art hat er eine ganze Menge Leute verärgert. Wen hast du im Verdacht?«

Ruby Bee sah kurz zu Dahlia hinüber, beugte sich dann über den Tresen und flüsterte: »Zuerst mal ist Kevin verschwunden. Das finde ich reichlich verdächtig.«

»Du glaubst doch nicht, daß Kevin Buchanon...«

»Ich würde sehr gern erfahren, was er letzte Nacht gesehen hat und warum er danach verschwunden ist wie ein Prediger am Tag des Jüngsten Gerichts.«

Plötzlich unterbrach Dahlia die hochinteressanten Spekulationen mit einem tiefen Seufzer. »Ich muß meinen Kevin wiederfinden«, sagte sie und versuchte, sich am Tisch entlang aus der Nische zu quetschen. »Womöglich ist er draußen im Wald und völlig durcheinander. Vielleicht ist er sogar verletzt. Wir müssen einen Suchtrupp zusammenstellen und den Bergkamm absuchen.«

Zu Estelle gewandt verdrehte Ruby Bee die Augen, ging dann aber hinüber, um Dahlia zu helfen. Gut zehn Minuten dauerte es, bis sie endlich befreit war, denn sie hatte sich enger eingekeilt als Borke in einen Baum, und der Tisch war seit Jahren am Boden festgenagelt, nachdem an ihm eine hitzige Debatte über die Titelchancen der Highschool-Footballmanschaft stattgefunden hatte.

* * *

»Hier ist das Büro *Frauen gegen Chauvinismus im Büro*, was kann ich für Sie tun?« sagte Staci Ellen in monotonem Singsang.

»Hier spricht Ms. McCoy-Grunders, Staci Ellen. Die Lage hier ist unglaublich komplex geworden, und ich denke, ich muß noch ein paar Tage länger bleiben. Ich möchte Sie bitten, mir ein paar Anziehsachen aus meiner Wohnung zu holen – meine dunkelblaue Hose, die khakifarbene Kombination, ein paar Blusen und das graue Cardin-Kostüm mit den entsprechenden Accessoires. Wenn Sie nicht hinter einem Hühnertransport steckenbleiben, der mit dreißig Stundenkilometern vor Ihnen hertrudelt, müßten Sie es eigentlich in fünf Stunden schaffen. Bringen Sie auch die Post und die Telefonnotizen mit. Ich richte mir ein provisorisches Büro in meinem Motelzimmer ein und werde Ihnen auch ein Zimmer besorgen. Kann sein, daß ich Sie eine Weile brauche. Genaueres sage ich Ihnen, wenn Sie hier sind.«

Danach beschrieb sie noch schnell den Weg und legte auf, ohne sich verabschiedet zu haben. Staci Ellen knallte den Hörer auf die Gabel. »Tja, tralala, Ms. Großkotz. Wie wär's mit ›Wie geht's Ihnen, Staci Ellen?‹ und ›Würde es Ihnen etwas ausmachen, den weiten Weg nach Maggody zu fahren – ich brauche mein graues Cardin-Kostüm mit den entsprechenden Accessoires. Was macht Ihr Privatleben, Staci Ellen? Und wie ist das verdammte Wetter, Staci Ellen?‹«

Erschrocken brach sie ab, denn sie hatte noch nie ein Wort wie »verdammt« laut ausgesprochen – nur einmal, als sie ihrer kleinen Cousine Angelette geholfen hatte, ein Puppenhaus aus Plastik zusammenzustecken, und sich dabei den Finger einklemmte, daß er blutete. Natürlich benutzte Bruno solche Worte dauernd, und sie wollte nicht mal daran denken, wozu er sich hinreißen lassen würde, wenn sie ihre Verabredung zum Dragster-Rennen absagte. Eigentlich hätte sie sich viel lieber im Autokino mit einer Tüte Popcorn an ihn gekuschelt, aber Bruno mußte ja unbedingt überprüfen, ob der Camaro von dem Typen aus der Werkstatt wirklich so schnell war, wie der Kerl dauernd behauptete.

Pech für Bruno und seine großen Pläne. Staci Ellen holte den

Wohnungsschlüssel aus der Schreibtischschublade in Carolyns Büro, sammelte den Briefstapel und die einzige Telefonnachricht ein, nahm den Liebesroman vom Schreibtisch und verschloß die Tür mit einem gemeinen Klicken. Während sie durch die schwüle, feuchte Luft von Little Rock zur Bushaltestelle ging, überlegte sie, ob es sich überhaupt lohnte, Bruno anzurufen. Vielleicht sollte sie einfach den Wagen ihres Vaters ausleihen und losfahren, ohne Bruno zu benachrichtigen. Damit er sich endlich mal fragen mußte, wo sie war. Schließlich versetzte er sie oft genug und wurde dann auch noch wütend, wenn sie es anzusprechen wagte.

Mit einem Gesichtsausdruck, den niemand zuvor an ihr gesehen hatte, ließ sich Staci Ellen auf der Bank an der Bushaltestelle nieder.

* * *

Am späten Nachmittag waren Sergeant Merganser und Sergeant Plover fertig. Weder sie noch die anderen zweifelten auch nur einen Moment daran, daß wir es mit Mord und Brandstiftung zu tun hatten. Der verformte Kerosinkanister war schwer zu übersehen, und er gehörte auch nicht zur Standardausrüstung einer Bank. Papier war zusammengeknüllt, mit Kerosin übergossen und angezündet worden. Der Täter hatte sich zwar schnellstens zur Tür begeben müssen, aber nachdem er sie erstmal hinter sich geschlossen hatte, war ihm genügend Zeit geblieben, das Gebäude so ruhig und geordnet zu verlassen wie ein Grundschüler bei Probealarm. Stolz wie ein frischgebackener Papa zeigte uns Merganser die deutlich ausgeprägten Brandspuren auf dem Boden und die V-förmige Kerbe an der Seite des Schreibtischs. Mich hätte es nicht gewundert, wenn er Zigarren verteilt hätte.

Die Leiche war wegen des Schreibtischs und des großen Brockens Putz, der von der Decke gefallen war, relativ gut erhalten. Je nachdem, wie überlastet der Leichenbeschauer war, würden wir die Autopsie-Ergebnisse vielleicht erst in einer Woche bekommen, aber wir hatten alle die sichelförmige Prellung am Hinterkopf des Toten gesehen. Als Tatwaffe kam vor allem ein rußgeschwärzter Siegespokal in Frage, der in der Nähe lag und sorgfältig zu den Beweismaterialien gepackt wurde, die ein Polizist zum staatlichen Untersuchungslabor bringen würde. Harvey und ich beschlossen gemeinsam, den Fall so zu bearbeiten, als läge uns der Autopsie-Bericht bereits vor.

Nachdem der Krankenwagen weg war, verschwanden die meisten Schaulustigen; ein paar besonders hartnäckige Gaffer wurden von den Deputys mit leeren Drohungen verscheucht. Auch Sherman Oliver war aufgetaucht und hatte sich angemessen entsetzt gezeigt. Allerdings wußte auch er keine Erklärung dafür, weshalb Bernswallow nach Geschäftsschluß noch einmal zur Bank zurückgekehrt war.

Plover warf mir einen gequälten Blick zu und sagte, er werde sich so bald wie möglich wieder mit mir in Verbindung setzen. Dann luden er und Merganser die Geräte in den Chevy und fuhren weg.

Außer Hörweite seiner Deputys, die für ihre Geschwätzigkeit bekannt waren, fragte mich Harvey: »Also, wer hatte alles was gegen Bernswallow?«

»Himmel, Harve! Zuerst mal die Hälfte der weiblichen Stadtbevölkerung, einschließlich meiner lieben Mutter. Eine wunderhübsche Auswahl von Verdächtigen, die sich samt und sonders bei Dunkelheit auf dem Parkplatz rumgetrieben haben. Meiner Meinung nach wäre jede von ihnen in der Lage gewesen, mit einem Kanister Kerosin in die Bank zu schleichen, Bernswallow eins überzubraten, einen Stapel Papier mit Kerosin zu durchweichen und ein Streichholz anzuzünden. Bis das Feuer richtig in Gang kam, dauerte es ja mindestens zehn Minuten.«

»Ich kann mir Ruby Bee in dieser Rolle gar nicht recht vorstellen«, meinte Harvey. »Wie wär's mit Mrs. Nookim? Die war doch am allerwütendsten. Könnte die sich womöglich so reingesteigert haben, daß sie durchgedreht ist?«

Ich ließ mir diese unangenehme Hypothese einen Moment durch den Kopf gehen. »Sie hat ziemlich rumgetobt, aber ich glaube nicht, daß sie wegen ihres Jobs einen Mord begeht. Der Plan der FCB-Frau war schlau, und sie hätte höchstwahrscheinlich ein paar Zugeständnisse von der Bank erkämpft. Für Johnna Mae wäre es absolut sinnlos gewesen, in die Bank zu schleichen und ein solches Risiko auf sich zu nehmen, wo Oliver doch in der Zwickmühle steckte.«

»Was ist mit der FCB-Frau?«

»Ich wüßte nicht, welches Motiv sie haben sollte. Sie hat jede Sekunde der Demonstration genossen, die Berichterstattung in den Medien hätte sie sich nicht besser wünschen können. Alles lief wunderbar. Vor der Konfrontation auf dem Gehweg war Bernswallow ihr noch nie begegnet. Sie haben sich nicht gerade gut verstanden, aber das heißt nicht, daß sie ihn ein paar Stunden später ermordet hat.«

»Ich will Ihnen mal was sagen, Arly: Ich lasse jemanden die Unterlagen der Hauptstelle in Farberville durchgehen. Vielleicht hat Bernswallow einen Kreditantrag abgelehnt oder einer Farm hier in der Gegend mit Zwangsvollstreckung gedroht.« Umständlich zündete er sich eine stinkende Zigarre an und schielte dabei listig in meine Richtung. Nachdem er einen ekelhaften Rauchschwaden hervorgestoßen hatte, fügte er hinzu: »Warum beginnen Sie nicht mit der Zeugenvernehmung, Arly? Vielleicht haben wir Glück und finden jemanden, der gesehen hat, wie Bernswallow in die Bank geschlichen ist. Vielleicht ist ja auch jemand ein paar Minuten vor Ausbruch des Feuers vermißt worden.«

Mein Blick war garantiert nicht listig. »Und ich soll die Vernehmungen wahrscheinlich allein durchführen, ja? Als ich auf dem Weg nach Farberville am Parkplatz vorbeigefahren bin, waren mindestens drei Dutzend Frauen da und ungefähr nochmal so viele Schaulustige auf der gegenüberliegenden Straßenseite. In vielen Haushalten herrscht zur Zeit eine recht kühle Atmosphäre – Marke Januar auf dem Jupiter. Wenn ich da einfach reinschneie und Fragen stelle, lande ich wahrscheinlich ziemlich schnell mit einem Stiefelabdruck am Hintern im Hof.«

»Ich weiß, ich weiß«, seufzte Harvey. »Aber Sie wissen, wie wenig Personal wir haben. Mein ganzes Büro ist vollgestopft mit unerledigten Haftbefehlen, Vorladungen und Anzeigen gegen Väter, die keinen Unterhalt zahlen. Während wir hier rumstehen, gibt es Raubüberfälle auf Schnaps- und Lebenmittelläden, Jäger schießen sich vier Monate vor Beginn der Jagdsaison gegenseitig über den Haufen –«

»Aber hier geht es um Mord. Wir reden nicht von einem bescheuerten kleinen Ganoven und auch nicht von irgendwelchen Blödmännern, die vergessen, den Zweihundertdollarscheck für ihr Kind pünktlich am fünften des Monats loszuschicken. Kommen Sie schon, Harve. Tun Sie was Schlaues, nur ein einziges Mal in Ihrer kometenhaften Karriere.«

»Ich hab' doch gesagt, ich schicke jemanden in die Hauptstelle.«

In diesem Stil ging die Diskussion noch eine Weile weiter, bis ich schließlich klein beigab und mich bereit erklärte, so viele Zeugen zu vernehmen, wie ich konnte. Als Harve wegfuhr, war die Genugtuung in seinem Gesicht nicht zu übersehen. Während ich noch dastand und gedankenverloren die Bankruine anstarrte, holperte Miss Unas Crosley auf den Parkplatz, und die Fahrerin stieg aus.

»Ich habe von dem armen Brandon gehört«, sagte sie mit gedämpfter Stimme. »Ich bin entsetzt, daß so etwas in unserer friedlichen kleinen Stadt passieren kann. Ich muß sagen, daß ich es nicht gutheiße, wie unwürdig sich einige unserer Mitbürgerinnen aufgeführt haben.«

Von den Buschtrommeln dieser Stadt konnten alle Interessierten etwas über Supraleitfähigkeit lernen. Ich nuschelte etwas von wegen Tragödie und fragte Miss Una, wann sie am vorhergehenden Abend die Bank verlassen hatte.

»Nun, das muß gegen sechs Uhr gewesen sein«, antwortete sie. »Mr. Oliver und Mr. Bernswallow wollten wegen der

Mißstimmung draußen früher schließen. Wir haben unsere Kassen so schnell wie möglich abgerechnet und die Bank durch die Hintertür verlassen.«

»Sie alle drei?«

»Wenn ich es mir genau überlege, war Mr. Oliver als erster weg. Er hat wenig mit dem alltäglichen Bankgeschäft zu tun. Nachdem ich einen kleinen Fehler auf einem Einzahlungsbeleg ausgemerzt hatte, reichte ich meine Kasse ein und meldete mich ab. Zu diesem Zeitpunkt saß Mr. Bernswallow noch in seinem Büro.«

»Hat er etwas gesagt, was darauf hingewiesen hätte, daß er den Abend über in der Bank bleiben oder später noch mal zurückkommen wollte?«

Miss Una blinzelte. »Himmel, nein.«

»Welchen Eindruck hat er auf Sie gemacht?« beharrte ich. »Hat er sich noch über die Demonstration draußen aufgeregt?«

»Eigentlich nicht«, antwortete Miss Una bedächtig. »Ich habe mich sogar ein wenig über ihn gewundert. Vorher war er sehr ärgerlich gewesen, und das zu Recht, aber als ich mich abmeldete, schien er plötzlich bester Laune, als erwartete er gute Neuigkeiten oder ein Geschenk.«

»Aber er hat nicht angedeutet, was das sein könnte?«

»Unsere Beziehung war rein geschäftlich«, entgegnete Miss Una mit einem leisen verächtlichen Schnauben. »Johnna Mae und ich haben so lange zusammen gearbeitet, daß es angemessen schien, auch ein gewisses persönliches Interesse zu entwickeln, aber ich hätte es nie gewagt, Mr. Bernswallow auf derlei anzusprechen.«

»Ist in letzter Zeit jemand in der Bank gewesen, der oder die sich über Bernswallow aufregte?«

»Raz Buchanon hat mich ständig wegen der neuen Kontoauszüge belästigt. Aber er ist nicht der einzige Kunde, der damit Schwierigkeiten hat, und ich denke nicht, daß er verärgert genug war, um ein solches Verbrechen zu verüben. Johnna Mae dagegen war ziemlich aufgebracht. Am Tag vor ihrer Entlassung habe ich zufällig ein Gespräch zwischen ihr und Mr. Bernswallow gehört, und sie hat einige entsetzliche Drohungen ausgestoßen.« Miss Una zupfte an ihrem Jackenkragen herum. »Sie glauben doch nicht etwa, daß Johnna Mae zu so etwas fähig wäre, oder?«

»Natürlich nicht«, sagte ich ebenso fest wie verlogen. Allmählich konnte ich die Tatsache, daß Johnna Mae sowohl stark als auch jähzornig genug war, um Bernswallow einen stumpfen Gegenstand über den Schädel zu hauen, kaum noch ignorieren. Bisher hatten wir keinen Überfluß an Motiven, und ihres war auffälliger als eine Leuchtrakete am Unabhängigkeitstag. Ich bat Miss Una, später zu einer offiziellen Zeugenaussage aufs Revier zu kommen. Sie stieg wieder in ihren Wagen und tuckerte den Highway zurück.

Ich beschloß, die Konfrontation mit Johnna Mae erstmal zu verschieben, und fuhr statt dessen zu Ruby Bee. Obwohl ich es für nicht sehr wahrscheinlich hielt, war die offizielle Trauerzeit für Kevin inzwischen vielleicht vorüber (wo zum Teufel steckte er bloß?) und ich bekam ein anständiges Essen.

Das »Geschlossen«-Schild hing noch an der Tür, aber ich ging rein und setzte mich neben Estelle. Gleich kam Ruby Bee aus der Küche. »Was willst du?« fragte sie mich mit einer komischen Stimme.

Da vieles von dem, was Ruby Bee sagt und tut, ein bißchen komisch ist, ging ich nicht darauf ein. »Ich hatte gehofft, ich könnte dem Hungertod mit dem Spezialgericht des Tages entgehen. Aber ich geb' mich auch mit einem Kotelett, Hackbraten, Rippchen oder sonstwas zufrieden – was du gerade am liebsten kochen möchtest.«

Estelle schubste mich. »Es wundert mich, daß du Zeit hast, dich um deinen Magen zu kümmern, wenn Kevin Buchanon verschwunden und dieser Bernswallow ermordet worden ist.«

»Woher weißt du denn, daß er ermordet worden ist?« fragte ich.

Ruby Bee packte einen Lappen und begann, die Theke zu

wischen. »Alle in der Stadt glauben, es war Mord, Miss Geheimniskrämerin. Du und Carolyn, ihr habt beide gesagt, es könnte kaum ein Zufall sein, daß gerade dann ein Feuer ausbricht, wenn wir auf dem Parkplatz sind. Und als dann die Leiche gefunden wurde, tja, das hat doch wohl den letzten Zweifel ausgeräumt.«

»Ich wollte, es hätte auch meine letzten Zweifel ausgeräumt«, meinte ich, »aber ich bin zu geschwächt vor lauter Hunger, ich kann nicht mehr klar denken.«

Der Wischlappen kam jäh zum Stillstand. »Falls ich mich bereitfinde, am Herd zu schwitzen und zu schuften, nur damit du deinen Magen zufriedenstellen kannst, erzählst du uns dann auch, was der Sheriff und die ganzen Ermittler zu sagen hatten?«

Einen Augenblick zog ich ernsthaft in Erwägung, zur Tür hinauszumarschieren, die Nase so hoch erhoben, daß ich die Spinnweben von der Decke gefegt hätte, aber dann fiel mir ein, daß die Untersuchungsergebnisse dank der hocheffizienten Buschtrommeln ohnehin in spätestens zwei Tagen jedem bekannt sein würden. »Zu wieviel Schufterei bist du bereit?«

»Ich glaube, ich habe ein Stück Hackbraten mit Tomatensauce und einen Rest Kartoffelbrei.«

»Kein Kuchen?« erkundigte ich mich beleidigt.

Estelle schubste mich schon wieder. »Das ist ja nicht auszuhalten, wie du deine eigene Mutter erpreßt.«

»Sie hat damit angefangen.«

Ruby Bee baute sich mit verschränkten Armen hinter der Theke auf und sah mir ins Gesicht. »Ich denke, es ist noch ein Stück Kirschkuchen in der Gefriertruhe. Eigentlich hatte ich vor, es Carolyn anzubieten, wenn sie mit ihren Telefongesprächen fertig ist, aber da sie nichts davon weiß, tut es ihr auch nicht weh.«

»Wo ist Carolyn?« fragte ich neugierig. »Und Dahlia – wo steckt sie?«

»Carolyn ist ins Motel gefahren, um ihr Büro anzurufen. Sie muß ein paar Dinge regeln, damit sie in Maggody bleiben kann, bis diese schreckliche Tragödie aufgeklärt ist«, erklärte Estelle. »Ich habe ihr immer wieder versichert, daß sie nichts dafür kann, aber sie besteht darauf, in irgendeiner Weise verantwortlich zu sein, wegen der Demonstration und allem.«

»Dann glaubt sie also, die Demonstration war der Auslöser für den Mord?«

Ruby Bee wedelte mit dem Wischlappen vor Estelles Nase herum. »Siehst du, ich hab dir doch gesagt, es war Mord! Arly hat's gerade zugegeben.«

»Ich habe dir nicht widersprochen«, entgegnete Estelle zutiefst verletzt. »Wenn ich mich recht erinnere, war ich diejenige, die auf die Idee gekommen ist, daß das Feuer gelegt wurde, um einen Mord zu vertuschen.«

»Dann erinnerst du dich aber leider falsch«, fuhr Ruby Bee sie an.

Zu meiner großen Erleichterung verschwanden sie in der Küche, um dort weiterzustreiten, und ließen mich in halbdunklem, kühlem, stillem Frieden zurück. Ich war eingedöst, als die Tür aufging und sich Schritte über den Tanzboden näherten. Carolyn setzte sich auf den Hocker neben mir. »Ich habe gehört, Sie wollen bleiben, bis die Ermittlungen abgeschlossen sind«, begrüßte ich sie.

»Ich habe ein schlechtes Gewissen. Wenn ich Johnna Maes Fall nicht übernommen hätte, wäre das alles nicht passiert.« Sie starrte in den fleckigen Spiegel hinter der Bar. »Oder vielleicht doch. Johnna Mae war sehr aufgebracht, daß man sie auf so eklatante Weise sexistisch und rechtswidrig behandelt hat.«

»Anscheinend sind alle scharf darauf, Johnna Mae die Rolle der Schurkin in diesem Stück zuzuschieben«, meinte ich sanft. »Bernswallow war bei vielen Leuten nicht gerade beliebt. Vielleicht hat Ihre Sprachgewalt eine der anderen Frauen zur Gewalttätigkeit angestachelt, vielleicht sogar einen geheimen Sympathisanten von der anderen Straßenseite.«

»Ich soll eine der Frauen dazu angestachelt haben, Bernswallow zu töten und das Gebäude niederzubrennen? Ich besitze zwar sehr viel Überzeugungskraft, aber ich glaube, so gut bin ich nicht. Als ich hierhergekommen bin, um die Demonstration zu organisieren, war ich allerdings überrascht, wie kooperativ die Frauen waren. An den Universitäten kann ich gewöhnlich von Glück sagen, wenn ich eine Handvoll Frauen finde, die sich im Namen der Gleichheit und Gerechtigkeit hinter mich stellen. Viel zu viele Studentinnen machen sich eher Sorgen um ihre nächste Verabredung als um die Ungerechtigkeit, mit der sie nach dem Examen in der Arbeitswelt konfrontiert werden.« Carolyn lachte wehmütig. »Entschuldigung, die Rhetorik schleicht sich immer wieder ein, wenn ich nicht aufpasse.«

»Können Sie mir beschreiben, was auf dem Parkplatz los war, bevor das Feuer ausbrach und die ganze Aufmerksamkeit in Anspruch nahm?«

»Es war zwar chaotisch, aber nicht übermäßig. Wir diskutierten ziemlich lange über die Qualität der Feldbetten, und einige der Demonstrantinnen machten bissige Bemerkungen über Engagement und Opferbereitschaft. Ein paar Frauen haben Canasta gespielt, andere Rezepte ausgetauscht. Aber es war ziemlich dunkel, und ich kann wirklich schlecht sagen, wo die einzelnen sich genau aufgehalten haben. Als dieser schreckliche Mann anfing ›Feuer‹ zu schreien, stand ich gerade bei Ruby Bee, Estelle und Ms. McMay. Was fünf Minuten davor passiert ist, könnte ich nicht sagen.«

»Sind Sie zwischen fünf und zehn Uhr irgendwann weggegangen?«

»Zwischendurch wurde mir der ganze Trubel zuviel, und ich bin zum Motel gegangen, um einen Stapel Flugblätter zu holen, die heute verteilt werden sollten. Da war ich schätzungsweise eine halbe Stunde weg.«

»Ist sonst jemand weggegangen?«

»Keine Ahnung. Natürlich hätte jede von uns eine Weile verschwinden können, um zur Toilette ins Emporium zu gehen oder um zu telefonieren. Unsere Posten haben nach Eindringlingen Ausschau gehalten, nicht nach Flüchtlingen.«

Ich überlegte einen Moment. »Es war also dunkel, und alle sind rumgelaufen, haben sich unterhalten oder beklagt oder die Toilette benutzt. Gab es denn irgendeine Frau, die Sie zu einem bestimmten Zeitpunkt nicht finden konnten?«

»Ich wollte Truda Oliver zu ihrem mutigen Verhalten gratulieren und mußte sie ziemlich lange suchen.« Carolyn schlug sich an die Stirn, allerdings sehr vorsichtig, damit der Puder nicht abbröckelte. »Und Johnna Mae hat gesagt, sie wolle ein paar Minuten nach Hause, um nachzusehen, ob ihr Mann die Kinder auch ordentlich ins Bett gesteckt hat.«

»Wann war das?«

»Ich habe keine Ahnung, Arly. Da müssen Sie Johnna Mae selbst fragen.«

Jetzt kamen Ruby Bee und Estelle aus der Küche zurück, erstere mit einem großen Teller Hackbraten und so weiter, letztere mit einem Glas Milch und dem Kuchen. Sie stellten mir alles vor die Nase, und ich hatte schon die Gabel gezückt, als das Telefon in der Ecke klingelte.

»Vielleicht ist es Dahlia«, meinte Estelle und lief hin.

Ich wandte mich an Ruby Bee, die mich demonstrativ übersah. »Wo ist Dahlia eigentlich?«

Estelle rettete sie, indem sie die Hand über den Hörer legte und rief: »Für dich, Arly. Irgendein Deputy aus Farberville. Angeblich furchtbar wichtig.«

Widerwillig legte ich die Gabel weg und ging zum Telefon. »Arly Hanks«, meldete ich mich. »Was gibt's?«

Im Handumdrehen wußte ich, was es gab. Da Estelle mit gespitzten Ohren um mich herumschwebte, drehte ich ihr den Rücken zu und beugte mich über den Hörer, während ich Fragen stellte und Antworten bekam, die von Minute zu Minute unangenehmer wurden. Schließlich legte ich auf und machte mich auf den Weg zur Tür.

»Und was wird aus deinem Essen?« zeterte Ruby Bee.

»Das kann Carolyn haben. Ich hab was zu erledigen, das sich leider nicht aufschieben läßt.«

Estelle stemmte die Hände in die Hüften und musterte mich empört. »Aber du hast doch versprochen, uns zu erzählen, was die Untersuchung ergeben hat. Ich dachte, wir hätten eine Abmachung.«

Ich drehte mich um und sah zu Estelle und Ruby Bee, die einen militanten Eindruck machten, und dann zu Carolyn, die eher verwirrt wirkte. »Ich fürchte, es gibt neue Beweise, die etwas mit Johnna Mae zu tun haben. Ich muß mich mit ihr unterhalten. Auf leeren Magen.«

Zwar hörte ich die Bemerkung, Miss Lügenbold habe wohl die Hosen voll, aber ich blieb nicht noch mal stehen, um die Diskussion zu vertiefen.

Neuntes Kapitel

Dasselbe Nookim-Kind warf denselben Tennisball gegen den Trailer, und der machte bei jedem Aufprall das gleiche nervige Geräusch. Ich sagte dem Knaben, er solle aufhören. Der Knabe sah mich trotzig an, dann warf er weiter. Ich wies darauf hin, daß es den ganzen Tag dauern würde, den Ball aus seinem Mund zu holen, und daß er das tun müßte, wenn er weitermachte. Dann ging ich zur Tür und klopfte, allerdings mit leicht angespannten Schultern, da ich das nächste »Boing!« neben (oder noch wahrscheinlicher auf) meinem Hinterkopf erwartete.

Johnna Mae öffnete die Tür und starrte mich durch das Fliegengitter an. Sie hatte ein abgetragenes, zerknittertes Hauskleid an, ihre Haare waren strähnig, und auch das Make-up konnte ihre gelblich-blasse Haut nicht überdecken. »Hallo, Arly«, murmelte sie. »Ziemlich schrecklich, die Sache mit Bernswallow, stimmt's?«

»Allerdings, und was noch schlimmer ist – wir sind fast hundertprozentig sicher, daß es Mord war.«

»Das kann ich nicht glauben. Ich meine, es ist doch unmöglich, daß jemand so etwas tut.« Zwar schien sie angemessen entsetzt, aber ihre Stimme klang irgendwie seltsam, und ihr Blick huschte überallhin, nur nicht zu mir.

»Ich muß mit dir reden, Johnna Mae, und ich glaube« – boing –, »auf dem Revier haben wir mehr Ruhe.«

»Hör sofort auf, Earl Boy, oder ich bearbeite deinen Hintern mit einem Weidenzweig, daß du ein ganzes Jahr nicht mehr sitzen kannst!« Achselzuckend drehte sie sich wieder zu mir um, dann rief sie über die Schulter in den Trailer, sie würde eine Weile weggehen. Als wir an Earl Boy vorbeigingen, verpaßte sie ihm ohne große Begeisterung eine Ohrfeige. Bevor wir in meinen Wagen stiegen, hörte man das Boing noch dreimal.

Ich überlegte, ob ich auf der Fahrt ein bißchen Konversation machen sollte, aber ich war nicht in der Stimmung, und auch

Johnna Mae sah nicht aus, als wäre sie sonderlich empfänglich dafür. Sie hielt den Kopf gesenkt und murmelte ab und an etwas Unverständliches vor sich hin. Als wir auf dem Revier ankamen, sagte ich ihr, sie solle Platz nehmen, und machte es mir auf meinem Schreibtischstuhl bequem.

»Ich fürchte, wir müssen das ganz offiziell machen«, erklärte ich und las ihr die Rechte vor. Nachdem ich mich vergewissert hatte, daß sie alles verstanden hatte, fuhr ich fort: »Das Problem ist folgendes: Der Sheriff hat einen Deputy zur Hauptgeschäftsstelle geschickt, um die Unterlagen von Maggody zu kontrollieren. Dabei hat sich der Deputy gewundert, wie viele Kleinkredite in den letzten Jahren von den Einwohnern aufgenommen wurden. Als er dann auf den Namen seines Schwagers stieß, hat er dort angerufen und ihn gefragt, warum um alles in der Welt er sich Geld geliehen hätte. Aber sein Schwager hörte zum erstenmal, daß er einen Kredit aufgenommen hatte, und außerdem – wer würde einem arbeitlosen Farmarbeiter mit einem Gipsfuß und einem monatlichen Krankengeldscheck etwas leihen?«

»Oh«, sagte Johnna Mae so leise, daß ich es fast überhört hätte. »Das ist bestimmt Clarence Pipit. Tut mir leid, daß er soviel Pech hatte.«

»Es geht um etwas viel Ernsteres als einen gebrochenen Knöchel. Der heilt früher oder später. Der Deputy hat noch mehr Anrufe gemacht. Am Ende hat die Bank ihre Buchhalter geholt, und die haben die ganzen Akten durchgesehen. Ein großer Prozentsatz der Kredite, die von der Zweigstelle in Maggody stammten, waren Schwindel. Jemand in der Bank hat Anträge für kleine, unbedeutende Beträge ausgefüllt, bei denen kein Prüfer auch nur mit der Wimper zuckte, hat die Kredite bewilligt und die Beträge in die eigene Tasche gesteckt. Wenn ein Kredit dann zur Verlängerung anstand, wurde ein weiterer Antrag genehmigt, von dem ein Teil als Ratenzahlung für den vorherigen Kredit diente. Es war eine immer breiter werdende Spirale, aber eine, die nicht viel Staub aufwirbelte. Vor ungefähr zwei Monaten haben die Tilgungszahlungen aufgehört. Der Computer hat daraufhin fleißig Briefe an die Kreditnehmer ausgespuckt und sie an die ausstehenden Zahlungen erinnert.«

»Ich wußte nicht, daß ich einen Kaiserschnitt brauchen würde«, sagte Johnna Mae tonlos. »Ich hab' gedacht, es dauert ein paar Tage, keine sechs Wochen.« Sie fuhr sich mit der Hand durch die Haare und seufzte. »Als ich zurückkam, war plötzlich Bernswallow Chefkassierer. Ich hatte kein Geld, um die Kredite abzuzahlen, und ich konnte mit Sicherheit keine neuen Kreditbewilligungen durchkriegen, ohne daß er Wind davon bekam. Also blieb mir nichts anderes übrig, als zu warten, bis alles rauskommt.«

»Oder Bernswallow umzubringen und die Akten zu verbrennen. War dir denn nicht klar, daß die Hauptstelle Kopien des gesamten Papierkrams der Maggody-Filiale hat?«

»Ihn umbringen? Ich? Ich hab' ihn doch nicht umgebracht, und das Feuer hab' ich auch nicht gelegt, Arly. Das mußt du mir glauben.«

Ich rieb mir die Stirn. »Ich möchte es gern glauben, Johnna Mae, aber es fällt mir schwer. Du warst ziemlich lange nicht in der Bank, und ein empörter Kunde hat eine Erklärung von der zuständigen Person verlangt – früher warst du das, aber inzwischen hatte Brandon den Job. Eine Beschuldigte war so wütend, daß sie mit einer Verleumdungsklage gedroht hat. Bestimmt ist noch jemand anderes ins Foyer marschiert und hat Brandon den Mahnbrief unter die Nase gehalten. Lottie Estes beispielsweise, an dem Tag, als ich vorbeigekommen bin, um nach dir zu sehen.«

»Ich hab' versucht, ihr zu erklären, daß alles ein Mißverständnis ist, aber sie hat darauf bestanden, den Chefkassierer zu sprechen. Ich konnte sie nicht aufhalten«, gestand Johnna Mae mit der gleichen tonlosen Stimme wie vorhin. »An dem Tag hat Bernswallow nichts weiter dazu gesagt, aber mir war klar, daß ich demnächst in riesengroße Schwierigkeiten geraten würde.«

»Also ist Bernswallow über deine Schwindelkredite gestolpert, wahrscheinlich schon bevor du wieder angefangen hast zu arbeiten.« Ich rieb mir noch ein bißchen die Stirn. Vielleicht konnte ich mit einer kleinen Massage mein Hirn dazu anregen, besser mitzuarbeiten. »Wenn es so war, und ich bin ziemlich sicher, daß es so war, dann hatte Bernswallow drei Möglichkeiten. Die erste wäre gewesen, zu den Buchprüfern zu rennen und dabei noch einen kleinen Abstecher zur Polizei zu machen – wie wir wissen, hat er das nicht getan. Die zweite wäre, das Schwindelsystem zu übernehmen und selbst damit zu arbeiten. Die dritte Möglichkeit schließt die zweite nicht aus, aber bei ihr kommt noch Erpressung hinzu.« Ich blickte gerade rechtzeitig auf, um zu sehen, wie Johnna Mae zusammenzuckte. »War es das? Solltest du dich gestern abend mit ihm in der Bank treffen, um ihn für sein Schweigen zu bezahlen?«

»Womit bezahlen? Du weißt doch, daß ich keine zwei Zehncentstücke habe, die ich aneinanderreiben könnte, Arly. Und Bernswallow wußte das auch. Er brauchte ja bloß einen Blick auf mein Konto zu werfen, um zu sehen, daß ich drauf und dran war, in die Miesen zu rutschen.«

»Was hast du mit dem unterschlagenen Geld gemacht?«

»Rechnungen bezahlt«, antwortete sie mit einem heiseren Lachen. »Arztrechnungen, Reparaturen, Lebensmittel, Medikamente, Schuhe und so weiter und so fort. Ich hab' ja auch bloß ein paar Tausend Dollar rausgeholt, und ich wollte alles zurückzahlen, sobald Putter wieder arbeitet und wir jeden Monat was auf die hohe Kante legen können. Ich hab' mir das Geld nur geborgt. Die Bank hat Aktiva in Millionenhöhe, da hätte kein Hahn nach knapp dreitausend Dollar gekräht.«

»Trotzdem ist es Betrug«, sagte ich und kam mir vor wie der miesepetrige Scrooge an Weihnachten. »Und das ist ein Verbrechen.«

»Aber ich habe Bernswallow nicht umgebracht und auch nicht die Bank angezündet.«

»Einer Zeugenaussage zufolge hast du die Demonstration

ein paar Minuten verlassen, angeblich, um nach Hause zu gehen. Du brauchtest dich nur von hinten in die Bank zu schleichen, ihn zu töten und dann die Straße zum Pot O'Gold runterzulaufen.«

»Ich habe Bernswallow nicht umgebracht«, wiederholte sie kopfschüttelnd. »Ich bin heimgelaufen, habe meinen drei Engelchen einen Gutenachtkuß gegeben, und als ich wieder zum Parkplatz kam, rollte schon die Feuerwehr an. Du kannst gern Putter fragen.«

»Ich weiß nicht, was ich sagen soll, Johnna Mae. Ich werde noch ein paar Zeugenaussagen aufnehmen, und der Feuerwehrhauptmann hat das ganze Beweismaterial ins staatliche Labor geschickt. Vielleicht finden wir andere Fingerabdrücke auf dem Kerosinkanister. Vielleicht hat eine der Frauen jemanden auf dem Parkplatz rumschleichen sehen. Vielleicht sagst du ja die Wahrheit – mir wäre es auch lieber, wenn mir bald jemand beweisen würde, daß es so ist. Aber in der Zwischenzeit muß ich dich leider wegen Unterschlagung verhaften und dich ins Gefängnis von Farberville stecken. Dann muß ich mit dem Sheriff gemeinsam entscheiden, ob wir genügend Indizien haben, um dich wegen Mord und Brandstiftung anzuklagen.«

Johnna Mae öffnete den Mund, um etwas zu sagen, machte ihn aber wieder zu und lächelte mich müde an. »Tu, was du tun mußt, Arly. Würde es dir sehr viel ausmachen, beim Trailer vorbeizufahren, damit ich Putter und den Kindern gute Nacht sagen kann?«

Im Vergleich zu mir war Scrooge ein echt netter Kerl.

* * *

Mrs. Jim Bob saß in ihrem Cadillac und schimpfte gut fünf Minuten lang. Bruder Verber benahm sich wie ein Besessener und faselte ständig etwas davon, daß in Maggody Hexen am Werk wären, und Mrs. Jim Bob hatte allmählich die Nase voll. Mehrmals schon hatte sie ihn darauf hingewiesen, daß inzwischen alle wußten, was die Frauen bei Ruby Bee ausgebrütet hatten, als die Bar geschlossen war: Sie hatten eine ganz ordinäre Demonstration geplant, Schluß, fertig, aus. Mrs. Jim Bob hatte zwar nicht für möglich gehalten, daß ihre Freundinnen und Nachbarinnen wie beispielsweise Elsie McMay und Eilene Buchanon so etwas Schlimmes tun würden, aber das mit den Hexen hatte sie nur erwähnt, um ... na ja, um Konversation zu machen.

Aber jetzt klebte Bruder Verber an dieser Theorie wie ein Kaugummi an der Schulbank. Er lag in der Kirche auf den Knien und diskutierte mit dem Allmächtigen – und das nicht gerade respektvoll, wie sich Mrs. Jim Bob im stillen anzumerken erlaubte. Sein Gesicht glänzte tomatenrot, und seine Augen funkelten – etwas zu sehr für einen Menschen, der sich fromm ins Gebet versenkte. Mehr als ein gedankenverlorenes Nicken und ein paar Worte über die Christenpflicht konnte sie ihm nicht entlocken. Als wäre sie nicht eine der pflichtbewußtesten Christinnen der ganzen Gemeinde.

Mrs. Jim Bob ließ den Motor an und machte sich auf den Weg, um etwas Christenpflicht zu üben, indem sie Truda Oliver tröstete. Schließlich war der Angestellte von Trudas Mann bei dem Brand ums Leben gekommen. Als sie in die Sackgasse einbog, entdeckte sie zu ihrer Erleichterung Trudas Wagen in der Auffahrt. Wenn die Pflicht rief, machte Mrs. Jim Bob keine Ausflüchte, aber sie mußte in spätestens einer Stunde wieder zu Hause sein, um sich zu vergewissern, daß Perkins' Älteste die Rollos abgestaubt, unter dem Sofa gestaubsaugt und die Kinder erfolgreich beaufsichtigt hatte.

Truda wirkte nicht sonderlich erfreut, als sie die Tür öffnete, aber sie brachte immerhin ein Lächeln zustande und bat Mrs. Jim Bob auf einen Kaffee und ein Stück Apfelstrudel herein. Nachdem sie es sich im Wohnzimmer gemütlich gemacht hatten, erkundigte sich Mrs. Jim Bob höflich, wie Sherman diese demütigende Tragödie verkraftete.

»Er war den ganzen Tag in der Hauptstelle. Dort hat jemand

entdeckt, daß diese Nookim seit drei Jahren Geld unterschlägt. Sherman ist natürlich außer sich, obwohl niemand ihm Vorwürfe macht.«

»Er war der Filialleiter und deshalb für alles verantwortlich, was dort passiert«, bemerkte Mrs. Jim Bob und knabberte dabei mit anerkennendem Lächeln an dem Strudel, der längst nicht so leicht und locker war wie ihr eigener. »Vielleicht wäre sie nicht so lange damit durchgekommen, wenn Sherman besser auf seine Untergebenen geachtet hätte.«

»Stimmt«, räumte Truda ein und überlegte, wie der Strudel wohl mit einer Prise Rattengift schmecken würde. »Aber Sherman ist immer noch für das Portefeuille der Bank verantwortlich, und der Aufsichtsrat weiß, wieviel Zeit das in Anspruch nimmt. Außerdem vertraute er Johnna Mae.«

»Ich hatte schon immer Zweifel an Johnna Mae Nookims Charakter. Ihr Vater, Dewey Buchanon, war Besitzer eines Textilgeschäfts drüben in Hasty, bis er und seine Frau Opfer einer tödlichen Grippeepidemie wurden – was in gewisser Weise gut war. Wenn sie miterlebt hätten, daß Johnna Mae einen Nookim heiraten wollte, hätten sie ihre Tochter eingesperrt, bis sie zur Vernunft gekommen wäre. Jeder weiß doch, daß die Nookims nichts weiter sind als Abschaum. Sie gammeln nur in der Gegend rum, mit ihren langen, fettigen Haaren. In keinem anständigen Fabrikjob halten sie es aus, und auch sonst bringen sie es zu nichts. Ich kann mich nicht erinnern, wann Putter je seine Familie ernährt hat.«

»Deshalb war Johnna Maes Lohn ja auch so wichtig«, meinte Truda spitz.

Wegen der Demütigung, die Truda erlitten hatte, ging Mrs. Jim Bob rücksichtsvoll darüber hinweg. »Weil sie bei der Bank das Geld ehrlicher Leute stehlen konnte. Was passiert jetzt eigentlich mit ihr?«

»Elsie hat vor einer Weile angerufen und erzählt, sie hat Johnna Mae in Arlys Wagen gesehen, wie die beiden nach Farberville gefahren sind.«

»Um sie einzusperren – wo sie hingehört«, folgerte Mrs. Jim Bob blasiert. »Nun, wir sollten uns freuen, daß die ganze Sache überstanden ist. Wahrscheinlich hat Johnna Mae Brandon getötet und dann die Bank angezündet, um ihren Diebstahl zu vertuschen. Jetzt braucht sie sich um ihren Lohn jedenfalls eine ganze Weile keine Sorgen zu machen. Und diese üble Rädelsführerin kann sich auch wieder nach Little Rock verziehen, wo alle Frauen aufsässig und arrogante Anwältinnen sind und nicht wissen, wie sich eine richtige Lady benimmt. Würde mich nicht wundern, wenn sie dort in Hosen herumlaufen und Zigarren rauchen und fluchen wie die Müllkutscher. Und was diese krakeelenden Demonstrantinnen angeht – Anwesende natürlich ausgenommen, immerhin sind Sie eine meiner besten Freundinnen, Truda –, die haben jetzt ihre wohlverdiente Strafe und sind in den Schoß der Familie zurückgekehrt, wo sie auch hingehören, kochen das Essen und sorgen dafür, daß die Kinder zur Sonntagsschule gehen und ältere Leute respektieren.«

Truda starrte Mrs. Jim Bob an, aber in Gedanken korrigierte sie ihr Strudelrezept, so daß ein gehäufter Teelöffel Rattengift darin Platz fand. »Da haben Sie sicher recht«, sagte sie schließlich. »Vermutlich muß sich Sherman in nächster Zeit mit allen möglichen Problemen herumschlagen. Er sagt, was die Filiale betrifft, ist bisher noch keine Entscheidung gefällt worden. Das Gebäude ist zerstört. Vielleicht stellen sie als Übergangslösung einen Trailer auf, vielleicht schließen sie einfach die ganze Zweigstelle. Wenn alles dichtgemacht wird, lassen wir uns womöglich irgendwo in Florida nieder. Sherman kennt ein paar Makler, die behaupten, daß Grundbesitz eine gute Geldanlage ist.«

»Wie schön für Sie«, meinte Mrs. Jim Bob und dachte, daß der Strudel eine Spur mehr Zimt vertragen könnte – und einen leichteren Teig. »Falls es wirklich soweit kommen sollte, sagen Sie mir bitte rechtzeitig Bescheid, damit wir ein Abschiedsessen für Sie organisieren können. Ich bin sicher, bis dahin haben alle Mitglieder der Missionsgesellschaft den Vorfall vergessen und werden mehr als gern teilnehmen.«

Truda überlegte, wie sich eine ganze Tasse Rattengift auf den Strudel auswirken würde.

* * *

Zu aller Leidwesen blieb das »Geschlossen«-Schild weiterhin an der Tür von Ruby Bees Bar und Grill. Inzwischen hing das Schild schon über eine Woche dort, und die Sandwiches beim Imbiß Ideal waren wirklich keine Konkurrenz für ein dampfend heißes Tellergericht, bei dem nicht nur ein frisches Brötchen und zwei Gemüsesorten zur Auswahl mitgeliefert wurden, sondern auch noch ein Nachtisch. Selbst Jim Bob hatte allmählich die Nase voll, Burritos vom Schnelldrauf in die Mikrowelle zu stecken, und er machte ein mürrisches Gesicht, als er nach Starley City fuhr – trotz der Aussicht auf ein Rendezvous mit Cherri Lucinda, seinem süßen kleinen Miezekätzchen, wie er sie nannte, wenn sie sich auf eine seiner phantasievolleren Ideen einließ und hinterher nicht weinte.

Im Innern des Lokals hockten Estelle und Ruby Bee an der Bar und hofften inbrünstig, das Telefon möge klingeln und Dahlia ihnen mitteilen, daß sie Kevin gefunden hatte. Dahlia hatte eine große Tasche mit Proviant gepackt, da sie aus unerfindlichen Gründen glaubte, daß Kevin sich im Wald beim Boone Creek verirrt hatte. Vor mehreren Stunden schon hatte sie das letzte Mortadella-Sandwich zubereitet, die Tasche – eine Mülltüte aus Plastik, um genau zu sein – über die Schulter geworfen und geschworen, so lange auf den Büschen herumzuklopfen, bis sie Kevin gefunden und den Klauen eines Bären entrissen hatte. Oder so weit in den Bach hinauszuwaten, bis sie ihn aus dem gierigen Rachen eines Hornhechts oder sonst eines Untiers gerettet hatte. Alle halbherzigen Angebote, sie zu begleiten, hatte Dahlia abgelehnt und war stolz zur Tür hinaus und in die offenen Arme von Mutter Natur marschiert.

Als die Tür aufging, drehte sich Ruby Bee um und wollte

schon losschimpfen, es sei geschlossen. Sie überlegte es sich anders, als sie eine blonde junge Frau erblickte, die zwei Koffer und einen Stapel Akten schleppte und mehrere verschieden große Umschläge zwischen den Zähnen hielt. Über eine Wange zog sich ein dicker Ölstreifen, wie eine breite Narbe von einem Duell. Sie setzte die Koffer ab, legte die Akten auf einen Tisch und nahm die Umschläge aus dem Mund.

»Ich bin Staci Ellen Quittle, und ich suche Carolyn McCoy-Grunders«, erklärte sie mit einer piepsigen, atemlosen Stimme. »Ich bin ihre Sekretärin vom Büro *Frauen gegen Chauvinismus im Büro*. Ich wollte eigentlich früher da sein, aber ich hatte einen Platten.«

Die junge Frau sah so besorgt aus, daß Ruby Bee sich ein mütterliches Lächeln nicht verkneifen konnte. »Carolyn ist ganz hinten im Motel, Zimmer Nummer zwei. Sie macht sich gerade ein wenig frisch. Warten Sie doch einfach hier bei einem schönen Glas Eistee.«

»Danke«, sagte Staci Ellen erfreut. »Ich hab' noch nie allein einen Reifen gewechselt. Ich mußte das Handbuch zehnmal durchlesen, ehe ich kapiert habe, wie der Wagenheber funktioniert, und dann wollten die Schrauben nicht abgehen.«

Estelle hob eine hübsch gemalte Augenbraue. »Aber Sie sind doch so eine zierliche Person, es überrascht mich, daß kein Lastwagenfahrer angehalten und Ihnen den Reifen gewechselt hat.«

»Es haben eine ganze Menge angehalten, aber ich hab' allen gesagt, ich kann es allein.« Staci Ellen kratzte sich an dem Ölfleck und starrte ihren Finger an. »Huch, ich seh' bestimmt furchtbar aus. Was mein Freund wohl sagen würde, wenn er mich so sehen könnte?«

Ruby Bee beäugte den Aktenstapel, der vom Tisch herunterzurutschen drohte. »Carolyn muß sich ja einiges vorgenommen haben.«

»O ja, sie hat gesagt, es gibt hier ein Problem, und deswegen müssen wir womöglich ein paar Tage hierbleiben. Weil sie mir nicht ausdrücklich erklärt hat, worum es geht, habe ich einfach sämtliche Ordner von ihrem Schreibtisch mitgebracht, für alle Fälle. Der mit den Fakten über die Frau aus Maggody ist der oberste.«

Die drei Frauen sahen gerade noch, wie die Ordner zu Boden glitten. Staci Ellen schnappte nach Luft. Sofort sprang sie vom Barhocker, rannte hin und begann, die Akten aufzusammeln. »Ms. McCoy-Grunders wird schrecklich wütend auf mich sein. Das weiß ich genau. Sie findet, ich hab' keinen Grips. Und jetzt sind die ganzen Papiere durcheinander, und sie wird mich ausschimpfen.«

Estelle und Ruby Bee eilten Staci Ellen zu Hilfe. Bald lagen die Ordner aufgeschlagen auf dem Tresen, und sie fügten die losen Blätter sorgsam an den richtigen Stellen ein.

Ruby Bee stupste Estelle. »Sieh dir das an. Hier ist Johnna Maes Brief an das FCB-Büro, in dem sie schreibt, wie man sie wegen des Mutterschaftsurlaubs diskriminiert hat.«

»Das soll eigentlich vertraulich behandelt werden«, erklärte Staci Ellen mit einem nervösen Schlucken. »Niemand darf diese Akten lesen.«

»Wir können sie aber nicht ordnen, ohne sie anzusehen«, entgegnete Ruby Bee. Dann legte sie den Finger auf die Mitte des Blatts und sagte: »Hier, wo steht, wie Johnna Mae heruntergestuft und dann gefeuert worden ist, hat jemand Brandon Bernswallows Namen mit Rotstift unterstrichen. Was bedeutet das Ihrer Meinung nach?«

Estelle gluckste besorgt, während sie sich ebenfalls über den Brief beugte. »Das ist seltsam. Sonst sind keine Namen unterstrichen. Ich kann mir nicht erklären, warum Johnna Mae das getan haben sollte. Wahrscheinlich hat sie nicht mal 'nen Rotstift.«

»Das ist alles vertraulich«, wiederholte Staci Ellen, die zunehmend nervös zur Tür blickte. »Ms. McCoy-Grunders wird mich fristlos entlassen, wenn sie uns erwischt. Sie wird mir die Schuld dafür in die Schuhe schieben, daß Sie die Sachen gelesen haben.«

»Es ist überhaupt nicht Ihre Schuld«, widersprach Ruby Bee und legte den Brief wieder in den Ordner. Während sie die restlichen Papiere sortierten und die Ordner säuberlich stapelten, tauschten Ruby Bee und Estelle immer wieder vielsagende Blicke.

Als sie endlich fertig waren und Staci Ellen sich wieder ihrem Eistee widmen konnte, zog Ruby Bee Estelle hinter sich her in die Küche und schloß die Tür. »Ich glaube, wir sind da auf was Interessantes gestoßen – ich weiß nur noch nicht genau, was. Ich schätze mal, diese Carolyn weiß etwas über Bernswallow.«

»Sie hat nie was gesagt.«

»Das ist mir auch klar. Aber gerade das macht die Sache verdächtig.«

»Was hast du vor?« fragte Estelle und verzog das Gesicht, als würde es sie an einer Stelle, wo sie sich nicht kratzen konnte, entsetzlich jucken. »Willst du es Arly erzählen?«

»Vermutlich sollte ich das, aber dann sagt sie es Carolyn, und die schimpft dann diese süße Staci Ellen aus und feuert sie womöglich. Da hätte ich ein entsetzlich schlechtes Gewissen.« Einen Moment stellte sich Ruby Bee vor, wie gräßlich sie sich fühlen würde. Nein, sie brachte es nicht übers Herz. »Wir dürfen Arly erst einweihen, wenn wir verhindern können, daß das Mädchen gefeuert wird. Vielleicht sollten wir einfach bei Carolyn irgendwelche Andeutungen fallenlassen und dann sehen, ob sie was rausläßt, was wir Arly weitersagen können.«

»Zum Beispiel, daß Carolyn ihn von früher kennt und es nur vergessen hat?«

»Das wäre echt praktisch«, seufzte Ruby Bee. Arly konnte schrecklich gereizt reagieren, wenn sie plötzlich auf die absurde Idee kam, daß jemand ihr gegenüber nicht ehrlich war, und wenn jemand einfach als verantwortungsbewußte Bürgerin an bestimmten Aspekten einer Ermittlung mitwirken wollte, um sicherzustellen, daß der Gerechtigkeit Genüge getan wurde. Arly kümmerte es nicht mal, wenn sich am Ende herausstellte, wie wertvoll die Informationen waren, die bestimmte Leute geliefert hatten. Trotzdem wurde ihre Stimme eisiger als der Nordpol. Ruby Bee wußte das aus Erfahrung.

Estelle las ihre Gedanken, als wären es die Gelben Seiten. »Du weißt ganz genau, daß es Arly nicht gefallen wird.«

»Arly wird überhaupt nichts davon erfahren. Nur du, ich und das Spülbecken hier wissen Bescheid. Staci Ellen hält bestimmt dicht, weil sie sonst ihren Job verliert. Diesmal wird sich Arly ausnahmsweise mal nicht darüber ereifern müssen, daß wir ihr eine Kleinigkeit nicht mitgeteilt haben, die höchstwahrscheinlich sowieso vollkommen unwichtig ist. Falls wir uns doch entschließen, es ihr zu erzählen, dann können wir immer noch überlegen, wie.«

»Ich glaube«, meinte Estelle nachdenklich, »genau das meinen die im Fernsehen immer, wenn sie vom Leben auf der Überholspur reden, auf der du jede Sekunde Leib und Leben riskierst. Und du, Rubella Belinda Hanks, hast nicht mal 'nen Führerschein.«

»Das weiß ich selbst.« Mit einem verächtlichen Schnauben marschierte Ruby Bee zurück zur Bar, um nachzusehen, ob Staci Ellen eine frische Zitronenscheibe für ihren Tee brauchte.

* * *

Nachdem ich den Papierkram erledigt und Johnny Mae sicher im Gefängnis untergebracht hatte, fuhr ich zur Hauptstelle der Bank. Ein Sicherheitsbeamter führte mich ins Untergeschoß, wo sich alle möglichen Leute eifrig über altmodische Rechnungsbücher und hochmoderne Computer beugten. Die Chefbuchhalterin, Mrs. Gadwall, schien noch etwas unerfahren, denn sie gab zu, daß bisher weit über zweitausend Dollar Schwindelkredite aufgedeckt und die Akten von weiteren sieben Monaten noch nicht mal überprüft worden waren. Am Wochenende sollte eine umfassende Rechnungsprüfung vorgenommen werden, danach hatten sich noch die staatlichen

Bankprüfer angesagt. Mrs. Gadwall hörte sich an, als wollte sie am Montag morgen mit Helm und Kampfanzug auftauchen.

Nach einer Weile kam Sherman Oliver aus seinem Büro und gesellte sich zu uns. »Es ist ein furchtbarer Schlamassel, Polizeiinspektorin Hanks. Ich habe Johnna Mae Nookim das Tagesgeschäft der Filiale anvertraut. Keine Sekunde habe ich damit gerechnet, daß sie Geld von jenem Unternehmen unterschlagen würde, in dem sie doch wie ein Familienmitglied behandelt wurde. Wenn sie doch nur zu mir gekommen wäre und mir erklärt hätte, wie verzweifelt sie war – ich hätte doch alles in meiner Macht Stehende getan, um ihr zu helfen! Jetzt hat sie sich selbst in eine Lage gebracht, aus der es kein Entrinnen gibt.«

»Ich habe sie ins Gefängnis gebracht. Der Staatsanwalt wird sich morgen oder übermorgen mit Ihnen wegen einer offiziellen Erklärung in Verbindung setzen. Selbstverständlich werden wir unsere Ermittlungen fortsetzen, bis wir wissen, wer Bernswallow ermordet und das Feuer gelegt hat.«

»Besteht keine Möglichkeit, daß es doch ein Unfall war?«

»Es sieht nicht danach aus«, antwortete ich. »Das Beweismaterial ist ins Labor geschickt worden, wo auch die Autopsie durchgeführt wird. Falls sich die Beweislage nicht ändert, müssen wir davon ausgehen, daß es Mord war.«

Sherman schloß die Augen und stöhnte leise. »Aber Sie sind nicht ganz sicher?«

»Nein. Aber wo ich schon mal hier bin, möchte ich Ihnen gern ein paar Fragen über den gestrigen Abend stellen. Können wir uns irgendwo unterhalten?«

»Mein Büro ist gleich hier.« Er führte mich zu einem häßlichen Kabuff mit Rissen in den Wänden und einem Schimmelfleck über dem Schreibtisch. »Als ich noch der Vize war, hatte ich Walnußvertäfelung und Topfpflanzen. Aber jetzt, wo ich mich ausschließlich um das Portefeuille kümmere, hat man mich in die Katakomben verbannt. Kein Bedarf, die Kunden zu beeindrucken, verstehen Sie.«

Ich nickte und fragte ihn, wann er am Abend zuvor die Bank verlassen hatte. Er erklärte, er sei als erster gegangen, was Miss Unas Aussage bestätigte. Dann erkundigte ich mich, ob er noch mit Brandon gesprochen hatte.

»Ja«, gab er sofort zu. »Wir haben überlegt, wer von uns Bernswallow senior und die anderen Aufsichtsratsmitglieder anrufen sollte, um sie vor den Sechs-Uhr-Nachrichten zu warnen. Brandon meinte, er könnte die heikle Situation vielleicht etwas subtiler vermitteln, und ich habe ihm eifrig zugestimmt – wie ein feiger Hund. Trotz der zu erwartenden Unannehmlichkeiten machte er auf mich einen recht munteren Eindruck.«

Es paßte gut zu meiner Theorie, daß Brandon vorgehabt hatte, zu einem späteren Zeitpunkt Johnna Mae zu erpressen. Gerade wollte ich Sherman fragen, ob Brandon seiner Meinung nach von den Schwindelkrediten wußte, da klingelte das Telefon.

Oliver fuhr zusammen, als wollte der Apparat ihn beißen. »Tut mir leid. Ich habe der Telefonistin oben gesagt, sie soll keine Gespräche durchstellen, aber leider hält sie sich höchst selten an das, was ich ihr sage.« Das Telefon klingelte weiter, und schließlich nahm er ab, zuckte entschuldigend die Achseln und sagte: »Ja?«

Während er zuhörte, ließ ich meinen Blick über die unattraktive Einrichtung wandern: Finanzdiagramme, teils irgendwo ausgeschnitten, teils Reprints, eine abgegriffene Karte von Arkansas, ein verblaßtes Diplom, das seine Leser davon in Kenntnis setzte, daß Sherman Oliver mit gutem Erfolg ein Privatcollege in Conway abgeschlossen hatte.

»Ich habe Ihnen doch gesagt, Sie sollen die Bestellung zurückziehen!« fauchte Sherman, wodurch ich wieder auf ihn aufmerksam wurde. Als er merkte, daß ich ihn ansah, senkte er die Stimme. »Die verdammten Buchprüfer werden zu Wochenanfang auf der Matte stehen. Das letzte, was ich jetzt brauchen kann, ist so ein windiger Deal im Portefeuille. Stornieren Sie den Auftrag und auch das, worüber wir vorhin gesprochen haben. Rufen Sie mich dann zu Hause noch einmal an.«

Damit legte er auf. »Bloß einer von diesen verfluchten Wertpapierhausierern! Ich muß mich die ganze Zeit mit ihnen herumschlagen, aber sie ärgern mich immer noch. Wenn sie auf Provision arbeiten, verlieren sie gänzlich die Perspektive.«

»Erzählen Sie mir was über das Portefeuille«, sagte ich. »Ich hab' nie verstanden, was die Bank eigentlich mit dem ganzen schönen Geld macht.«

»Das ist sehr kompliziert und nicht sonderlich interessant. Im Grunde ist das Portefeuille der Wertpapierbestand, durch den die Bank immer eine Reserve hat, um alle Kontenbewegungen zu decken. Alle zusätzlichen Aktiva werden wieder in Wertpapieren angelegt, um Profite für die Aktionäre zu erzielen. Ich wähle die Wertpapiere so, daß ich ein möglichst vielfältiges, aber profitables Portefeuille behalte. Bestimmt finden Sie das langweilig und verwirrend, meine Liebe. Haben Sie denn noch Fragen wegen gestern abend?«

»Was haben Sie gemacht, nachdem Sie sich verabschiedet hatten?«

»Ich habe mich noch einen Moment am Rand des Parkplatzes aufgehalten, um ein paar Worte mit meiner Frau zu wechseln. Ich war sehr aufgebracht, weil sie an der Demonstration teilnahm, und habe ihr das auch gesagt. Wir sind seit zwanzig Jahren verheiratet und haben uns immer gegenseitig respektiert. Als mir klar wurde, daß ich sie nicht von ihrem Vorhaben abbringen konnte, wünschte ich ihr eine gute Nacht auf ihrem Feldbett und ging nach Hause.«

»Sind Sie danach noch ausgegangen oder haben Sie telefoniert?«

»Ich habe die Vorhänge zugezogen und mir den ersten einer ganzen Reihe ziemlich starker Drinks eingeschenkt. Falls jemand geklingelt hat, habe ich nichts davon bemerkt. Ich war von den Ereignissen des Nachmittags und Abends aufgewühlt und wollte niemanden sehen. Als Truda heimkam, um mir von dem Brand zu berichten, habe ich schon tief und fest geschlafen.«

»Sie wußten also bis heute nicht, daß Johnna Mae kleine Summen bei der Bank unterschlug?«

»Ich hatte nicht die leiseste Ahnung.«

»Und Sie wissen auch nicht, ob Bernswallow oder Miss Una etwas davon ahnten?«

»Nein.« Er warf einen Blick auf seine Armbanduhr und stand auf. »Ich habe in fünf Minuten eine Aufsichtsratssitzung. Die Direktoren sind ebenso daran interessiert zu erfahren, was in der Filiale passiert ist, wie Sie. Ich bin sicher, daß der Aufsichtsrat gerade heute Pünktlichkeit von mir erwartet.«

Trotz seiner pompösen Reden spürte ich ein wenig Mitleid mit ihm. Ich bedankte mich und ging zurück in den Hauptraum zu Mrs. Gadwall. Sie erklärte sich bereit, die endgültigen Berichte und auch die Befunde der Kontrolleure und staatlichen Bankprüfer aufs Revier zu schicken.

Nachdem ich mich auch bei ihr bedankt hatte, verließ ich die Bank und ging zur Polizeikaserne. Irgendwas wollte ich mir dort holen – Glückwünsche, Mitgefühl, Lob, ein Bier. Irgendwas eben.

* * *

»Kevvvin!« blökte Dahlia, während ihr Fuß in einem Kuhfladen landete, und auch noch in einem ganz frischen. Der Schweiß lief ihr in wahren Sturzbächen über den Rücken – in Kaskaden wie die Niagara-Fälle, wo die Frischvermählten ihre Flitterwochen verbrachten. Wenn ich Kevin nicht aufspüre, werd' ich nie Flitterwochen haben, dachte sie und versuchte, ihren Schuh an einem vermoderten Baumstamm zu säubern. Die Mülltüte war mächtig unbequem, und durch das Plastik am Rücken wurde ihr nur noch heißer.

Vorsichtig ließ sie sich auf dem Baumstamm nieder. Er ächzte, krachte aber nicht, und so rutschte sie eine Weile auf ihm herum, bis die Rinde sie nicht mehr so schlimm in den Hintern piekte, öffnete dann die Tasche und holte ein Mortadella-Sandwich heraus. Pflichtschuldig brüllte sie Kevins Namen noch einmal in die Gegend, bevor sie das halbe Sandwich in ihrem gierigen Rachen verschwinden ließ.

Während sie kaute, überlegte sie angestrengt, warum Kevin ihr nicht antwortete. Sie war ziemlich sicher, daß er irgendwo in diesem Teil des Walds sein mußte, weil sie ihn genau vor sich sah, wie er aus der Hintertür der Bank herausstolperte, blind vom Rauch, über die Straße und dann in den Wald hinter dem leerstehenden Lebensmittelgeschäft. Ursprünglich hatte sie sich vorgestellt, er wäre über den Highway in den National Forest gestolpert, aber nach reiflicher Überlegung war ihr klar, daß ihn dann jemand gesehen habe müßte, wie er dort entlangstolperte, und deshalb mußte er hier entlanggestolpert sein, über die Landstraße an der Bank.

Außerdem wußte jeder, daß der National Forest aus etwa fünfhundert Hektar Dornen, Unterholz, stachligen Fichten, Schlangen, Stechmücken, Zecken und wer weiß was noch bestand. Hier waren es eher zehn Hektar, gleich am Rand der Wiesen, die sich zu dem hübschen Ortsteil mit den Sackgäßchen hinunterzogen. Während sie sich durch das zweite Sandwich arbeitete, sagte sich Dahlia, daß Kevin garantiert lieber in zehn Hektar herumstolperte.

Es schien ihr wesentlich vernünftiger, sitzenzubleiben und Kevins Namen zu blöken, als sich von den Zweigen zerkratzen zu lassen und zu riskieren, daß sie sich an einer Wurzel den Knöchel verstauchte. Außerdem – wenn sie beide in Bewegung blieben, konnte es passieren, daß sie tagelang aneinander vorbeiliefen und es nicht mal merkten.

»Kevvvin«, heulte sie, während sie ein Schinken-Salat-Sandwich und eine Banane aus der Tasche holte. Sie war überzeugt, daß es sehr wichtig war, bei Kräften zu bleiben.

* * *

Kevin fand, daß es der beste Schokoladenkuchen war, den er je gegessen hatte, mitsamt dem mit Pecannußhälften verzierten Schokoladenguß. Bei seiner Ma durfte er nie Schokoladenkuchen essen, weil er davon Pickel bekam, deshalb war er sehr zufrieden, daß hier niemand dieses Thema aufbrachte. Noch zufriedener war er, daß seiner Bitte um ein drittes Stück augenblicklich entsprochen wurde.

Er blätterte zur Seite mit den Steakmessern. Die aus rostfreiem Stahl waren eindeutig die besten, fand er, selbst wenn sie ein bißchen mehr kosteten, als er erwartet hatte.

Zehntes Kapitel

»Registratur.«

»Hier ist Ms. Martin vom Justizministerium in Little Rock. Wir brauchen ein paar Informationen über eine Ihrer Jurastudentinnen«, näselte eine kaum verständliche Frauenstimme. »Und außerdem noch über einen, der vor ein paar Jahren Betriebswirtschaft studiert hat.«

»Sie müssen Ihre Anfragen schriftlich einreichen, in dreifacher Ausfertigung, außerdem brauchen wir eine beglaubigte Genehmigung der betreffenden Studenten. Alle Unterlagen und Zeugnisse sind versiegelt.«

»Oh, wir wollen doch keinen unnötigen Papierkram verursachen, oder? Ich brauche keine Noten und auch nichts Disziplinarisches. Ich möchte nur wissen, ob die beiden gleichzeitig studiert haben. Ob sie vielleicht gemeinsam irgendwelche Kurse besucht haben oder so.«

»In dreifacher Ausfertigung, mit beglaubigten Genehmigungen der betreffenden Studenten.«

»Aber ich bin vom Justizministerium. Sie sind verpflichtet, mir die Informationen zukommen zu lassen, die ich brauche, sonst werden wir Sie strafrechtlich belangen. Ihnen ist doch hoffentlich klar, daß wir jeden ins Gefängnis stecken können, den wir wollen? Und den Schlüssel wegwerfen, falls es uns beliebt?«

Der Sekretärin in der Registratur war lediglich klar, daß es vier Uhr war und sie in wenigen Augenblicken auf dem Weg zum Biergarten sein würde. »Sie können mich mal«, sagte sie, und bei dem Gedanken daran, wie ihr ein kühles Bier durch die Kehle zischte, während sich die Band bereitmachte und all ihre Freunde vorbeidefilierten, lief ihr das Wasser im Mund zusammen.

»Hören Sie mal gut zu, Miss Rotznase – wenn Sie sich nicht selbst in eine ganz üble Lage bringen wollen, dann sagen Sie mir jetzt, ob Carolyn McCoy bei Ihnen Jura studiert hat, und wenn ja, in welcher Zeit. Und außerdem, ob –«

Die Sekretärin knallte den Hörer auf die Gabel, schnappte ihre Handtasche und wünschte den Kollegen einen schönen Abend. Es war noch ziemlich heiß, aber der Biergarten war immer angenehm schattig und das Bier immer schön kühl. Ein dynamisches Doppel.

* * *

Als ich nach Maggody zurückkam, machte ich beim Revier halt und erstellte eine Liste der Frauen, die an der Demonstration teilgenommen hatten. Im Kopf ging ich die Trucks durch, die auf der anderen Seite des Highway geparkt hatten, und gab mir alle Mühe, auf die Namen der stillen Beobachter zu kommen. Eine Minute lang zählte ich; als ich bei siebenundvierzig angekommen war, verließ mich der Mut, und ich beendete mitten auf der zweiten Seite meine Zählung.

Auf dem Revier herrschte eine Hitze wie in einem vorgeheizten Backsteinofen. Die Klimaanlage hatte offenbar schon vor Stunden schlappgemacht, entweder als ich mich mit Sherman Oliver unterhielt oder während ich in der Polizeikaserne ein Mineralwasser getrunken hatte. Meine Alaska-Prospekte lagen auf dem Schreibtisch. Ich fand einen mit einem hübschen Bild von einem Gletscher und fächelte mir damit Luft zu, während ich das erste Opfer für das Arly-Hanks-Folterverhör auswählte. Der Entscheidung lag das Gerücht zugrunde, daß einer unserer Mitbürger sich kürzlich die neueste, aufwendigste, kälteste Klimaanlage angeschafft hatte, ein wahres Wunderwerk der modernen Technik. Und schon machte ich mich auf den Weg.

Raz Buchanon kam an die Tür, in einem ausgebeulten, fleckigen Unterhemd und einer noch ausgebeulteren, fleckigeren khakifarbenen Hose. Er grinste mich an, pickelig, aber offen und ehrlich. »Wie geht's, Arly? Heiß genug für deinen Geschmack?«

»Ich dachte, du hättest eine neue Klimaanlage gekauft«, sagte ich durchs Fliegengitter. »Warum stellst du sie nicht an?«

»Ich hab' eine gekauft, und sie läuft auch.«

Höflich wartete ich ab, bis eine Ladung Tabaksaft in hohem Bogen in der Tupperdose gelandet war, die mitten auf dem geflochtenen Teppich stand. »Aber meinst du nicht, du solltest Türen und Fenster schließen?« erkundigte ich mich.

»Warum um alles in der Welt sollte ich das tun? Wenn ich alles zumache, wird's hier drin in dem alten Schuppen heißer als in der Sauna.«

Gleichermaßen verwirrt blinzelten wir uns an. »Aber Raz«, sagte ich so langsam und deutlich, daß er jedem Wort folgen konnte, »wenn du Türen und Fenster offenläßt, kann die Klimaanlage das Haus nicht kühlhalten. Am Ende hast du einen kühlen Hinterhof und eine Stromrechnung, die sich gewaschen hat.«

Einen Augenblick verdaute Raz diese Mitteilung, dann schlug er sich auf den Bauch und kicherte. »Du bringst das alles durcheinander, Arly. Ich hatte nie vor, mit dem Teil das Haus zu kühlen. Sie steht in dem kleinen Schuppen, den ich für die Schweine gebaut habe – ich hab' mir doch so 'ne Prachtsau gekauft. Marjorie heißt sie und kriegt bald Familie. Als es dann so verdammt heiß geworden ist, da hingen ihr die Ohren und der Schwanz immer ganz schlapp runter, und sie hat ganz traurige Augen gekriegt. Schließlich hab ich's nicht mehr ausgehalten und die Klimaanlage gekauft. Für ihren Stall.«

»Entschuldige, da hab' ich nicht richtig nachgedacht. Ich bin eigentlich nur vorbeigekommen, um dich zu fragen, ob dir gestern bei der Bank irgendwas Ungewöhnliches aufgefallen ist.«

»Das Ding ist abgebrannt, bis auf die Grundmauern.« Raz kratzte sich ganz beiläufig unter einer Achsel, behielt mich aber im Auge.

»Über den Brand weiß ich Bescheid. Ich wollte eher wissen, ob sich jemand hinter der Bank rumgetrieben oder sich sonstwie verdächtig benommen hat.«

Jetzt bearbeitete er die andere Achselhöhle. »Earl Buchanon hat furchtbar geschimpft und gemault. Und Jeremiah auch. Meinst du so was?«

»Genauer, Raz. Die Frauen waren alle auf dem Parkplatz,

und die Zuschauer waren auf der anderen Seite des Highway, auf der Wiese vor der Kirche. Ist dir sonst was aufgefallen?«

»Ich glaube, ich erinnere mich da an was.« Er kaute und spuckte und kratzte eine Weile, dann grinste er. »Dieser Nookim-Typ hat sich im Gebüsch hinter der Kirche rumgedrückt. Vielleicht hat er auf Bruder Verber gewartet, denn ich hab' gehört, wie der Pfarrer was gesagt hat, und sonst war niemand in der Nähe.«

»Danke«, sagte ich und versuchte, die Stirn nicht allzusehr zu runzeln. Ich war schon halb die Verandatreppe runter, da blieb ich nochmal stehen und sah mich um. »Warum warst du eigentlich dort, Raz?«

»Mein blödes Videogerät ist kaputt. Und weil sich Marjorie und ich auf keine einzige Fernsehsendung einigen konnten, sind wir einfach in die Stadt gefahren, um zu sehen, was los ist. Natürlich ist Marjorie im Truck geblieben. Sie ist so schüchtern, jetzt, wo sie in anderen Umständen ist.«

Ich hab' das nicht erfunden, das schwör' ich.

Als ich bei Ruby Bee vorbeikam, fiel mir auf, daß neben Estelles Kombi und Carolyns Kleinwagen ein unbekanntes Gefährt stand. Ich bog nach links in die Landstraße, holperte über das Viehgitter am Eingang zum Pot O'Gold und schlängelte mich durch die Wohnwagensiedlung zum Heim der Nookims. Zum Glück war Earl Boy nicht in Sicht, was mich vor dem moralischen Dilemma bewahrte, einerseits seine Mama ins Gefängnis gesteckt zu haben, andererseits das ständige Boing immer noch nicht ertragen zu können.

Putter stand in der gleichen Schürze vor dem Trailer, das Baby auf dem Arm. »Was gibt's, Arly?« fragte er ziemlich resigniert. »Irgendwelche Neuigkeiten, was sie mit Johnna Mae anstellen wollen?«

»Bis Montag passiert überhaupt nichts, dann wird sie vor Gericht gestellt. Der Richter bestimmt einen Anwalt für sie, und der wird alles tun, um Johnna Mae auf Kaution freizubekommen.«

»Wir können aber keinen Anwalt bezahlen, und wir haben auch kein Geld für die Kaution.«

»Der Anwalt kostet nichts. Vielleicht können eure Nachbarn die Kaution zusammenbringen«, schlug ich vor und versuchte, optimistischer zu klingen, als ich mich fühlte. »Aber ich muß dich wegen gestern abend noch was fragen. Um welche Zeit war Johnna Mae hier, um den Kindern gute Nacht zu sagen?«

»Wart mal einen Moment.« Putter verschwand im Innern des Trailers, und als er wieder auftauchte, trug er weder die Schürze noch den kleinsten Nookim. »Ich hab' nicht auf die Uhr gesehen. Aber sie war keine fünf Minuten hier, da hat sie schon gesagt, sie müßte zurück, weil sie Wachdienst hatte.«

»Was hat sie von der Demonstration erzählt? Auf dem Weg nach Farberville hat sie mir gesagt, du hättest sie gefragt, wie lang das Ganze dauern würde und ob das Kerosin für die Lampen die Nacht über reichen würde.«

Putter zupfte sich an einer Haarsträhne, die ihm in die Stirn fiel, und seufzte. »Ja, wir haben uns kurz unterhalten.«

»Auf dem Gehweg, hat sie mir gesagt. Als du sie zur Straße gebracht hast?« drängelte ich und konnte mich dabei nicht besonders gut leiden. So geht es mir immer, wenn ich lüge.

»Ja, auf dem Gehweg.« Er ließ die Strähne los und musterte mich mit zusammengekniffenen Augen. »Warum fragst du mich das alles? Suchst du einen Grund, um Johnna Mae für die nächsten fünfzig Jahre hinter Gitter zu bringen?«

»Nein, Putter, überhaupt nicht. Ich versuche nur rauszukriegen, was gestern genau passiert ist. Du hast dich nicht mit Johnna Mae unterhalten, weil du gar nicht hier warst. Wer hat auf die Kinder aufgepaßt, während du weg warst?«

»Wer sagt denn, daß ich nicht hier war?«

»Jemand hat dich im Gebüsch bei der Kirche gesehen. Es gibt Vermutungen, du hättest auf Bruder Verber gewartet, aber das glaube ich nicht. Was hast du wirklich dort gemacht?«

»Ich hatte Angst um Johnna Mae. Ich wollte mich vergewissern, daß alles in Ordnung war.«

»Du mußt es mir nicht erzählen«, sagte ich. »Du brauchst nicht gegen deine Frau auszusagen.«

»Sie hat vielleicht Geld von der Bank geliehen, ohne um Erlaubnis zu fragen, aber ich weiß hundertprozentig, daß sie weder Bernswallow umgebracht noch das Feuer gelegt hat, und ich hab' keine Angst, das unter Eid zu bezeugen.«

»Wer hat es dann getan?«

Putters Gesicht wurde plötzlich ganz leer. »Das kann ich noch nicht sagen. Earl Boy hat auf die Kleinen aufgepaßt, während ich bei der Kirche war und nach Johnna Mae gesehen habe. Ich wollte nicht, daß sie mich sieht, weil sie sich sonst Sorgen wegen der Kinder gemacht hätte, auch wenn sie bloß ein paar Minuten allein waren. Es war ziemlich dunkel auf dem Parkplatz, und ich hab' eine Weile gebraucht, bis ich sie gefunden habe. Vermutlich war sie da gerade zu Hause. Als ich sie dann mit der Frau vom FCB gesehen habe, bin ich sofort wieder heimgeflitzt.«

»Würde es dir was ausmachen, wenn ich Earl Boy frage, wann seine Ma gestern abend hier war?«

»Ich hab' ihn schon selbst gefragt, und er weiß es nicht. Er sagt, er ist gleich eingeschlafen, nachdem ich weg war. Als ich zurückkam, hab' ich ihn ins Bett getragen.«

Er blinzelte wie eine Kröte im Hagelsturm, und ich kaufte ihm nicht viel von seiner Geschichte ab. Bevor ich ging, sagte ich ihm, er solle sich zur Verfügung halten. Ich würde später wegen seiner Aussage nochmal wiederkommen.

Es hörte sich gar nicht danach an, als wäre Johnna Mae während ihrer Abwesenheit von der Demonstration tatsächlich zu Hause gewesen. Die beiden hatten sich die Geschichte ausgedacht, um zu verheimlichen, was Johnna Mae wirklich getan hatte. Putter wollte mir nicht erzählen, was er von seinem Posten bei der Kirche gesehen hatte. Er würde es mir auch garantiert nicht verraten, falls er beobachtet hätte, wie seine Frau hinter der Bank herumgeschlichen war.

Johnna Mae war schlau genug gewesen, drei Jahre lang Geld

zu unterschlagen, ohne daß jemand etwas gemerkt hatte. Sie war kräftig genug, um Bernswallow einen stumpfen Gegenstand über den Schädel zu ziehen. Sie war dumm genug, zu glauben, daß ihre kleinen Betrügereien nicht herauskommen würden, wenn sie die Bank anzündete, oder daß wir wenigstens nicht direkt über sie stolpern würden. Sie hatte ein Motiv, sie hatte die Mittel, und sie hatte die Gelegenheit gehabt.

Ich ging zum Revier, um den Sheriff anzurufen, aber gerade als ich den Hörer abnehmen wollte, klingelte das Telefon. Ich meldete mich ziemlich barsch.

»Hier spricht Francis Merganser, Inspektorin Hanks. Sergeant Plover hat sehr freundlich beim Labor angefragt, und sie sind bereit, unsere Angelegenheit bevorzugt zu behandeln, jedenfalls die Sachen, die wir heute früh geschickt haben. Ich kann meinen offiziellen Bericht zwar erst Mitte nächster Woche schreiben, aber ich kann Ihnen wenigstens das Wichtigste kurz zusammenfassen, wenn es Sie interessiert.« Als ich Interesse bekundete, fuhr er fort: »Ich habe den Film bei einem von diesen Ein-Stunden-Läden abziehen lassen und die Fotos gründlich studiert. Ich glaube, man kann sagen, daß das Feuer von zwei Stellen ausgegangen ist: zum einen von dem zusammengeknüllten Papier beim Schreibtisch, zum zweiten von einem Metallpapierkorb in einer Ecke hinter dem Schreibtisch. Nummer eins ist für den Schaden verantwortlich, Nummer zwei hat sich nicht ausgebreitet, weil es in dem Metallkorb erstickte. Lediglich der Fleck an der Wand stammt von dort.«

»Können Sie feststellen, welcher Brandherd zuerst gelegt wurde?«

»Ich denke, wir können davon ausgehen, daß der Brandstifter sich nicht durch die Flammen gekämpft hat, um etwas in einem Metalleimer zu verbrennen«, sagte er und bemühte sich, nicht durchblicken zu lassen, daß ich die dümmste Person war, die er je kennengelernt hatte. Aber die Botschaft war kaum zu überhören.

»Gutes Argument«, räumte ich ein. »Was war in dem Metalleimer? Ist noch was übrig?«

»Die Jungs im Labor können möglicherweise etwas rekonstruieren. Sie müßten sich morgen oder übermorgen bei Ihnen melden. Kollege Plover hat unheimlich Druck gemacht.« Mit einem leisen Lachen wünschte mir Merganser noch einen schönen Tag und legte auf, ehe ich ihm mitteilen konnte, daß ich anderweitige Pläne hatte. Wenn man mir einen schönen Tag wünschte, ärgerte ich mich beinahe so sehr, wie wenn man mich fragte, ob mir warm genug sei (Himmel, nein, ich liebe es, im eigenen Schweiß zu schmoren).

Ich rief Harve an und erzählte ihm, was ich herausgefunden hatte. Ein paar Minuten diskutierten wir darüber, kamen aber nicht sehr weit. Zwei verschiedene Brandherde ließen sich schwer erklären; es wäre doch viel effektiver gewesen, das Zeug aus dem Metalleimer gleich mit dem Papier auf dem Boden zu verbrennen. Wir waren beide der Meinung, daß es nicht eilte, Johnna Mae wegen Mord und Brandstiftung anzuklagen, und daß es schön wäre, vor der Vernehmung am Montag früh etwas vom Labor zu hören. Dann murmelte Harve noch etwas von einer Etatbesprechung und meinte, ich solle weiter so gute Arbeit leisten wie bisher (verdammt, dabei freute ich mich doch schon auf einen großen Patzer). Jedenfalls paßte der Ausspruch gut neben die beiden oben erwähnten.

Ich holte meine Liste heraus und beschloß, mir als nächste Elsie McMay vorzunehmen. Vielleicht hatte sie etwas gesehen. Ich erwartete zwar nicht viel von ihr, aber ich ging davon aus, daß ich einen Eistee und den Ehrenplatz vor dem Ventilator bekommen würde.

* * *

»Was gibt's zum Abendessen?« erkundigte sich Earl betont freundlich. »Ich hatte gehofft, du würdest Hühnchen mit Knödeln machen, aber wenn du was anderes geplant hast, ist mir das natürlich auch recht.«

»Mach dir doch 'ne Dose Chili«, entgegnete Eilene alles

andere als freundlich. »Ich mache mir zuviel Sorgen wegen Kevin, ich kann nicht kochen.«

»Du kennst ihn doch, Honey – er ist zu dumm, um den Heimweg zu finden oder auch nur daran zu denken, wieviel Kummer er dir macht. Wenn er sich endlich nach Hause bequemt, dann nehm' ich ihn erstmal mit in die Werkstatt und verabreiche ihm eine ordentliche Tracht Prügel mit meinem Gürtel. Aber es besteht wirklich kein Grund, daß wir uns auch noch krank machen, indem wir Dosenfutter essen. Du bist die beste Köchin weit und breit. Mir läuft das Wasser im Mund zusammen, wenn ich nur an deine Knödel denke.«

»Versuch bloß nicht, mir Honig ums Maul zu schmieren. Von mir aus kannst du Dosen essen oder gar nichts. Mir ist das vollkommen egal, Earl Buchanon. Die Zeiten, als ich noch gesprungen bin, wenn du nur piep gesagt hast, sind vorbei, und zwar endgültig. Wenn du eine Sklavin willst, dann kauf dir eine. Ich bin nicht käuflich.«

Damit drehte sich Eilene auf dem Absatz um und stolzierte aus dem Zimmer. Earl war sprachlos. Er hatte gedacht, sie wäre allmählich wieder normal, nachdem diese blöde Feministin dafür gesorgt hatte, daß die Bank in Flammen aufging, und sich deshalb unehrenhaft hatte zurückziehen müssen. Inzwischen konnten sich die Frauen doch wirklich wieder wie Ehefrauen benehmen und nicht mehr wie großmäulige Kommunistinnen.

Unter dem Vorwand, ein bißchen über die Jagdsaison plaudern zu wollen, rief er Jeremiah McIlhaney an und erkundigte sich ganz nebenbei, wie es denn bei ihm zu Hause aussah. Jeremiah schien richtig stolz, daß Millicent dabei war, Brot zu backen, aber er gestand, daß er ihr dafür hatte versprechen müssen, sie nach Farberville ins Kino zu fahren und danach auch noch auf einen Eisbecher einzuladen. Earl verzog den Mund, sagte aber nichts, außer daß das doch bestimmt lustig werden würde. Dann versuchte er es bei Larry Joe mit derselben Methode. Der klang gleich ganz nervös und verriet schließlich, Joyce sei immer noch so daneben, daß sie sich weigerte, die

Wäsche zu waschen oder zu kochen. Sie habe eigentlich nur verkündet, welchen Film sie sich im Fernsehen anschauen wolle – und das ausgerechnet heute abend, wo Roy vorgehabt hatte, sich mit einem Sechserpack Bier und einer Packung extrawürziger Doritos, die er speziell für diesen Anlaß gekauft hatte, vor dem Football-Spiel niederzulassen.

Earl führte noch ein paar Gespräche, alle mehr oder weniger gleichen Inhalts. Die Frauen benahmen sich weiterhin sonderbar, und bislang gab es keine Anzeichen, daß bald Schluß damit sein würde. Anscheinend hatte Eilene sich jetzt vorgenommen, am Wohnzimmerfenster stehenzubleiben, bis Kevin heimkam. Ihr war es gleichgültig, wenn Earl verhungerte oder keine saubere Unterwäsche mehr hatte oder sich selbst passende Socken zusammensuchen mußte.

»Wohin soll das bloß führen?« stöhnte er laut.

Im Wohnzimmer hörte Eilene sein Klagen, sah aber keine Veranlassung, ihm zu antworten.

* * *

Carolyn kam in die Bar, als Staci Ellen gerade beim besten Teil der Geschichte über das sogenannte Picknick von Brunos Bowlingmannschaft angekommen war: wie einer der Jungs das Frisbee in ein Wespennest geworfen hatte, nur um zu zeigen, wie cool er war. Ruby Bee und Estelle seufzten beide, und Carolyn sagte: »Gut, daß Sie hier sind. Sagen Sie mir schnell, was im Büro los war, dann können Sie Ihre Koffer zu unserer Unterkunft bringen.«

Staci Ellen gingen alle möglichen bissigen Bemerkungen durch den Kopf, aber vielleicht war ja was dran an der Weisheit ›Wo Reden den Hals kostet, ist Schweigen eine Tugend‹. »Die Post liegt auf dem Tisch da drüben. Klienten sind keine gekommen, und wir hatten nur zwei telefonische Nachrichten. Ich hab' alles genau aufgeschrieben.«

»Ich freue mich, daß Sie allmählich was lernen«, meinte Carolyn, während sie die Post überflog. »Wer hat angerufen? Und fassen Sie die Mitteilungen kurz zusammen.«

»Der Anrufer hieß Monty. Er sagte, eine anonyme Person hätte seiner Frau einen Brief zukommen lassen, in dem die Einzelheiten über Ihre Affäre mit ihm beschrieben wurden. Außerdem hätte die Person auch das Hotel in Las Vegas angerufen und bei der Rezeption eine längere Nachricht hinterlassen. Dann hat dieser Monty angefangen zu fluchen und zu toben und Sie mit allen möglichen Schimpfnamen bedacht, wie zum Beispiel –«

»Das reicht, Staci Ellen«, unterbrach Carolyn. Obwohl sie direkt unter dem Ventilator stand, wirkte sie etwas erhitzt. Dann lächelte sie Ruby Bee und Estelle verkrampft zu und schlug vor, Staci Ellen könne jetzt die Koffer auf ihr Zimmer bringen. Sofort.

»Ist Monty Ihr Freund?« erkundigte sich Ruby Bee.

»Nein, nur ein Kollege, der sich hin und wieder einem Hirngespinst hingibt. Er müßte eigentlich entlassen und in einem netten Zimmer mit Gummiwänden und einer Designer-Zwangsjacke untergebracht werden«, antwortete Carolyn, die ihre Fassung beinahe – wenn auch nicht hundertprozentig – wiedergewonnen hatte, indem sie sich vorstellte, wie Staci Ellen aussehen würde, wenn sie ihr den Mund mit Kreuzstichen zunähte.

Ruby Bee schenkte Carolyn und sich selbst ein Glas Eistee ein. »Von Arly haben wir nichts gehört, aber Elsie McMay hat gesehen, wie sie weggefahren ist. Johnna Mae hockte angeblich ziemlich zerknirscht auf dem Rücksitz.«

»Wir vermuten, Arly hat Johnna Mae ins Gefängnis gebracht«, fügte Estelle hinzu. Da es keinen Grund gab, den ganzen Spaß Ruby Bee zu überlassen, fragte sie: »Dieser Monty klingt ja ganz schön verrückt, aber ich wette, Sie haben alle möglichen Freunde da unten in Little Rock.«

»Ich bin viel zu beschäftigt, um meine Zeit mit sexistischen Paarungsritualen zu verschwenden. Wenn ich einen männlichen

Begleiter für ein Abendessen oder einen Theaterbesuch möchte, dann lade ich mir einen ein. Die Rechnung wird gerecht geteilt.«

»Ist das nicht toll?« rief Ruby Bee, die fand, daß sie in ihrem ganzen Leben noch nie so etwas Albernes gehört hatte. »Haben Sie das im College auch schon so gemacht?«

»Ich habe nie zugelassen, daß ein Mann sich einbildete, er hätte ein Recht auf sexuelle Befriedigung, weil er Geld für mich ausgegeben hat.«

»Aber im College war die Situation doch sicher anders«, beharrte Ruby Bee (sehr zu Estelles Leidwesen, die einfach nicht zu Wort kam). »Haben Sie nicht gesagt, daß Sie auf dem staatlichen College waren?«

Carolyn kniff die Augen zusammen. »Ich kann mich nicht erinnern, erwähnt zu haben, wo ich studiert habe. Es schien nicht wichtig angesichts der Komplikationen, die sich bei der Organisation einer Demonstration und bei der Medienkoordination ergeben.«

»Wo haben Sie denn studiert?« fragte Estelle energisch.

»An der staatlichen Universität.«

Ruby Bee versetzte Estelle einen Stoß. »Was für ein Zufall! War Brandon Bernswallow nicht auch dort?« Sie setzte ihr verwundertstes Gesicht auf. »Wär das nicht enorm, wenn Sie sich gekannt hätten? Das würde doch mal wieder beweisen, wie klein die Welt ist.«

»Ja, die Welt ist klein«, stimmte Estelle ein und rieb ihren Arm.

Carolyn betrachtete die beiden lange und nachdenklich. »Ich glaube, die Welt ist ein bißchen größer, als Sie sich vorstellen«, sagte sie schließlich. »Wenn Bernswallow tatsächlich zur gleichen Zeit studiert hat wie ich, dann bin ich ihm nie begegnet. Er wäre auch kaum mein Typ gewesen – diese Verbindungsstudenten haben doch nur Alkohol und Sex im Kopf. Ich habe die meiste Zeit in meinem Apartment oder in der Juristenbibliothek verbracht. Mir waren die Vorlesungen wichtiger als die Toga-Partys. Ich glaube, ich sollte jetzt mal im Gefängnis anrufen und mich erkundigen, ob Johnna Mae dort ist. Falls ja, fahre ich mit Staci Ellen hin und spreche mit dem Staatsanwalt. Ich fühle mich für Johnna Mae verantwortlich, deshalb möchte ich ihr anbieten, sie zu vertreten – gratis. Ich vermute, das Niveau juristischer Expertise ist hier weit unter dem Durchschnitt.«

Als Carolyn verschwunden war, sah Estelle Ruby Bee wütend an und sagte: »Tja, das hat wohl nichts gebracht, was? Du hättest ruhig ein bißchen diskreter vorgehen können, Miss Dampfwalze. Sie ist ordentlich mißtrauisch geworden, nachdem du so darauf rumgeritten bist, wie klein die Welt ist.«

»Und du denkst nicht, daß die in der Registratur mißtrauisch geworden sind? Erst hältst du dir die Nase zu und redest, als wäre dir ein Maikäfer reingeflogen, und dann kommst du mit diesem ganzen blöden Zeug um die Ecke. Der Justizminister steckt die Leute nicht einfach ins Gefängnis und schmeißt die Schlüssel weg, nur weil er gerade Lust dazu hat.«

»Was macht er denn dann?« konterte Estelle.

Ruby Bee bereute ihre Bemerkung bereits, aber es war zu spät. »Jeder weiß doch, was der Generalstaatsanwalt macht, Himmel noch mal. Er ist sozusagen der Chef von allen Richtern im Staat. Also, wie kriegen wir jetzt raus, weshalb Carolyn in Johnna Maes Brief Bernswallows Namen unterstrichen hat?«

»Sie wird's uns jedenfalls nicht verraten, und Bernswallow kann es uns auch nicht sagen, selbst wenn er wollte«, stellte Estelle fest, stützte die Ellbogen auf die Bar und das Kinn in die Hände. »Staci Ellen weiß es nicht. Die Frau in der Registratur war so streng und verschlossen wie Mrs. Jim Bob bei einem Abstinenzlertreffen. Ich habe keine –«

»Moment mal. Du meinst, Bernswallow kann es uns nicht sagen, selbst wenn er es wollte«, unterbrach Ruby Bee aufgeregt.

»Weil er tot ist. Du glaubst doch nicht, daß man sich mit den Toten unterhalten kann, oder? Ich erinnere mich, daß du dich ziemlich sonderbar benommen hast, als dir diese Wahrsagerin damals immer wieder versichert hat, wie sensibel und einfühlsam du bist, aber ich habe geglaubt, das wäre überstanden. Vielleicht irre ich mich.«

»*Ich* habe mich sonderbar benommen? Und wer hat fünf Monate nur dunkelblaue Klamotten getragen, in der Hoffnung, einem Fremden mit Schnauzbart zu begegnen?«

Ruby Bee ließ Estelle einen Augenblick schnauben und grummeln, dann fuhr sie fort: »Ich wollte nur sagen, wir könnten zu den hinterbliebenen Bernswallows gehen und ihnen unser Mitgefühl ausdrücken.«

»Du meinst einen ganz harmlosen gutnachbarlichen Besuch?«

»Ich backe einen Kuchen, den wir mitnehmen«, sagte Ruby Bee mit glasigen Augen, »dann müssen sie uns ins Haus bitten. Eine von uns kann Carolyns Namen fallenlassen, dann sehen wir, ob Brandons Eltern sie kennen. Vielleicht erzählen sie ja, daß Brandon und Carolyn miteinander ausgegangen sind oder die gleichen Kurse besucht haben.«

Estelle kaute auf der Unterlippe, während sie sich den Plan durch den Kopf gehen ließ. »Weißt du was? Du solltest Elsies Auflauf machen, den mit den grünen Bohnen und den Wassernüssen.«

Sie begannen eine Einkaufsliste.

* * *

»Kevvvin!« grölte Dahlia und starrte dabei ins Unterholz, bis ihre Augen tränten. »Wo bist duuu?«

Ein Truthahngeier, der sie beobachtet hatte, flog unter enttäuschtem Kreischen davon.

Dahlia wickelte das nächste Sandwich aus. Sogar jetzt am späten Nachmittag war es noch unglaublich heiß. So richtig konnte sie ihr Picknick auf diesem harten, unebenen Baumstamm nicht genießen – und dann mußte sie auch noch alle paar Minuten schreien. Außerdem hatte sie die Anzahl der Sandwiches, die sie brauchte, um sich auf der Suche nach

Kevin fitzuhalten, sträflich unterschätzt. Die Bananen waren ihr bereits ausgegangen, und sie war gerade mal zwei Stunden im Wald.

Sie öffnete den Müllbeutel und steckte den Kopf hinein, um festzustellen, wie schlimm die Lage war. Der Bestand an Mortadella-Sandwiches war besorgniserregend niedrig, von denen mit Schinken und Salat gab es noch zwei. Dazu nur noch einen kleinen Schokokuchen mit weißem Zuckerguß.

Wie war ihr dieser Fehler bloß unterlaufen? Sie konnte es sich nicht erklären. Trotzdem hob sie den Kopf, um Kevins Namen zu brüllen, und spähte noch einmal in die Tüte, um sich zu vergewissern, daß sich auch bestimmt kein weiterer Schokokuchen zwischen den verbliebenen Sandwiches versteckte. Aber sie konnte nicht mal einen zusätzlichen Krümel entdecken.

Bestimmt hatte Kevin sie inzwischen gehört und stapfte bereits durchs Gebüsch, um sich ihr in die Arme zu werfen, Tränen der Dankbarkeit in seinen lieben kleinen Augen. Er würde ihr buchstäblich in den Schoß plumpsen und sie mit Küssen und Komplimenten überhäufen. Einen Augenblick überlegte Dahlia, ob es nicht besser war, den Plastikbeutel vorsichtshalber hinter dem Baumstamm auf dem Boden zu verstauen, damit die Sandwiches und der Kuchen nicht zerquetscht wurden.

Aber dann behielt sie die Tüte doch lieber auf dem Schoß und erwog die eher unwahrscheinliche Möglichkeit, daß Kevin doch nicht zu ihr gestolpert kam und seine Dankbarkeit zeigte, weil er gar nicht in der Gegend war. Bisher hatte er jedenfalls nichts von sich hören lassen – wider Erwarten. Und wenn er nicht hier in der Gegend war, dann würde er sich auch nicht in ihre Arme werfen, und es gab keinen Grund, sich Sorgen zu machen, daß er den Proviant zermanschte.

Deutlich besser gelaunt behielt Dahlia die Tüte auf dem Schoß und begann nach dem kleinen Schokokuchen zu tasten.

* * *

»Maggody? Wo liegt denn dieses Scheiß-Maggody überhaupt? Ich hab' noch nie was von so 'nem Scheiß-Kaff gehört«, brummte Bruno.

Mrs. Quittle wich ein Stück in die Diele zurück. Wenn doch nur Mr. Quittle zu Hause gewesen wäre, statt durch sämtliche Eisenwarenläden von Little Rock zu ziehen, um irgendein Zubehörteil für sein Auto zu suchen. Er wäre mit der Situation besser fertiggeworden. »Ich weiß auch nicht, wo das liegt, Bruno«, brachte sie leise hervor.

»Was macht sie denn in diesem Scheiß-Maggody?«

»Ich habe keine Ahnung. Ich weiß nur, daß es etwas mit ihrem Job zu tun hat. Sie hat gesagt, ihre Chefin hätte angerufen und ihr aufgetragen, sie soll ihr Kleidungsstücke und Unterlagen aus dem Büro bringen.«

Bruno schlug sich mit der Faust in die Handfläche. »Sie wollen mir also erzählen, daß Staci Ellen ihre Verabredung mit mir nicht eingehalten hat, um in dieses Scheiß-Nest zu fahren, weil diese alte Lesbe irgendwelche Scheiß-Klamotten wollte? Das glaub' ich einfach nicht.«

»Ich wünschte, Sie würden dieses Wort nicht dauernd in den Mund nehmen«, sagte Mrs. Quittle so laut sie sich traute.

»Welches Wort?«

»Das ... das Wort mit S-C-H, Bruno. Mir ist klar, daß ich ein wenig altmodisch bin, aber es stört mich sehr. Natürlich will ich damit nicht sagen, daß Sie das Wort nicht benutzen sollen, wenn Sie mit Gleichaltrigen zusammen sind.«

Bruno hörte auf, seine Hand zu schlagen, und kratzte sich an der Nase, während er krampfhaft überlegte, welches Wort der alten Oma solche Probleme bereitete. Schließlich fiel es ihm ein. »Scheiß? Meinen Sie das? Hey, kein Problem, Mrs. Quittle, ich benutz es nicht mehr, wenn es Sie stört. Hat Staci Ellen wenigstens gesagt, wann sie aus dem Scheiß –, oh, entschuldigen Sie. Hat sie gesagt, wann die verdammte Lesbe sie wieder heimschickt?«

»Nein, das hat sie nicht gesagt«, antwortete Mrs. Quittle.

Am liebsten hätte sie dem Kerl die Tür vor der Nase zugeschlagen, aber dazu fehlte ihr der Mut.

»Wissen Sie, was ich gegen diesen Scheiß – entschuldigen Sie – was ich tun sollte? Ich sollte mich sofort auf die Socken machen und Staci Ellen nach Hause holen. Sie hat nirgendwo anders zu sein, wenn sie mit mir verabredet ist. Was soll ich denn jetzt machen, Herrgott noch mal? Zu Hause rumhocken und Babyjäckchen stricken?«

Damit drehte sich Bruno um und marschierte den Gartenweg hinunter zu seinem Motorrad, das beinahe so groß war wie ein Ackergaul. Mit einem Seufzer der Erleichterung ließ sich Mrs. Quittle gegen den Türrahmen sinken und las den Spruch, der in Silbernieten auf dem Rücken von Brunos Lederjacke prangte. Er wünschte ihr einen schönen Scheiß-Tag.

»Danke gleichfalls, du kleiner Scheißer«, murmelte Mrs. Quittle ganz, ganz leise vor sich hin.

Elftes Kapitel

In den folgenden anderthalb Tagen arbeitete ich mich pflichtbewußt, aber ohne großen Elan durch meine Liste. Wie nicht anders zu erwarten, war Elsies Tee eisgekühlt, ihre Wohnung geschmackvoll möbliert, und sie hatte nichts Verdächtiges bemerkt. Joyce hatte nichts Verdächtiges bemerkt und Larry Joe auch nicht. Auch Millicent, ihre Tochter und ihr Mann hatten nichts Verdächtiges bemerkt. Die Hippies hatten nichts Verdächtiges bemerkt, allerdings hatten sie bei den Schweinen auf der anderen Straßenseite jede Menge chauvinistisches Verhalten beobachtet. Ich fragte nicht, ob ihnen Marjorie über den Weg gelaufen war.

Beim Abhaken meiner Liste mußte ich so gut wie jede Straße der Gegend abklappern, und das in einem Wagen mit kaputter Klimaanlage, was meine Laune nicht gerade aufhellte. Die Stimmung in den Häusern, die ich aufsuchte, war auch nicht besser: Die Frauen waren wütend und die Männer aus dem Gleichgewicht – erstaunlich, daß sie immer noch herumlaufen und gleichzeitig Tabak kauen konnten.

Inzwischen war ich ungefähr ein dutzendmal an der Bankruine vorbeigefahren, aber als ich nach einer fruchtlosen Diskussion mit Eula Lemoy die Landstraße vom Pot O'Gold zurückfuhr, entdeckte ich den Crosley auf dem Parkplatz. Miss Una balancierte vorsichtig über Glasscherben und verkohlte Balken, die Ellbogen eng an den Körper gepreßt und die Hände erhoben, um möglichst jede Berührung zu vermeiden.

Ich parkte und begab mich dorthin, wo früher der Eingang der Bank gewesen war. »Suchen Sie etwas Bestimmtes?«

Abrupt drehte sich Miss Una um. »Himmel, Arly, haben Sie mich erschreckt! Ich wollte nachsehen, ob etwas von meinen persönlichen Sachen das Feuer überlebt hat. Auf meiner Bargeldschublade stand ein Foto in einem kleinen Goldrahmen. Von meinen Kätzchen. Wahrscheinlich ist es albern zu hoffen, daß es noch intakt ist, aber ich wollte trotzdem mal nachsehen. Und dann hatte ich noch eine Postkarte von meinem verstorbenen Bruder, ein wunderschönes Bild von einem Garten in Deutschland, das er mir geschickt hat – vor, oh, bestimmt vor über vierzig Jahren.«

Ich bot ihr meine Hilfe an. Gemeinsam schoben wir ein angekokeltes Brett und einen Stapel verdreckter Rechnungsbücher beiseite und gelangten endlich zu der Schublade unter der Stelle, wo sich vor dem Brand Miss Unas Kassenschalter befunden hatte. Die Theke aus imitiertem Marmor hatte sich gehalten, aber die Flammen hatten sich durch den Boden der billigen Holzfächer gefressen, und wir fanden nur Asche und einen geschmolzenen Bilderrahmen.

»Was ist mit dem ganzen Geld passiert?« fragte ich.

»Himmel, wir lassen doch kein Bargeld über Nacht in den Schubladen. Für gewöhnlich haben wir sowieso nicht viel Bares, aber was da ist, wird jeden Abend, wenn wir zumachen, im Safe eingeschlossen. Mr. Oliver hat den Safe zur Hauptstelle bringen lassen, sobald das Feuer gelöscht war und die Sicherheitsleute ungefährdet hingelangen konnten. Alles andere wäre auch schrecklich verantwortungslos gewesen.«

»Was wird eigentlich aus den Kunden dieser Filiale?«

»Vermutlich müssen sie ihre Geschäfte eine Weile in Farberville abwickeln. Ich weiß allerdings nicht, wie die Kassierer dort mit Raz und Perkins und den anderen schwierigen Fällen umgehen. Vor allem Raz weigert sich, das Konzept von Bankgebühren einzusehen.« Sie hielt den Bilderrahmen an einer Ecke hoch und ließ ihn wieder fallen. »Der Brand hat mir klargemacht, daß es Zeit für mich ist, in den Ruhestand zu gehen und mich mehr meinen Kätzchen zu widmen. Sie sind den ganzen Tag über so einsam, die armen Kleinen. Ich habe jeden Monat eine kleine Summe auf die hohe Kante gelegt. Vielleicht besuche ich meine Nichte in El Dorado, oder ich mache im Herbst mal eine Busreise, um das bunte Laub zu bewundern. Sind Haustiere auf solchen Reisen eigentlich erlaubt?«

»Kann sein. Haben Sie schon von Johnna Mae gehört?«

Miss Una blinzelte. »Wirklich schrecklich. Manchmal war sie ja ein bißchen zu ehrgeizig, aber ich war immer davon überzeugt, daß sie ein gutes Herz hat. Sie hat ihre Kinder sehr verwöhnt und war ihnen viele Jahre eine wundervolle Mutter. Wenn ich nur an die vielen selbstgebackenen Kuchen und an die Geburtstagspartys denke.«

»Sie sitzt nicht in der Todeszelle«, wandte ich gereizt ein. »Sicher, sie steht wegen Unterschlagung angeklagt, aber es war ein so geringfügiger Betrag, daß die Bank ihn womöglich einfach zurückzahlen läßt, und damit ist die Sache aus der Welt.«

»Aber sie hat doch Mr. Bernswallow ermordet.«

»Das ist noch nicht bewiesen. Ich bin immer noch mit der Zeugenvernehmung beschäftigt, und die Ergebnisse vom Labor kommen erst heute nachmittag oder morgen früh. Vielleicht sind Fingerabdrücke auf dem Kerosinkanister. Vielleicht läßt sich ein Teil der verbrannten Papiere rekonstruieren, so daß wir daraus Rückschlüsse auf das Mordmotiv ziehen können. Jedenfalls ist Johnna Mae vorerst einzig und allein wegen Unterschlagung angeklagt.«

»Ich hatte das ganz anders im Kopf«, meinte Miss Una verwirrt. Als wir zum Parkplatz zurückgingen, lächelte sie mich verschwörerisch an. »Ich muß schon sagen, dieses Labor klingt sehr geheimnisvoll. Wenn ich mir das vorstelle – sie können tatsächlich Fingerabdrücke auf verbrannten Kanistern finden und halb verbrannte Papiere wieder zusammensetzen! Ich hoffe, sie haben Erfolg. Es wäre doch schön, wenn Johnna Mae zu ihrer Familie zurückkehren und sich wieder dem Kuchenbacken und den Geburtstagspartys widmen könnte.«

Ich erwähnte lieber nicht, daß Johnna Mae sich wahrscheinlich eher den Hühnereingeweiden in der Geflügelfarm von Starley City widmen würde, mit einer Menge Überstunden, bis die Schulden bei der Bank getilgt waren. Bei unseren Autos angelangt, bat ich Miss Una noch, mich anzurufen, falls ihr etwas einfiel, was von Wichtigkeit sein konnte. Sie versprach es und fuhr mit mindestens fünfundzwanzig Stundenkilometern davon.

Ich ging zurück zur Bank und suchte die Stelle, an der laut Merganser das zweite Feuer gelegt worden war. Der Metalleimer und sein Inhalt befanden sich im Labor, aber das schwarze V an der Wand war noch deutlich zu erkennen, ich mußte nur ein wenig die Augen zusammenkneifen und mich zur Seite neigen wie ein uns allen wohlbekannter schiefer Turm. Zwei Brandherde. Zwei Feuer. Zwei Brandstifter? Das erschien mir nicht sonderlich einleuchtend, aber in letzter Zeit war mir nichts sonderlich einleuchtend vorgekommen. Ich ging im Kopf noch eimal durch, was Johnna Mae mir erzählt hatte. Sie hatte nicht geleugnet, erpreßt worden zu sein. Sie hatte auch nicht geleugnet, daß sie in der Bank gewesen war. Andererseits bestritt sie vehement, Bernswallow getötet und die Bank angezündet zu haben. Falls sie die Wahrheit sagte – oder jedenfalls keine Lügen erzählte, bei dem Wenigen, das sie überhaupt von sich gab –, dann mußte ein zweiter Täter im Spiel sein. Zum Beispiel Putter.

Mir gefielen meine Gedanken nicht. Als ich mich auf den Rückweg zum Streifenwagen und meiner Liste machte, fuhr Estelles Kombi in Richtung Farberville an mir vorüber. Weder sie noch Ruby Bee sahen mich, aber ich sah sie lange und deutlich genug, um festzustellen, daß sie Sonntagskleider und Hüte trugen. Was im Grunde nichts Auffälliges war, denn wir hatten Sonntag. Andererseits befand sich die Baptistenkirche genau in entgegengesetzter Richtung, und der Gottesdienst war seit ungefähr einer Stunde zu Ende. Vielleicht fahren sie zum Sonntagsessen ins Restaurant von Farberville, überlegte ich, während ich den Schlußlichtern nachblickte. Ich glaubte zwar nicht an meine eigene Theorie, aber da ich sowieso nichts gegen ihren Ausflug unternehmen konnte, nahm ich mir wieder die Liste vor und strich Eulas Namen durch – sie hatte, wie sie sich treffend ausdrückte, nicht mal 'nen Pups bemerkt.

Während ich noch meinen nächsten brillanten Schachzug

plante, fuhr Plover auf den Parkplatz neben meinem. »Ich hab' dich gesucht«, sagte er und schenkte mir ein jungenhaft strahlendes Lächeln.

»Ich weiß, es gibt kein Entrinnen vor dem langen Arm des Gesetzes.«

»Suchen wir uns einen kühlen Platz zum Reden. Ich hab' mich mit einem Typen vom Labor unterhalten, und das Ergebnis wird dich faszinieren.« Er winkte mich zu seinem Wagen und besaß sogar den Anstand, die Klimaanlage anzuwerfen, alle Düsen auf mich zu richten und sich jeglicher Kommentare über die Schweißflecken auf meinem Hemd zu enthalten. »Ich nehme nicht an, daß es auf dem Revier kühl ist, ich weiß ja, wie es um deinen Etat bestellt ist. Wie wär's mit einer gemütlichen Nische ganz hinten in Ruby Bees Bar und Grill? Da wir nicht im Dienst sind, spendiere ich uns einen Eistee.«

Ich erklärte, daß Ruby Bee immer noch geschlossen hatte, ich jedoch keinerlei Skrupel verspürte, mittels des Schlüssels, der so genial oben auf dem Türrahmen lag, einzubrechen. Obwohl ich alles daran setzte, ihm die faszinierenden Neuigkeiten sofort aus der Nase zu ziehen, redete er beharrlich vom Wetter, während wir einbrachen, Tee einschenkten und uns in der hintersten Nische niederließen.

»Ich mußte mir von diesem Typen im Labor noch einen alten Wert durchgeben lassen«, kam er endlich zur Sache. »Er hat gestern und heute an unseren Proben gearbeitet und dabei ein paar sehr interessante Kleinigkeiten entdeckt.« Plover machte eine Kunstpause, damit ich eine atemlose Frage oder ein paar gewählte Lobesworte einfließen lassen konnte. Aber ich starrte ihn nur unbewegt an. Er seufzte tief. »Der Typ hat es tatsächlich geschafft, einen nicht ganz vollständigen Satz Fingerabdrücke vom Kerosinkanister und einen wunderschönen vollständigen Satz vom Metallpapierkorb zu kriegen. Die Abdrücke sind nicht identisch.«

»Na und? Kevin Buchanon hat die Papierkörbe jeden Abend geleert. Ich kann mir zwar kaum vorstellen, daß Kevin irgendwas

Schönes hinterläßt, aber vielleicht hat er es in diesem absurden Fall doch geschafft.«

Plover schnaubte ärgerlich. »Mist, den hab' ich ganz vergessen. Such ihn, bring ihn her und nimm ihm die Fingerabdrücke ab. Dann wissen wir, ob wir was entdeckt haben.«

»Er ist seit der Brandnacht verschwunden. Kein Mensch hat ihn seither gesehen, nicht mal seine heißgeliebte Dahlia.« Ich runzelte die Stirn. »Jetzt fällt mir ein, daß sie vielleicht auch verschwunden ist. Ruby Bee und Estelle haben ziemlich seltsam reagiert, als ich sie nach Dahlia gefragt habe.«

»Na, dann frag die beiden lieber nochmal.«

»Sie sind ebenfalls verschwunden, allerdings vielleicht nur auf einen harmlosen Restaurantbesuch in Farberville. Nur Johnna Mae Nookim ist nicht verschwunden, es sei denn, sie hat sich eine Leiter gehäkelt und ist aus dem Gefängnis ausgebrochen. Außerdem haben wir ihre Fingerabdrücke bereits.«

»Daran hab' ich auch schon gedacht«, meinte Plover reichlich selbstzufrieden. »Aber ihre Abdrücke passen weder zu denen auf dem Kanister noch zu denen auf dem Papierkorb.«

Ich verschluckte mich an meinem Tee. »Nein? Wessen Fingerabdrücke sind es dann?«

»Gute Frage, Inspektorin Hanks. Ich nehme nicht an, daß die ganze Einwohnerschaft antritt und sich brav die Finger mit Tinte beschmieren läßt.«

»Die Stimmung ist immer noch etwas angespannt«, räumte ich ein. »Aber wir könnten wenigstens die anderen Bankangestellten auffordern, sich die Fingerabdrücke abnehmen zu lassen. Und was ist mit Bernswallow? Ich kann mir zwar nicht vorstellen, weshalb er sein eigenes Büro mit Kerosin hätte überschwemmen sollen, aber es wäre doch durchaus möglich, daß er etwas in dem Metalleimer verbrannt hat. Nein, frag mich nicht – ich hab' auch keine Hypothese, aus welchem Grund.«

»Von seiner Leiche können wir keine Fingerabdrücke nehmen. Der Oberkörper war zwar von der herabgestürzten Decke teilweise geschützt, aber Arme und Hände sind völlig zerstört.«

»Die Abdrücke stammen wahrscheinlich von Kevin, aber wir sollten der Sache trotzdem weiter nachgehen. Ich finde, Sherman Oliver und Miss Una sollten in die Polizeikaserne kommen, damit wir ihre Fingerabdrücke mit denen aus dem Labor vergleichen können. Wenn du dich darum kümmerst, statte ich den Eltern Bernswallow einen Besuch ab und bitte sie, mir irgendeinen Gegenstand zur Verfügung zu stellen, auf dem sich Fingerabdrücke ihres Sohnes befinden. Ich muß den Bernswallows ohnehin ein paar peinliche, nutzlose Fragen über seine Freunde und Feinde stellen. Dann kann ich noch eine Erklärung anschließen von wegen, der Leichenbeschauer kann bei der Autopsie keine Fingerabdrücke machen. Schöne Aussicht.«

»Ich arrangiere die Sache mit den Fingerabdrücken sofort«, versprach Plover. »Soll ich einen Suchbefehl für Buchanon ausstellen? Ich bezweifle, daß ich die Mounties dazu kriege, von Kanada herzugaloppieren und die Berge abzusuchen, aber ich kann den Streifenwagen Bescheid sagen, daß sie die Augen offenhalten. Hast du eine Ahnung, weshalb Buchanon verschwunden ist?«

»Das weiß er wahrscheinlich selbst nicht. Wir haben es hier mit Kevin Buchanon zu tun, und dem hat noch nie jemand vorgeworfen, er würde zuviel nachdenken. Er hat sich in der Vergangenheit so viele idiotische Dinger geleistet, daß es mich nicht mal überraschen würde, wenn er weggelaufen wäre, um sich dem Zirkus anzuschließen. Vielleicht ist er auch ins Kloster gegangen oder hat als Pirat angeheuert.«

»Und das Mädchen?«

»Etwa das gleiche Kaliber.«

Plover fuhr mich zurück zu meinem Wagen. Am Revier stieg ich aus und rief Oliver an, der versprach, auf dem Weg zum Golfplatz der Polizeikaserne einen Besuch abzustatten, sowie Miss Una, die das alles höchst spannend fand. Dann straffte ich die Schultern, trat gegen die Klimaanlage, humpelte zur Tür hinaus und setzte mich in den Streifenwagen, um nach Farberville zu fahren.

Bruder Verber leckte seinen Finger an und blätterte die Seite des Hexenmanuals um. Zwar schien es nicht sehr wahrscheinlich, aber es war doch immerhin möglich, daß die Frauen von Maggody einen Geheimbund gegründet hatten und sich wieder ihren gottlosen Ritualen widmen würden, sobald sich der Aufruhr wegen des Brandes etwas gelegt hatte. Jedenfalls hatte sie die Feministin aus Little Rock um den Verstand gebracht, sonst wäre es dieser Frau, die skrupellos Heime und Familien zerstörte, kaum gelungen, bislang gehorsame Ehefrauen in bösartige, aufsässige, sündige Emanzen zu verwandeln, die nur einen Schritt davon entfernt waren, ihre Büstenhalter zu verbrennen. In seiner Predigt hatte Bruder Verber bereits darüber gesprochen und ihm war nicht entgangen, wie der Trotz auf ihren Gesichtern aufflammte.

Sie führten noch etwas im Schilde. Das nächstliegende war Zauberei, und zwar keine, die Wasser in Wein verwandelte. Nein, es ging um Schwarze Magie. Teufelsanbeterei. Das Böse.

Bruder Verber interessierte sich zunehmend für all diese Verderbtheiten, aber er rief sich immer wieder ins Gedächtnis, daß er sich nur damit beschäftigte, um die Mitglieder seiner Gemeinde zu schützen, die vom rechten Pfad abgekommen waren und nun im Tal der Finsternis wandelten. Er mußte sich mit allen Einzelheiten vertraut machen, falls die irregeleiteten Frauen einen Dämon aus der Hölle heraufbeschworen, um mit diesem eine ekelerregende, lüsterne Orgie zu feiern.

Einen Augenblick hielt Bruder Verber inne. Beging er schon eine Sünde, wenn er einräumte, daß es überhaupt Dämonen zu beschwören gab? Nein, das war in Ordnung, denn die katholische Kirche zelebrierte ja auch Exorzismus-Rituale, was bedeutete, daß sie sich um derlei Dinge Gedanken machte. Obgleich Bruder Verber alles andere als ein Papist war, verlangten ihm die Katholiken doch Respekt ab. Immerhin wußte jeder, daß der Vatikan mit goldenen Tapeten geschmückt war und daß der Papst in einem Privatflugzeug durch die Welt jettete. Damit kam Bruder Verber zu dem Schluß, es sei nicht nur angemessen, sondern sogar wichtig, ein paar Anweisungen aus diesem Buch auszuprobieren.

»Ein Flickenumhang«, las er laut. Sein kariertes Hemd mußte genügen, denn die Karos hatten ja irgendwie Ähnlichkeit mit Flicken. »Dreißig Tage fasten.« Das war schon schwieriger. Nachdem er ein paarmal tief Luft geholt hatte, sagte er sich, daß er es ja nur auf einen kleinen Dämonen abgesehen hatte, also würde es reichen, wenn er den Rest des Tages fastete und die beiden Hähnchenschlegel in der Pappschachtel unangetastet ließ, bis das Experiment beendet war. Weiter ordnete das Buch an, er müsse hundert Tage das Evangelium verbreiten und beten. Da er das sowieso die ganze Zeit über tat, brauchte er sich darüber keine Sorgen zu machen.

Der Rest war ein Kinderspiel. Ein dunkles, abgelegenes Tal, sieben Steine, die er umkreisen, ein paar Sprüche, die er im Kopf behalten mußte. Letztere konnte er sich auf einen Zettel notieren. Dann fehlte nur noch eine Glasflasche mit Korken, um den Dämon darin einzufangen. Bruder Verber fragte sich, ob wohl auch ein Mayonnaise-Glas ging.

* * *

»Truda sagt, sie und Sherman ziehen vielleicht nach Florida«, berichtete Mrs. Jim Bob, während sie zierlich eine Gabel voll Kartoffelpüree zum Mund führte. »Ich muß sagen, das hat mich ein wenig überrascht. Sie müssen besser betucht sein, als es den Anschein hat.«

Jim Bob beäugte das Stück Brathühnchen, hatte aber nicht den Mumm, es unter den wachsamen Blicken seiner Frau in die Hand zu nehmen. Eine Lektion über Tischmanieren war das Stück Huhn nicht wert. Die ganze Zeit zeterte sie die verdammten Blagen an, sie sollten nicht essen wie wilde Tiere. Dabei spielte es überhaupt keine Rolle, denn sie aßen sowieso immer in der Küche, wo niemand ihnen zusehen mußte außer Perkins' Ältester. Seufzend griff er zur Gabel. »Sherman ist

Banker. Vielleicht steckt er ja jeden Abend was in die eigene Tasche.«

»Ich höre solche Andeutungen nicht gern, nicht mal als Witz. Sherman und Truda sind meine Freunde, und ich glaube nicht, daß sie rumgehen und behaupten, daß du Geld aus der Stadtkasse stiehlst.« Nachdenklich legte sie die Gabel zur Seite; die finanzielle Situation der Olivers ließ ihr keine Ruhe. »Truda mußte immer mit sehr wenig Haushaltsgeld auskommen. Ich weiß hundertprozentig, daß sie ihre Kleider in einem Discount-Laden kauft, denn ich habe mal aus Versehen einen ihrer Schränke aufgemacht und die Etiketten gesehen. Ihr Haus ist... na ja, selbst Truda würde jederzeit zugeben, daß es mit unserem nicht zu vergleichen ist. Es hat nur anderthalb Badezimmer, und der Teppich im Wohnzimmer ist so fleckig, daß ich mich schämen würde, wenn jemand ihn zu Gesicht kriegt. Seit Jahren sind sie und Sherman nicht mehr in Ferien gefahren, außer das eine Mal, als sie zu den Passionsspielen in Eureka Spring waren, aber da haben sie auch in einer Pension übernachtet und nicht in einem richtigen Hotel. Was meinst du, wieviel Sherman verdient?«

Jim Bob versuchte, die Hühnchenbrust mit dem Finger zu angeln, bemerkte aber den strafenden Blick seiner Frau und ließ das Stück Huhn traurig in die Erbsen fallen. »Warum bittest du ihn nicht, dir eine Vermögenserklärung oder den letzten Steuerbescheid zu schicken? Dann wüßtest du genau, wieviel Geld sie haben. Vielleicht kannst du sogar einen Blick auf den Hypothekenbrief werfen.«

»Jetzt werd nicht ordinär – und hör auf, mit dem Essen rumzuspielen. Ich habe nicht die Absicht, meine Freunde vor den Kopf zu stoßen, indem ich ein ungesundes Interesse für ihre finanzielle Situation an den Tag lege. Ich mache mir nur Gedanken, weiter nichts. Wenn dich das langweilt, können wir uns auch über die Predigt heute morgen unterhalten. Ich persönlich fand sie recht merkwürdig.«

»Verber hat wirklich einen Tick mit seiner Teufelsanbeterei«, brummte Jim Bob. »Ich glaube, er war richtig enttäuscht, daß sich keine der Frauen beim Schlußchoral die Kleider vom Leib gerissen hat.«

»Das Thema quält ihn eben. Er hat die moralische Verpflichtung, vor dem Bösen zu warnen, selbst wenn die Frauen solche Praktiken noch nicht aktiv anwenden.« Mrs. Jim Bobs Gesicht wurde so rot wie der Tomaten-Aspik auf ihrem Salatteller. »Aber ich finde wirklich, er sollte aufhören, von entblößten Brüsten zu sprechen und von Blut, das über den Bauch läuft und hinunter bis zu ... eh, zu den sündigen Körperteilen.«

Dieser Teil der Predigt hatte Jim Bob gefallen. Allerdings war er mitten in der Predigt eingeschlafen und hatte sehr angenehm von Cherri Lucindas sündigen Körperteilen geträumt, die womöglich die allersündigsten waren.

* * *

Nachdem ich ein paarmal falsch abgebogen und in verschiedenen Sackgassen gelandet war, fand ich schließlich die Straße, die sich zu den großen Villen mit dem herrlichen Blick über ganz Farberville hinaufschlängelte. Ich fuhr um die Ecke, hielt an und betrachtete verblüfft die vielen Autos, die auf beiden Seiten der Straße parkten und die lange Auffahrt verstopften. Die Bernswallows hatten Besuch. Das machte mein Vorhaben nur noch unangenehmer, aber ich ging davon aus, daß sich dennoch irgendwo ein Plätzchen finden lassen würde, wo man sich in Ruhe unterhalten konnte.

Ich parkte hinter einem schokoladenbraunen Jaguar, passierte vier pastellfarbene Mercedesse in Folge, kam zu einem zitronengelben BMW, ging an einem Regenbogen von Audis und einem echten Rolls Royce vorbei. Neben dem Haus stand eine viertürige Garage, und dahinter eine Gruppe stinknormaler, verbeulter Kleinwagen. Zweifellos die der Hausangestellten.

Hinter mir näherte sich ein Pärchen, er im dunklen Anzug, sie im Nerzmantel. Es war sicher nicht über vierzig Grad im

Schatten, und ich freute mich über ihre rosigen Wangen. Der Mann nickte mir nicht besonders freundlich zu und klingelte.

Wir wurden von einem Mann eingelassen, den ich für den Butler hielt und der meine Polizeiuniform mit kaum verhohlenem Argwohn musterte. Traurig murmelnd informierte er uns, daß Mr. und Mrs. Bernswallow ihre Gäste heute im Salon empfingen. Ob wir so freundlich sein wollten, ihm zu folgen? Wünschte Madam den Mantel abzulegen? Madam warf ihm den Nerz zu, und wir wanderten im Gänsemarsch den Flur entlang zu einem riesigen Salon, in dem die Leute sich drängten wie Ölsardinen. Die meisten hielten ein Weinglas in der Hand und unterhielten sich mit Grabesstimme.

Ich nahm den Butler am Arm und fragte ihn, wo ich Mr. und Mrs. Bernswallow finden könne. Er starrte meine Hand an, bis ich sie wieder zurückzog, dann murmelte er, die Herrschaften seien nur für den engsten Freundeskreis in der Bibliothek zu sprechen. Da ich für ihn eindeutig nicht in diese Kategorie gehörte, erklärte ich ihm, ich sei dienstlich hier.

Er kniff die Lippen zusammen und führte mich durch die Menge zu einer geschlossenen Tür. »Ich werde den Herrschaften mitteilen, daß Sie hier sind, und mich vergewissern, ob sie mit Ihnen reden möchten.« Damit klopfte er an die Tür und schlüpfte hinein.

Ich lächelte den Umstehenden zu, die meine Uniform mit unterschiedlich ausgeprägter Neugier und Verachtung anstarrten. Als ich gerade einer besonders naseweisen Frau die Möglichkeit geben wollte, sich davon zu überzeugen, ob meine Pistole geladen war (sie war es nicht), kam der Butler zurück – mit einem höchst merkwürdigen Gesichtsausdruck. Was ich über seine Schulter hinweg erblickte, trieb mich nur noch schneller in die Bibliothek – ebenfalls mit einem höchst merkwürdigen Gesichtsausdruck.

Eine silberhaarige, schwarzgekleidete Frau starrte voll Entsetzen eine Auflaufform an, die vor ihr auf dem Tisch stand. Ein silberhaariger Mann in einem dunkelblauen Anzug rang vergeblich nach Worten. Seine Nase war knallrot, sein Kinn spuckebeträufelt, und er fuchtelte mit den Händen in der Luft herum. Offenbar hatte es ihm die Sprache verschlagen – angesichts von Ruby Bee Hanks und Estelle Oppers, die auf dem Brokatsofa thronten, die Handtaschen auf dem Schoß, mit strahlenden Gesichtern wie Kinder am Weihnachtsmorgen.

Als sie mich erblickten, verschwand das Strahlen. »Na, so was, Arly«, sagte Ruby Bee und schluckte, »was machst du denn hier?«

Endlich fand Bernswallow doch ein paar Worte, und zwar: »Sie ... Sie sind zwei unverschämte, widerliche, aufdringliche ... ich habe Ihre Gesichter in den Nachrichten gesehen, Sie –«

»Mein Gott«, stöhnte Mrs. Bernswallow. »Warum ist das Zeug denn so seltsam grün? Es sieht aus, als hätte sich ein Hund übergeben. Oh, Charles, das muß verschwinden. Ruf sofort Perkins und sag ihm, er soll das entfernen.«

»Ist Perkins der Butler?« fragte Estelle. »Ich kenne in Maggody auch einen Perkins. Vielleicht sind sie ja verwandt.«

»Tu doch etwas, Charles«, befahl die Frau mit unveränderter Jammerstimme.

»Sehen Sie«, sagte Bernswallow, der inzwischen wieder über einen ansehnlichen Wortschatz verfügte. »Ich weiß nicht, wer Sie sind« – er drehte sich um und deutete mit dem Finger auf mich – »und wer Sie sind, weiß ich auch nicht, aber ich verlange, daß Sie alle drei augenblicklich verschwinden. Es ist empörend, daß Sie sich unter falschem Vorwand hier einschleichen und Mrs. Bernswallow aus der Fassung bringen. Wenn Sie nicht umgehend dieses Haus verlassen, werde ich Sie wegen Hausfriedensbruchs und unbefugten Tragens einer Polizeiuniform belangen lassen. Außerdem werde ich, sobald die Trauerzeit vorüber ist, meine Anwaltskanzlei beauftragen, eine Schadensersatzforderung in Millionenhöhe gegen Sie zu erheben, wegen Belästigung und seelischer Grausamkeit.«

»Beruhigen Sie sich«, entgegnete ich, ehe er ein ganzes Wörterbuch fand. »Ich bin Polizeiinspektorin in Maggody und rein dienstlich hier.«

»Ich habe genau gehört, daß Sie eine dieser Frauen hier mit Vornamen angeredet hat. Kennen Sie sich?«

Ich schüttelte den Kopf, aber Ruby Bee hob drohend den Zeigefinger und sagte: »Du weißt ganz genau, wer wir sind, Miss Dienstlich. Wir sind nur vorbeigekommen, um unser Beileid auszusprechen und einen kleinen Happen zum Abendessen vorbeizubringen. Du hast kein Recht, uns zu behandeln, als wären wir zwei Einbrecherinnen, die es aufs Familiensilber abgesehen haben.«

Mrs. Bernswallow schauderte. »Charles, ich glaube, mir wird übel, wenn du dieses scheußliche Zeug nicht entfernst. Ich habe erst gestern den Teppich reinigen lassen.«

»Seien Sie doch nicht albern«, sagte Estelle. »Sie nehmen einfach grüne Bohnen, Pilzcremesuppe, eingelegte Zwiebelringe –«

»Charles! Unternimm endlich etwas!«

Mr. Bernswallow nahm die Auflaufform und streckte sie Estelle entgegen. »Mrs. Bernswallow interessiert sich nicht dafür, aus welchen Zutaten dieses unappetitliche Mischmasch besteht. Bitte nehmen Sie es mit und verlassen Sie unser Haus.«

Ruby Bee und Estelle stolzierten tatsächlich zur Tür, die Nasen hoch erhoben – es war ein Wunder, daß sie überhaupt den Weg fanden. Im Türrahmen wandte sich Estelle noch einmal um: »Und Wassernüsse«, empfahl sie, »die sind schön knackig.«

»Und Piment, dann sieht es gleich richtig festlich aus«, fügte Ruby Bee hinzu.

Ich nahm auf dem Sofa Platz, während Mrs. Bernswallow hustete und japste, wobei Mr. Bernswallow ihr auf den Rücken klopfte und ziemlich wüste Bemerkungen in Richtung Tür schickte, die sich hinter Ruby Bee und Estelle geschlossen hatte. Als Mrs. Bernswallow sich wieder einigermaßen erholt hatte, blitzte Mr. Bernswallow mich wütend an. »Wir machen zur Zeit sehr viel durch. Was wollen Sie von uns?«

»Der Tod Ihres Sohnes tut mir sehr leid. Ich arbeite mit dem Sheriff und der Staatspolizei daran, den Täter zu finden, und muß Ihnen daher ein paar Fragen stellen.«

Seine Augen traten gefährlich weit aus dem Kopf. »Über diese McCoy? Gebt ihr euch eigentlich nie zufrieden? Das ist fünf oder sechs Jahre her, und ich glaube nicht, daß diese alte Geschichte etwas mit dem tragischen Tod meines Sohnes zu tun hat.« Mrs. Bernswallow schlug die Hände vors Gesicht und begann zu schluchzen.

Diese McCoy? Einen Moment knabberte ich nachdenklich an der Unterlippe. »Nein«, sagte ich dann langsam, »ich wollte eigentlich nur fragen, ob Brandon Feinde hatte. Außerdem bräuchte ich eine Liste seiner Freunde, die wissen könnten, ob jemand etwas gegen ihn hatte.« Diese McCoy? Carolyn McCoy-Grunders? Ich konnte mich kaum zurückhalten, aber ich wollte um jeden Preis vermeiden, daß Mrs. Bernswallow wieder hysterisch wurde und Mr. Bernswallow womöglich einen tödlichen Schlaganfall erlitt.

Aber der Herr des Hauses entspannte sich schon wieder. »Ich glaube nicht, daß mein Sohn Feinde hatte. Nach seinem Examen habe ich ihm eine Stelle bei einer Bank verschafft, nicht hier in der Gegend. Danach schickte ich ihn als Chefkassierer in die Filiale, damit er seinen Erfahrungshorizont erweiterte und seine Führungsqualitäten schulte. Ich hatte gehofft, ihn in ein oder zwei Jahren in der Hauptstelle unterbringen zu können, vielleicht in der Kreditabteilung.«

»Hat er hier bei Ihnen gewohnt?«

»In letzter Zeit ja. Aber er war erst seit kurzem wieder da, und er hat oft Überstunden in der Bank gemacht. Ich glaube nicht, daß er sich überhaupt schon mit seinen alten Freunden getroffen hat.« Einen Augenblick sah er weg. »Ich war sehr stolz auf seinen Fleiß, vor allem in den letzten Wochen. Er ist oft abends noch einmal zur Bank gefahren, um sich schneller in die Besonderheiten der Filiale einzuarbeiten.«

»Ich hatte immer ein wenig Angst, daß er zuviel arbeitete«, fügte Mrs. Bernswallow mit zittriger Stimme hinzu.

»Unsinn«, entgegnete Bernswallow fest. »Zuviel arbeiten, das gibt es gar nicht. Ich habe meine Nachmittage auch nie mit

Golf verplempert, ich habe nie während der Arbeitszeit mit meinen Freunden Martinis getrunken – deshalb bin ich ja auch Aufsichtsratsvorsitzender und nicht ein lächerlichen kleiner Tyrann irgendwo in der Provinz. Wer Erfolg haben will, muß sich in die Tretmühle begeben und ein zackiges Tempo vorlegen.«

»Sie haben einen Bericht über die Unterschlagungen erhalten«, sagte ich. »Brandon hat bei der Kontenführung in der Filiale gearbeitet – meinen Sie, er könnte dem Problem auf die Spur gekommen sein?«

Bernswallow räusperte sich heftig. »Die betreffende Angestellte ist höchst gerissen vorgegangen, und Brandon hat ja erst angefangen, sich in Kundenbetreuung und Kontenführung einzuarbeiten. Er hat mir gegenüber angedeutet, daß es in der Filiale Ungereimtheiten gab, aber ich dachte, es wäre gut, wenn er selbst damit fertig würde, und habe mich deshalb geweigert, mit ihm darüber zu sprechen. Er sollte lernen, solche Probleme anzupacken, mit Schlamperei und Diebstahl angemessen zu verfahren. Das stärkt den Charakter.«

Ich nickte und bat, mir Brandons Zimmer ansehen zu dürfen. Sofort brach Mrs. Bernswallow in Tränen aus. Mr. Bernswallow klingelte nach dem Butler, wies ihn an, mich ganz nach meinen Wünschen durchs Haus zu führen, und setzte sich dann neben seine Frau, um sie zu trösten. Ich folgte Perkins (bestimmt kein Verwandter) wieder durch den Korridor, eine prunkvolle Treppe hinauf, einen mit Ölgemälden streng blickender Ahnen gesäumten Korridor entlang und schließlich in ein Schlafzimmer.

»War das alles, Miss? Ich muß mich jetzt wieder meinen Pflichten im Erdgeschoß widmen«, sagte Perkins, wobei er mich von oben herab musterte.

»Ich werde nach Ihnen klingeln, wenn ich einen Imbiß brauche«, erwiderte ich und wartete, bis er gegangen war, ehe ich mich im Zimmer umsah. Es besaß die Wärme und persönliche Ausstrahlung eines Banktresors. Die Wandschränke waren mit Klamotten vollgestopft, in den Kommodenschubladen stapelten sich gebügelte Unterwäsche und perfekt eiförmig aufgerollte

Sockenpaare. Im Nachttisch neben dem Bett fand ich eine Halbliterflasche Bourbon. Auf ihr konnten genausogut Fingerabdrücke sein wie auf jeder anderen glatten Oberfläche. Ich packte sie vorsichtig in eine Plastiktüte, die ich in meiner Tasche verstaute.

Ich ging zurück zum Wandschrank, dessen Größe mich erstaunte, fuhr mit der Hand über das oberste Bord, spürte etwas Flaches, Rechteckiges, und schon saß ich im Schneidersitz mit Brandons College-Album auf dem Bett.

Es war ein entsetzlich geschmackloser Ausflug in die Vergangenheit. Eine endlose Sammlung von Schnappschüssen, ein paar von grinsenden Knaben, die sich um die Schultern faßten und Bierdosen umklammerten, aber die meisten Fotos zeigten unterschiedlich stark bekleidete beziehungsweise entkleidete Frauen. Unter jedem dieser Bilder stand eine Bemerkung darüber, welche Qualität im Bett und welche speziellen Talente die betreffende Person vorzuweisen hatte, versehen mit einer Unmenge von Ausrufezeichen. Obwohl ich jedes Gesicht sorgfältig studierte, konnte ich Carolyn nicht entdecken. Allerdings konzentrierten sich manche Fotots auf anatomische Bereiche, anhand derer ich sie ohnehin nicht erkannt hätte.

Die Studentenverbindung hatte offensichtlich jeden Monat rauschende Partys veranstaltet; die Einladungen rangierten zwischen förmlich und anzüglich. Die dazugehörigen Schnappschüsse zeigten, daß selbst die förmlichen ohne weiteres ins Anzügliche abgleiten konnten, daß der Schleier der Wohlanständigkeit fiel, sobald die Leute genug intus hatten. In ein paar Zeitungsausschnitten wurde berichtet, wie die Campus-Polizei anrückte, und über Verwarnungen und Drohungen seitens des Verbindungsrats und der Verwaltung. Als eine Studentin eine Gruppenvergewaltigung im Billardzimmer anzeigte, wurde die Verbindung aufgelöst. Was für ein reizender Verein, dachte ich, während ich weiterblätterte.

Auf dem letzten Foto stand Brandon neben seinem Pokal, ein hämisches Grinsen auf den Lippen, die Hand zu einer obszönen Geste erhoben. Ironie des Schicksals – vorsichtig ausgedrückt. Ich legte das Album an seinen Platz zurück, vergewisserte mich, daß die Bourbon-Flasche sicher in meiner Handtasche ruhte, schlich die Treppe hinunter und durch die Küche aus dem Haus. Die Luft draußen war heiß, roch aber vergleichsweise frisch.

Unterwegs machte ich bei der Polizeikaserne halt. Ich wollte wissen, wie viele Finger zwecks Abdruckvergleichs bereits in der Tinte gesteckt hatten. Plover erzählte, Oliver Sherman sei dagewesen, Miss Una jedoch stand noch aus. Ich erklärte, daß sie auf dem Highway bestimmt nicht schneller fuhr als dreißig Stundenkilometer, was bedeutete, daß sie für die fünfundzwanzig Kilometer wohl mindestens anderthalb Stunden brauchte (ja, ich weiß, aber es gibt schließlich Geflügellaster, Bahnübergänge, rote Ampeln und Boxenstops).

»Und was ist mit Olivers Abdrücken?« fragte ich.

»Unser Experte ist heute leider nicht da. Ich hab' sie auf Folie abgezogen und mit den Abdrücken vom Labor in den Projektor gesteckt. Bei denen vom Kerosinkanister bin ich mir nicht sicher, aber es sind eindeutig nicht die gleichen wie auf dem Metalleimer. Natürlich würde ich auch keinen Filialleiter beschuldigen, den Papierkorb geleert zu haben.«

»Dann habe ich die Quälerei mit Bernswallows Eltern also umsonst auf mich genommen«, seufzte ich und berichtete, was im Hause Bernswallow passiert war. Nachdem Plover mit Lachen fertig war, fragte ich ihn, ob er eine Ahnung hatte, wie wir die undurchschaubare Verbindung zwischen der Familie Bernswallow und Carolyn McCoy aufdecken konnten, deren Doppelname aus einer anderen Zeit stammen mußte.

»Seltsam, daß Bernswallow senior die Sprache darauf gebracht hat«, fuhr ich fort. »Ich möchte ja nicht kleinlich und argwöhnisch wirken, aber ich frage mich, ob der Name von einer meiner Blutsverwandten ins Spiel gebracht worden ist.«

Mit gespieltem Entsetzen schlug Plover die Hände über dem Kopf zusammen. »Was soll das? Beschuldigst du etwa deine Mutter, sich in eine offizielle Polizeiermittlung eingemischt zu haben und vor dir, ihrer einzigen Tochter, Dinge zu verheimlichen?«

Ich wählte die Nummer von Ruby Bees Bar und Grill, aber niemand ging dran, so daß mir für den Moment eine höchstwahrscheinlich anstrengende Konversation erspart blieb. Also machte ich es mir wieder auf meinem Stuhl bequem und sagte: »Wenn ich Ruby Bee in die Finger kriege, werde ich in Nullkommanix alles, was sie weiß, aus ihr herauskitzeln. Bernswallow hat noch eine seltsame Bemerkung gemacht: Er wäre lieber Aufsichtsratsvorsitzender als ein lächerlicher kleiner Tyrann irgendwo in der Provinz. Ich frage mich, ob er damit auf Sherman Oliver angespielt hat?«

»Falls ja, wäre das wichtig?«

»Nun, es wäre jedenfalls keine allzu freundliche Beschreibung. Außerdem hat er noch erwähnt, daß Brandon von Problemen in der Bank gesprochen hat. Ich bin überzeugt, daß Brandon von Johnna Maes Unterschlagungen wußte und vorhatte, sie zu erpressen, aber jetzt haben wir zwei Brandherde und zwei unterschiedliche Fingerabdrücke. Meinst du, wir haben auch zwei Kandidaten für Erpressung?«

»Den Aussagen nach hält sich Oliver so gut wie nie in der Bank auf. Er vertrödelt seine Zeit abwechselnd in der Hauptstelle und auf dem Golfplatz. Hauptsächlich letzteres.«

»Er ist für ziemlich viel Geld zuständig.« Einen Augenblick kaute ich gedankenverloren an der Unterlippe. »Ich weiß nicht genau, was es mit einem Portefeuille auf sich hat, mal abgesehen von der knappen Erklärung, die mir Oliver gestern gegegeben hat. Ich glaube nicht, daß Oliver irgendwie Geld abschöpfen kann. Aber er hat am Telefon einen Wertpapierverkäufer angepfiffen wegen eines ›windigen Deals‹. Und diese Leute arbeiten auf Kommission, was bedeutet, daß sie möglichen Käufern alle möglichen Gefallen tun.«

»Schmiergelder zum Beispiel?«

»Warum nicht? Oliver scheint freie Hand zu haben, was er kauft. Womöglich nimmt er hin und wieder einen kleinen Dankbarkeitsbeweis für die Geschäfte der Bank entgegen. Garantiert unterm Tisch und gut getarnt. Ich habe keine Ahnung, wie wir dahinterkommen könnten, es sei denn, einer von uns hat eine inoffizielle Unterredung mit einem Bankangestellten.«

»Was siehst du mich dabei so an?« fragte Plover und rutschte unbehaglich auf seinem Stuhl hin und her. »Soll ich vielleicht Bernswallow senior zu Bier und Salzbrezeln einladen? Er scheint mehr der Perrier-und-Kaviar-Typ zu sein, und du weißt ja, wie sehr ich Mineralwasser und Fischeier verabscheue. Aber ich habe eine Idee – ich nehme Miss Una mit ins Autokino und schmeichle mich mit fettigem Popcorn und schüchternen Küssen bei ihr ein. Erinnerst du dich noch an den Abend, als wir zwei den Spätfilm bei mir zu Hause angeschaut haben?«

Ich versicherte ihm, daß ich das längst vergessen hätte, obwohl ich möglicherweise ein bißchen rot wurde. »Ich breche dir höchst ungern das Herz, mein khakigewandeter Romeo, aber Miss Una hat bestimmt keine Ahnung von einem Portefeuille. Bernswallow senior seinerseits rückt bestimmt nichts raus, egal wie sprudlig das Wasser und wie fischig die Eier auch sein mögen. Ich hatte eher an Mrs. Gadwall gedacht, die Chefbuchhalterin in der Hauptstelle. Sie könnte durchaus über interessante Informationen zum Thema Portefeuille verfügen. Wenn sie meint, es gibt zu viele windige Deals, dann könnten wir vielleicht sämtliche Konten von Oliver auf große, unerklärliche Einzahlungssummen überprüfen.« Ich verzog das Gesicht, denn irgendwo in meinem Hinterkopf störte mich etwas. »Das hieße, daß er nicht nur Schmiergelder annimmt, sondern sie auch noch auf der Bank deponiert. Vielleicht ist Brandon über etwas gestolpert und wollte Oliver erpressen. Johnna Mae zu erpressen hätte wahrscheinlich nicht mal genug Geld für ein gebrauchtes Fahrrad eingebracht, geschweige denn für einen Mercedes.«

»Damit hätte Oliver ein Motiv. Hat er ein Alibi?«

»Er behauptet, in seinem Arbeitszimmer gewesen zu sein, hinter verschlossenen Türen, Telefonhörer danebengelegt, Schnapsflasche in Reichweite. Seine Frau war auf dem Parkplatz bei der Bank, hat Ms. Benedict Arnold gespielt und die

Demonstrantinnen unterstützt. Vielleicht war Brandon ja schon mit einer Forderung an Oliver herangetreten. Im Vollrausch hat Oliver dann angefangen, über den Verrat seiner Frau und seines Protégés zu grübeln, und dann beschlossen, es allen beiden heimzuzahlen, indem er dem Protégé den Schädel einschlug, die Bank abfackelte und damit alle etwaigen Spuren verdunkelte.«

»Wenn er Bernswallow ermordet hat, ist gar nichts dunkel«, meinte Plover. »Aber selbst wenn wir beweisen können, daß Oliver Schmiergelder von Wertpapierverkäufern angenommen hat und Bernswallow davon wußte und ihn erpressen wollte, haben wir immer noch nichts Hieb- und Stichfestes in der Hand. Kein Mensch hat ihn in der Nähe der Bank gesehen.«

»Es sei denn, Kevin Buchanon war da. Kevin ist so bekloppt – er würde den Kerosinkanister halten, während Oliver das Streichholz anzündet. Dann bietet Oliver ihm als Belohung eine dreimonatige Kreuzfahrt an, und schon radelt Kevin zum nächsten Hafen. Ich bin ausnahmsweise mal richtig erpicht darauf, mit ihm zu reden, aber ich hab' keine Möglichkeit, ihm nachzuradeln. Warum wartest du nicht einfach hier auf Miss Una, nimmst ihr die Fingerabdrücke ab und hältst dann einen kleinen Plausch mit Mrs. Gadwall? Ruby Bee und Estelle sind inzwischen bestimmt wieder in Maggody, und ich würde gern auf ein Schwätzchen im Lokal vorbeischauen.«

Plover murmelte, ich solle sie nicht so hart rannehmen. Dann begleitete er mich zu meinem Wagen und wünschte mir Glück. Ich fragte ihn, ob ihm warm genug sei, empfahl ihm, so weiterzumachen wie bisher, und wünschte ihm einen schönen Tag. Er starrte mir grimmig hinterher.

* * *

Carolyn McCoy-Grunders saß auf dem gnadenlos unbequemen Stuhl, den die Geschäftsleitung des Flamingo-Motels den Gästen freundlicherweise zur Verfügung stellte, falls diese das

Bedürfnis nach einer Rückenfolter verspürten. Staci Ellen kauerte nicht viel bequemer auf dem Bettrand, einen Notizblock in der Hand und einen wütenden Ausdruck im Gesicht.

»Was das Café in Rose Bud angeht«, sagte Carolyn, während sie das Beschwerdeschreiben überflog, »schicken Sie der Kellnerin ein Formular und teilen Sie ihr mit, sie soll es der Kommission für Gleichberechtigung am Arbeitsplatz zusenden, damit es überprüft wird. Ich hasse diese Streitereien um den Mindestlohn.«

»Den Fall *hier* haben Sie aber übernommen«, entgegnete Staci Ellen. »Jetzt sitzt Ihre Klientin wegen Unterschlagung im Gefängnis und hat womöglich eine Anklage wegen Mordes und Brandstiftung am Hals. Das wäre alles nicht passiert, wenn Sie die Frauen nicht dazu aufgehetzt hätten, den Highway runter zur Bank zu marschieren. Hätten Sie die Demonstration nicht organisiert, würde Johnna Mae jetzt vielleicht nur einen neuen Job suchen.«

»Würden Sie vielleicht auch gern einen neuen Job suchen, Staci Ellen?«

»Ich laß' es mir gern durch den Kopf gehen«, entgegnete Staci Ellen schnippisch, hätte ihre Antwort aber am liebsten gleich wieder zurückgenommen. In letzter Zeit handelte ihr Mundwerk manchmal etwas eigenmächtig, und ihre Gedanken wanderten in alle möglichen verrückten Richtungen – wie kopflose Hühner. Aber sie wollte keine halben Sachen mehr machen. »Ich arbeite jetzt seit zwei Jahren für *Frauen gegen Chauvinismus im Büro*, und ich hab' noch nie eine Lohnerhöhung gekriegt. Die ganze Zeit kümmern Sie sich darum, daß Frauen fair behandelt werden. Vielleicht könnten Sie ja auch mal einen Gedanken daran verschwenden, wie's vor Ihrer Nase aussieht.«

»Meine Güte, was sind wir heute gereizt!« Carolyn schlug den nächsten Ordner auf, ohne dem rebellischen Blick ihrer Sekretärin Beachtung zu schenken. »Diese Akte ist eine absolute Schlamperei, Staci Ellen. Die gesamte Korrespondenz ist durcheinander. Wie oft habe ich Ihnen schon gepredigt, wie wichtig die korrekte chronologische Ordnung ist?«

»Ungefähr siebentausendmal, diesmal nicht mitgerechnet. Also ungefähr siebentausendundeinmal.«

»Eieiei«, murmelte Carolyn und sah auf. »Sie sind heute wirklich auffallend schlecht gelaunt. Darf ich davon ausgehen, daß Sie sich in den Fängen eines besonders schlimmen Anfalls des ach so weit verbreiteten prämenstruellen Syndroms befinden?«

»Nein, das dürfen Sie nicht. Ich habe es einfach satt, behandelt zu werden, als hätte ich ein Spatzenhirn – von allen: von meinem Vater, von meinem Freund und von meiner Chefin. Dabei kann ich eine Menge, wissen Sie. Ich kann die kleinen Kritzeleien entziffern, die Sie an den Rand Ihrer Briefe machen. Ich kann die obszönen Telefonnachrichten von Ihrem Freund aufschreiben. Ich kann sogar einen platten Reifen wechseln.«

»Ich habe eine hervorragende Idee, Staci Ellen. Warum spazieren Sie nicht einfach ein Stück den Highway runter und suchen sich irgendeine hilflose Seele mit einem Platten? Ich muß arbeiten und bin wirklich nicht in der Stimmung, mir Ihr Gejammer anzuhören, daß Sie von der gesamten Menschheit schlecht behandelt werden, Anwesende eingeschlossen.«

»Gut, dann gehe ich eben!« Staci Ellen packte ihre Handtasche und marschierte zur Tür hinaus. Beinahe wäre sie mit Ruby Bee und Estelle zusammengestoßen, die sich von der Bar her angeschlichen hatten. Aber sie blieb nicht stehen, um sich zu entschuldigen.

Carolyn starrte auf den ersten Brief von Johnna Mae Nookim. Er hatte ein Eselsohr und einen Dreckfleck, als wäre jemand mit dem Schuh daraufgetreten. Außerdem war unter der roten Linie, mit der sie den Namen des Schleimscheißers Bernswallow unterstrichen hatte, eine Art Fingerabdruck zu erkennen. Carolyns Finger hinterließen keine Abdrücke. Sie machte auch keine Eselsohren in ihre Korrespondenz, und sie trampelte schon gar nicht mit den Schuhen drauf herum.

Das alles war höchst sonderbar – und beunruhigend.

Ich ging zu Ruby Bees Bar und Grill, aber Estelles Kombi war nirgends zu sehen. Also machte ich mich auf den Weg zu Kevins Eltern, um mich zu erkundigen, ob sie etwas Neues gehört hatten. Eilene saß auf der Veranda in der Hollywoodschaukel, die jedoch ebenso reglos war wie Eilenes Gesicht.

»Keine Spur von Kevin?« fragte ich.

»Nichts. Und Dahlias Großmutter hat vor einer Weile angerufen und gesagt, Dahlia ist seit gestern auch verschwunden. Die beiden haben sich doch hoffentlich diesen Quatsch nicht ausgedacht, um weglaufen und heimlich heiraten zu können.«

»Das ergibt keinen Sinn«, meinte ich und setzte mich auf die Verandatreppe. »Ich möchte Sie nicht beunruhigen, aber ich befürchte, daß Kevin etwas gesehen hat, was mit dem Mord zu tun hat, und deshalb beschlossen hat, zu verschwinden. Wir haben Fingerabdrücke am Tatort genommen, und jetzt brauche ich irgendeinen Gegenstand mit Kevins Abdrücken, um sie vergleichen zu können.«

»Ich hol' seinen Zahnputzbecher aus dem Badezimmer.« Sie ging ins Haus und kam mit einem gelben Plastikbecher zurück. »Den hat er, seit er ein kleiner Junge war und auf einen Hocker steigen mußte, um sich –« In diesem Augenblick streckte Earl den Kopf durch die Tür, und Eilene hielt inne.

Earl lächelte verbindlich. »Ich hab' gedacht, vielleicht habt ihr Lust auf ein Glas kühle Limonade. Von mir selbst zubereitet.«

»Ich hab' dir doch gesagt, ich will nichts trinken. Jetzt ist wahrscheinlich die Arbeitsplatte mit Zitronensaft beschmiert und Zucker auf dem Boden. Wenn du saubergemacht hast, glotz doch eins von deinen blöden Footballspielen, und laß mich gefälligst in Frieden.«

Earl zog sich zurück, aber ich hörte ihn vor sich hinmurmeln, während er durchs Wohnzimmer ging. Ich hatte in den letzten beiden Tagen verschiedene Versionen dieses ehelichen Schlagabtausches mitgekriegt. Irgend jemand mußte die Gemüter möglichst bald beschwichtigen, sonst hatten wir am Ende noch jede Menge gutverdienende Scheidungsanwälte, die sich die Hände rieben, und dazu eine absurde Single-Szene in Ruby Bees Bar und Grill.

Ich versprach Eilene, sie zu benachrichtigen, falls ich etwas hörte; sie versprach mir das gleiche und gab mir den gelben Plastikbecher. Die Fliegengittertür schlug zu, ehe ich halbwegs die Auffahrt hinunter war, und noch bevor ich meinen Wagen erreichte, hörte ich laute Stimmen. Obwohl es um Zucker ging, waren die Worte alles andere als süß.

Als ich am zukünftigen Singles-Treffpunkt vorbeifuhr, um noch einmal nach Estelles Kombi Ausschau zu halten, war es schon fast dunkel. Da der Wagen immer noch nicht da war, parkte ich hinter Stivers Antiquitäten-Geschäft und schleppte mich die Treppe zu meiner Wohnung hinauf. Wenn sich Plover irgend etwas Erstaunliches offenbarte, würde er mich anrufen. Wenn Ruby Bee und Estelle sich ein paar Stunden verstecken und aus Angst vor meiner Strafpredigt Blut und Wasser schwitzen wollten, konnten sie das ruhig tun. Wenn Sherman Oliver am Telefon mit einem Schweizer Banker palaverte, was störte es mich. Wenn Kevin mit Dahlia auf dem Gepäckträger durch die Gegend radelte, konnte er meinetwegen bis nach Feuerland strampeln, mir war das vollkommen wurscht.

Ich stellte mich unter die Dusche und drehte das kalte Wasser auf.

* * *

Es wurde dunkel, als Staci Ellen die Straße entlangmarschierte, aber das war ihr egal. Ms. Grotzkotz mit Bindestrich war die gemeinste Person, der Staci Ellen je begegnet war. Sie blieb stehen, um einen weggeworfenen Strohhalm aufzuheben, mit dem sie im Staub ein paar Berechnungen anstellte. Sechstausendneunhundertundfünfunddreißig Tage, das war ihr ganzes bisheriges Leben, um genau zu sein. Nein, etwas mehr, denn ihr neunzehnter Geburtstag war ja schon siebenundzwanzig Tage her. Sie kratzte noch ein bißchen mit dem Strohhalm im Dreck herum, behielt eins im Sinn und gelangte schließlich zu der korrigierten Summe von sechstausendneunhundertundzweiundsechzig Tagen.

Und was hatte Bruno ihr zum Geburtstag geschenkt? Nichts. Was hatte er gemacht, als sie es erst schüchtern andeutete, dann mit dem Zaunpfahl winkte und schließlich rundheraus verkündete, daß sie Geburtstag hatte und gern in einem richtigen Restaurant essen gehen wollte? Er hatte ihr mitgeteilt, sie würden zusammen zu einem Softball-Match am anderen Ende der Stadt fahren, da könnte sie eine Chili-Wurst essen. Falls sie genügend Geld dabei hatte.

Wütend warf Staci Ellen den Strohhalm weg und stapfte weiter. Die olle Ms. Bindestrich hatte sich auch nicht die Mühe gemacht, eine Karte zu schicken oder ihr einen freien Nachmittag anzubieten. Die olle Ms. Bindestrich hatte Staci Ellen bloß schrecklich angemacht, weil ein paar Wörter in einem Brief an den Gleichberechtigungsausschuß falsch geschrieben waren. Schließlich konnte doch niemand immer genau wissen, ob etwas mit »ss« oder »ß« und was groß oder klein geschrieben wurde und wann, stimmt's?

Wenn ich es im Leben zu etwas bringen will, dachte Staci Ellen, dann muß ich für meine Rechte eintreten und mich nicht von jedem umschmeißen lassen, als wäre ich ein Bowlingpin am Ende der Bahn. Der Vergleich gefiel ihr so gut, daß sie in die nächste Gasse einbog, die Schultern gestrafft, den Kopf hoch erhoben.

So hoch, daß sie beinahe über die Katze gestolpert wäre, die sich im Unkraut versteckte.

* * *

Es wurde dunkel, aber Kevin hatte keine Lust, die Lampe neben dem Metallbett anzuknipsen. Er hatte versucht, sich für die neuartigen Köder im Angler-Katalog zu interessieren, die angeblich sowohl bei Glasaugen als auch bei allen Barsch-Arten hervorragend funktionierten, mit denen er bisher nie Glück gehabt hatte. Die Dinger sahen aus wie kleine einäugige Tänzerinnen in bunten Hula-Röckchen, aber statt an Hawaii zu denken oder auch nur an eine tiefe Stelle im Boone Creek, dachte Kevin an Dahlia.

Bei ihrem letzten Abschied war sie verdammt hart gewesen, dachte er, ließ sich aufs Bett zurückfallen und knallte mit dem Kopf gegen eine Eisenstange. Aber er liebte Dahlia, und er glaubte, daß sie ihn auch liebte, weil sie ihn schließlich all diese wundervollen Dinge zwischen ihren Beinen machen ließ, sogar als sie noch beim Schnelldrauf gearbeitet hatte und er unter die Ladentheke kriechen mußte. Oder damals, als sie nicht mehr aus dem Klohäuschen rauskonnten und der Mond durch das Herz an der Tür schien. Da hatte Dahlia seinen Kopf zwischen ihre riesigen Brüste gepreßt, bis er keine Luft mehr bekommen und Sternchen gesehen hatte.

Hätte er doch nur mit Dahlia reden können, nur einen Augenblick, dann hätte er sie gefragt, ob sie ihn so sehr liebte, wie er sie liebte. Aber das war gefährlich, erinnerte er sich, während er die wachsende Beule an seinem Hinterkopf befühlte. Es war für beide gräßlich gefährlich und für Dahlia am allergefährlichsten. Er würde nicht weiterleben können, wenn das Licht seines Lebens ausgeblasen wurde. Diese schlimmste aller schlimmen Vorstellungen machte ihn so unglücklich, daß er ein Stück Zitronenbaiser aß, ohne es zu schmecken.

* * *

Es wurde dunkel, als eine geheimnisvolle Gestalt über den Highway und in den Schutz des alten Lebensmittelladens huschte. In der Tasche klirrte es leise, als die Gestalt über die Schulter blickte, um sich zu vergewissern, daß die mondlichtdurchflutete Luft rein war. Dann lief sie über den Hinterhof und in den Wald, sorgfältig darauf bedacht, sich das gute Karohemd nicht an den Dornbüschen zu zerreißen.

* * *

Im Motelzimmer konnte es nicht dunkler werden, weil alle Vorhänge zugezogen waren und das einzige Licht von einer Taschenlampe auf dem Bett stammte.

»Ich höre immer noch nichts«, zischte Ruby Bee. Sie stand an der Wand von Zimmer 2, das Ohr an den Boden eines Weinglases gelegt, dessen Öffnung sie an die Wand preßte. »Ehrlich gesagt, ich glaub' auch gar nicht, daß es funktioniert, wenn du's genau wissen willst.«

Estelle, die auf dem Stuhl gesessen hatte, stand auf und rieb sich den Hintern, um die Durchblutung wieder in Gang zu bringen. »Es funktioniert sehr wohl, Miss Ungläubiger Thomas. Im Fernsehen machen die das die ganze Zeit, wenn jemand hören will, was im Nebenzimmer passiert. Vielleicht reden die beiden einfach nicht.«

»Vielleicht«, räumte Ruby Bee ein, aber sie hatte nach wie vor Zweifel. »Schau doch mal nach, ob sie vielleicht weggegangen ist. Das blöde Glas tut scheußlich weh am Ohr. Ich will nicht unnötig weitermachen, wenn Carolyn längst auf dem Weg nach Little Rock ist.«

Estelle verzog das Gesicht, ging aber zur Tür und öffnete sie einen Spalt weit. »Ihr Wagen und der von Staci Ellen sind noch genau dort, wo sie vor fünf Minuten waren«, flüsterte sie säuerlich. »Der Vorhang ist zugezogen, aber es brennt Licht. Staci Ellen ist bestimmt bei ihr drin, denn wir sind ja in ihrem Zimmer, und da ist sie offensichtlich nicht.«

»Und du glaubst daran, daß Staci Ellen jeden Moment fragen wird, weshalb Carolyn Brandon Bernswallows Namen rot unterstrichen hat – und dann stellt sich Carolyn an die Wand und posaunt all ihre Geheimnisse mit lauter Stimme heraus?«

»Du brauchst gar nicht sarkastisch zu werden.«

»Du wärst auch sarkastisch, wenn dein Ohr platt an deinen Schädel gepreßt wäre, vielleicht für immer und ewig, und das ohne guten Grund.«

»Niemand hat behauptet, eine Beschattung wäre das reine Vergnügen. Aber wenn du gern Miss Drückeberger spielen willst, bitte sehr. Setz dich ruhig in dein Zimmer oder an die Bar und warte auf Arly, die bestimmt schon eine hübsche Moralpredigt einstudiert hat. Dann kannst du ihr gern erklären, warum du dem Butler vorgeschwindelt hast, wir wären Polizeibeamtinnen bei einer verdeckten Ermittlung und würden sämtliche Anwesenden verhaften, wenn er uns nicht zu den Bernswallows vorläßt.« Estelle zog leise die Tür wieder zu, holte tief Luft und legte von neuem los, wie ein Teekessel auf der Schnellkochplatte. »Wir machen uns die Mühe, meinen Wagen in Lottie Estes' Einfahrt zu verstecken, damit wir mit unseren Nachforschungen weiterkommen, und jetzt machst du schlapp, bloß weil dein Ohr weh tut.«

Ruby Bee hatte sich vorgestellt, was Arly ihr alles vorwerfen würde, und die Aussicht war ihr sehr unangenehm. »Na gut, horchen wir eben noch ein bißchen. Ich habe noch fünf Minuten, dann bist du dran.« Mit einem Lächeln, das in der Dunkelheit unsichtbar blieb, drückte sie das Glas wieder an die Wand und preßte das Ohr dagegen. »Warte mal! Jetzt höre ich was! Ich glaube, sie hat irgendwas vor, sie geht nämlich durchs Zimmer. Vielleicht will sie telefonieren!«

Estelle drückte ihr bloßes Ohr an die Wand und wünschte, sie hätte zwei Weingläser mitgebracht. Ihr Pech, daß sie ausgerechnet dann Pause hatte, wenn es interessant wurde.

* * *

Es wurde dunkel, als Carolyn die Tür öffnete und auf den Parkplatz hinausspähte. Vorhin hatte sie geglaubt, Stimmen zu hören, aber der Parkplatz war menschenleer und die Zimmer auf beiden Seiten dunkel. Das war nur ein kleiner Trost, denn es bedeutete entweder, daß es im Nebenzimmer spukte, oder daß sie allmählich den Verstand verlor. Schon vor einigen Monaten hatte ihre Therapeutin Streß-Symptome bei ihr festgestellt, dabei hatte sie gar nicht erwähnt, daß Stimmen aus der Wand redeten.

Nach einem letzten Blick auf den Parkplatz schloß Carolyn wieder die Tür und setzte sich auf ihren Sessel, um sich weitere Notizen zu Johnna Maes Verteidigung zu machen.

* * *

Es wurde dunkel, und die Sandwiches waren alle. Dahlias Hinterteil schmerzte furchtbar, ihr Magen knurrte, daß es rumpelte wie bei einem Erdbeben. Das ganze Gebrüll hatte ihre Stimmbänder so mitgenommen, daß sie Kevins Namen jetzt nur noch gelegentlich mühsam krächzen konnte.

Dicke Tränen liefen Dahlia über die Backen. Wenn ich ihn je finde, dachte sie mit einem tiefen Seufzer, dreh' ich ihm den Hals um. Jetzt hockte sie schon seit fast zwei Tagen auf diesem modrigen Baumstamm, um Kevin zu retten, und er besaß nicht mal den Anstand, rauszukommen und sich retten zu lassen.

Vielleicht hatte diese Anwältin ja recht. Männer taugten nichts. Oh, sie stolzierten herum und faselten von den Fischen, die sie beinahe gefangen hätten, sie versprachen, ihren Freundinnen die Sterne vom Himmel zu holen, aber letztendlich waren sie alle undankbare Grobiane, die von einer Frau immer nur das eine wollten – bumsen. Dahlia legte die Stirn in Falten wie ein Jagdhund, während sie sich den letzten Gedanken noch einmal durch den Kopf gehen ließ. Kevin war nicht so, ganz und gar nicht. Er war sanft und zärtlich, genau wie die Männer im Kino.

»Kevvvin«, versuchte sie zu rufen, aber es klang wie das einsame Gequake eines Ochsenfroschs im Sumpf.

* * *

Es wurde richtig dunkel, als das blaue Blinklicht hinter ihm auftauchte. Bruno fluchte leise, hatte aber genug Verstand, um an die Seite zu fahren und den Helm abzunehmen, ehe der Bulle zu ihm kam.

»Führerschein und Fahrzeugpapiere«, sagte der Polizist, eine Hand an der Pistole. »Ist Ihnen aufgefallen, daß Sie hundertdreißig Stundenkilometer gefahren sind, obwohl hier eine Geschwindigkeitsbegrenzung von neunzig gilt?«

Bruno konnte nicht glauben, daß der Bulle tatsächlich so blöd war, den Tacho auf dem Lenker zu übersehen. Er sagte aber nichts, sondern angelte nach der Brieftasche. Er steckte die Hand in die hintere Tasche seiner Jeans und zog sie ziemlich schnell wieder heraus, denn da war nichts, auch keine Scheißbrieftasche mit Führerschein und sämtlichen Papieren.

»Mist, ich muß das Zeug zu Hause vergessen haben, Sir«, brummte Bruno mit zusammengebissenen Zähnen.

»Ach wirklich? Dann steigen Sie doch bitte ab und kommen Sie mit.«

* * *

Es war so dunkel, daß sie Licht hätte machen müssen, aber Truda Oliver war die Dämmerung gerade recht, während sie durchs Haus wanderte. Sie trug einen Metallkasten. Er war einmal abgeschlossen gewesen, aber ein Hammer und ein Schraubenzieher hatten dieses Problem im Handumdrehen gelöst. Ganz schön chauvinistisch zu denken, Frauen könnten nicht mit Werkzeug umgehen, dachte sie lächelnd.

Kopfschüttelnd blieb sie im Wohnzimmer stehen. Der Fleck auf dem Teppich war immer noch zu sehen. Traubensaft ließ sich so schlecht auswaschen. Sie hatte versucht, eine von Mrs. Jim Bobs Gören daran zu hindern, mit einem Glas voll potentiellem Desaster durchs Zimmer zu rennen. Vergeblich, wie sich hier auf dem Teppich zeigte. Eigentlich hatte sie gehofft, Mrs. Jim Bob würde ihr anbieten, den Teppich reinigen zu lassen, aber da hätte sie genausogut hoffen können, Mrs. Jim Bob würde plötzlich in Flammen aufgehen.

Truda öffnete den Deckel des Kastens und streichelte die ordentlich gestapelten Zwanzigdollarscheine. Zum Glück hatte

Johnna Mae sie gewarnt, daß Brandon Sherman erpressen wollte und es womöglich bereits tat. Johnna Mae hatte vermutet, daß es irgendwo im Haus eine Schachtel mit Bargeld gab. Da war Truda gleich ins Arbeitszimmer ihres Mannes marschiert, und jetzt hatte sie diese wunderbare Geldschatulle gefunden. Es war genug drin, um im ganzen Haus neue Teppiche verlegen zu lassen. Es reichte sogar für eine Spülmaschine – dann wären ihre Hände endlich nicht mehr dauernd rot und rissig. Sie konnte es sich sogar leisten, Perkins' Älteste als Putzfrau einzustellen, unbefristet.

Aber Sherman würde das nicht gefallen. Wahrscheinlich wollte er sich von dem Geld einen Golfkarren kaufen oder eine Reise zu einer dieser schicken Golfanlagen machen. Jeden Morgen würde er verschwinden und erst zurückkommen, wenn es so dunkel war, daß er den Ball auf dem Fairway nicht mehr sehen konnte, ganz zu schweigen auf dem Rough oder im Sandhindernis. Nach dem, was er so erzählte, verbrachte er eine Menge Zeit an den beiden letztgenannten Orten. Sherman war ein Trottel und Truda selbst nichts weiter als eine alternde Golfwitwe.

Truda fand, daß sie etwas Besseres verdient hatte. Carolyn hatte ihr erklärt, sie hätte das unbestreitbare Recht, ihren College-Abschluß zu machen oder irgendwo an einem abgeschiedenen Ort Kinderbücher zu schreiben, wovon sie schon seit Jahren träumte. Lauter solche Sachen hatte Carolyn gesagt, bis Truda ihr geglaubt hatte.

Und jetzt hatte sie, wie durch göttliche Vorsehung, plötzlich genügend Geld, um ihre Träume zu verwirklichen, ihre wahre Bestimmung zu suchen und Erfüllung zu finden. Göttlich war die Vorsehung insofern, als sie irgendwie gewußt hatte, daß sie einfach jeden Winkel in Shermans Zimmer durchstöbern mußte. Menschlich insofern, als er die Schachtel so versteckt hatte, daß jeder, der ein Stemmeisen besaß, sie mühelos finden konnte.

Truda ging ins Schlafzimmer, um Koffer zu packen, machte aber auf dem Absatz kehrt und ging durchs Wohnzimmer in die Küche, wo sie ihre Handtasche und die Schlüssel holte. Auf dem Weg nach draußen schloß sie sorgsam die Haustür ab. Wozu brauchte sie jetzt noch schlecht gearbeitete Klamotten und billige Plastikaccessoires aus einem billigen Warenhaus? Truda Longspur-Oliver, wie sie sich in Zukunft zu nennen beschloß, würde Designerkleider und einen langen Nerz tragen.

* * *

Es war so dunkel, daß Sherman Oliver über einen Ast stolperte und bäuchlings in den Rough fiel. Als er sich mühsam wieder aufrappelte, stieß seine Hand an einen glatten, harten Gegenstand.

»Ich hab' meinen Ball gefunden«, rief er den anderen Teilnehmern des Vierers zu, die sich, ebenfalls fast unsichtbar, auf dem Fairway tummelten. »Ich schlage ihn von hier.«

»Es ist finsterer als in einer Baptistenkirche, alter Freund. Du würdest ihn nicht mal sehen, wenn dir ein ›hole in one‹ gelingen würde. Wir gehen zurück ins Clubhaus und trinken was. Kommst du auch?«

»Nein, verdammt.« Sherman beugte sich über den Golfball, der genausogut ihm gehören konnte wie jedem anderen Idioten, und schwang den Schläger. Ein Haufen zimperlicher Memmen, dachte er, als er den Schläger auf den Ball niedersausen ließ. Dann ging er ein paar Schritte vorwärts, dorthin, wo der Ball gelandet war, und schlug noch einmal. Sie waren beim siebten Loch, du lieber Gott. Diese Luschen konnten nicht mal eine Runde zu Ende bringen.

* * *

In der Kellerbar war es duster. Plover winkte dem Kellner und fragte Mrs. Gadwall, ob sie noch einen Martini wolle. Als sie nickte, bestellte Plover und lächelte sie an.

»Sie verstehen wirklich eine ganze Menge von Junk Bonds«, sagte er und ließ seine Grübchen spielen, bis ihm die Wangen weh taten. »Ich bin tief beeindruckt.«

Mrs. Gadwall kicherte.

* * *

Es war stockfinster, als Staci Ellen mit dem Kätzchen im Arm den Weg entlangwanderte. Natürlich half das Mondlicht ein bißchen, und sie gehörte auch nicht zu den schreckhaften Mädchen, die sich vor der Dunkelheit, vor einem kaputten Zaun oder ein paar stinkenden Mülleimern fürchten.

Das süße kleine Tier miaute, und Staci Ellen kraulte ihm den Kopf. »Ich finde deine Mama bestimmt«, sagte sie ganz leise, damit das Kätzchen keine Angst bekam. »Du bist so klein, du bist bestimmt nicht weit weggelaufen, und ich kann dich doch nicht hier draußen allein lassen, wo irgendein böser großer Hund dich mit einem einzigen Haps verschlingen könnte. Aber ich weiß eigentlich gar nicht, wie ich deine Mama finden soll, wo hier in der Gegend nur Mülltonnen rumstehen.«

Sie redete immer noch auf die Katze ein, als in einem der Hinterhöfe ein Licht aufleuchtete. Fast hätte sie geschrien, doch gerade noch rechtzeitig fiel ihr ein, daß sie ja kein Angsthase war. Einen Moment mußte sie warten, bis sich ihr Atem wieder beruhigt hatte, dann rief sie leise: »Hallo! Suchen Sie vielleicht Ihr Kätzchen?«

Miss Una schnappte nach Luft. Auch bei ihr dauerte es einen Moment, ehe sie antworten konnte: »Woher um alles in der Welt wissen Sie, was ich hier mache?«

»Ich hab' sie dort hinten gefunden«, erklärte Staci Ellen. Sie ging zum Tor und drückte der alten Dame die Katze in den Arm. »Ich wußte nicht recht, was ich mit ihr anstellen soll. Schließlich konnte ich sie nicht allein hier draußen lassen, wo irgendein scheußlicher Hund ihr womöglich was antut, aber ich wollte auch nicht durch die ganzen Hinterhöfe marschieren und an die Küchentüren klopfen, um zu fragen, wem sie gehört.«

»Ach, Sie sind ein Engel! Ich habe Martin schon so oft ausgeschimpft und ihm gesagt, daß er in unserem Hof bleiben soll, aber er ist so dickköpfig. Stimmt's, du kleiner Streuner?« Miss Una rieb ihre Wange am Kopf des Kätzchens.

»Dann ist sie also ein er und heißt Martin? Mein Vater heißt auch Martin, Martin Quittle. Aber er ist natürlich keine Katze, sondern ein Schildermaler.«

»Na, so was! Mein Martin heißt nach Präsident Martin Van Buren. Ich bin weitläufig mit ihm verwandt, obwohl sich das nach all den Generationen ziemlich verwischt hat. Miss Quittle, ich möchte mich gern für Ihre Freundlichkeit und Ihren Mut erkenntlich zeigen. Machen Sie uns die Ehre und leisten Sie mir und Martin bei einer Tasse Tee Gesellschaft. Dann können Sie auch meine anderen Kätzchen kennenlernen.«

Einen Augenblick zögerte Staci Ellen und überlegte, ob Ms. Großkotz mit Bindestrich sich inzwischen wohl Sorgen um sie machte. Aber dann beschloß sie, daß ihr das vollkommen gleichgültig war. »Das ist sehr nett, danke. Wissen Sie, Martins Schnurrhaare erinnern mich tatsächlich ein wenig an meinen Vater. Ist das nicht zum Schreien?«

Miss Una stimmte ihr zu, während sie gemeinsam zum Haus gingen.

* * *

Raz Buchanon studierte mit zusammengekniffenen Augen den zerknitterten Kontoauszug, konnte aber die blöden Gebühren nirgendwo finden. Eigentlich, fand er, müßten sie es doch auf dem Papier erklären, statt es ihm einfach nur mündlich mitzuteilen, wenn sie sein Geld einkassierten. Eine Weile überlegte er, ob er vielleicht noch einmal bei Miss Una nachfragen sollte, wo denn die verfluchten blöden Gebühren auftauchten, doch dann legte er das Papier weg und griff nach der Tabakdose. Alles ziemlich unsinnig, dachte er, während er Marjorie hinter dem linken Ohr kraulte, dort, wo sie es am liebsten hatte.

Marjorie war begeistert.

Dreizehntes Kapitel

Am Montag morgen rief ich den Sheriff an, und wir beschlossen gemeinsam, vorerst keine Anklage gegen Johnna Mae zu erheben, hauptsächlich weil wir keine Beweise hatten und der Staatsanwalt in solchen Sachen höchst pingelig war. Über die Fingerabdrücke auf dem Metalleimer wußten wir bis jetzt nur, daß sie weder von Johnna Mae noch von Sherman Oliver noch von Brandon Bernswallow stammten. Plover und ich hatten den unvollständigen Satz auf dem Kerosinkanister mit den Abdrücken obiger Personen verglichen, aber keine interessanten Ähnlichkeiten entdeckt. Allerdings wuchs zugegebenermaßen meine Sorge um Kevin und Dahlia, die immer noch verschwunden waren. Ich weigerte mich, Ruby Bees und Estelles neuesten Streich zu diskutieren, weil ich wußte, wie Harve darauf reagieren würde, und seine Lachanfälle konnte ich auf leeren Magen nicht verkraften. Er meinte, wir müßten jetzt eben abwarten, bis wir was Nettes vom Labor hörten, wünschte mir einen schönen Tag und legte auf.

Ich beschloß, großzügig mit meinem Etat umzugehen, und rief das Labor in Little Rock an, wo ich mit vier Abteilungen verbunden wurde und insgesamt fünf Minuten mit verzuckerten Beatlesmelodien in der Warteschleife verbrachte. Als ich den Leichenbeschauer endlich an der Strippe hatte, erklärte er mir, er stecke bis über beide Ohren in Leichen und ich müsse warten, bis ich an der Reihe war.

Ich grinste noch über seine blumige Ausdrucksweise, als Raz Buchanon ins Revier gestapft kam. Da seine Wange gefährlich ausgebeult war, eilte ich sofort ins Hinterzimmer und holte die Kaffeedose, die dort für derartige Notfälle aufbewahrt wird.

»Herzlichen Dank«, sagte Raz, während er einen Strahl goldbraunen Tabaksaft in die Dose spie. »Ich möchte Sie was fragen, Arly. Wahrscheinlich wissen Sie auch keine Antwort darauf, es würde mich sogar sehr wundern, wenn doch.« Er zeigte mir seine spärlichen braunen Zähne, um mich zu beruhigen, daß ihn meine bodenlose Unwissenheit keineswegs schreckte.

»Ich werde mein Bestes tun, Raz. Aber wenn es etwas mit Schweinen zu tun hat, dann sind Sie sicher bei der Kooperative in Starley City besser beraten.«

»Ich glaube nicht, daß es was damit zu tun hat. Es hat was mit Bankgeschäften zu tun.«

»Das ist auch nicht mein Spezialgebiet, Raz. Warum gehen Sie nicht lieber zu Miss Una oder noch besser zu Sherman Oliver?« Ich schenkte ihm ein Lächeln, das ihn eigentlich vertreiben sollte, denn der Geruch, den Raz verströmte, ging mir mindestens ebensosehr auf die Nerven wie Harves Gelächter. Jedem Menschen, der seine Nase benutzte, war klar, daß Raz und Marjorie in letzter Zeit häufig gemeinsam ferngesehen hatten.

»Miss Una ist dieser Tage so ungeduldig. Ich hab' immer wieder versucht, mir die Sache von ihr erklären zu lassen, aber ich hab' nie recht verstanden, was sie sagt. Und diesen Oliver kann ich nicht leiden. Wenn ich schon seine Knie in den ausgebeulten Shorts sehe, wird mir ganz anders.« Damit zog er ein schmuddliges Stück Papier aus seinem Overall und legte es vor mich auf den Schreibtisch. »Ich möchte ja nur, daß Sie mal 'nen Blick drauf werfen, Arly. Und daß Sie mir sagen, ob Sie die Stelle finden, wo steht, daß ich eine Einzahlungsgebühr entrichtet habe.«

»Es hat wirklich keinen Zweck, daß ich es mir ansehe. Ich würde eine Einzahlungsgebühr nicht mal erkennen, wenn sie mich in die Wade beißt. Meine Bank berechnet mir eine Bearbeitungsgebühr, wenn mein Kontostand unter einen bestimmten Betrag absinkt, und wenn ich aus Versehen ein paar ungedeckte Schecks ausschreibe, brummen sie mir absolut wahnwitzige Überziehungszinsen auf. Aber eine Einzahlungsgebühr, die gibt es bei mir nicht. Sind Sie sicher, daß das der richtige Ausdruck ist?«

»Nein, sicher bin ich mir da natürlich nicht«, antwortete Raz und kratzte sich am Kopf. Dann spuckte er noch einmal kräftig in die Kaffeedose und meinte achselzuckend: »Es geht ja auch gar nicht darum, daß ich diese Gebühr nicht zahlen will. Es geht mir ums Prinzip. Ich kann mir eine Gebühr von fünfundzwanzig oder fünfzig Cent schon leisten, wenn ich meine Sozialversicherung und meine Kriegsveteranenrente einzahle, aber ich finde, ich muß das schriftlich haben, damit ich jeden Monat meinen Kontostand überprüfen und am Jahresende meine Steuern ausrechnen kann.«

»Ich würde Ihnen gern helfen, aber es geht ehrlich nicht, schon gar nicht mitten in einer Mordermittlung. Wenn Sie Miss Unas Erklärungen nicht verstehen, sollten Sie es vielleicht mal bei der Hauptstelle in Farberville versuchen. Fragen Sie nach Mrs. Gadwall, die scheint sehr nett zu sein.«

Raz ließ sich meinen Vorschlag durch den Kopf gehen, stopfte das Papier wieder in seinen Overall und erkundigte sich, ob mir warm genug sei – oder ob mir wenigstens gegen Mittag voraussichtlich warm genug werden würde. Ich versicherte ihm, bis Mittag würde es sicher soweit sein, und schickte ihn weg, ehe ich in Versuchung kam, ihm den ekligen Inhalt der Kaffeedose über den Kopf zu kippen.

Nachdem ich die Klimaanlage so lange mißhandelt hatte, bis sie mir eine kühle Brise entgegenblies, setzte ich mich wieder in meinen schäbigen Schreibtischsessel und ging ein weiteres Mal großzügig mit dem Etat um, indem ich bei der fünfundzwanzig Kilometer entfernten Polizeikaserne anrief. Mit gewohnter Geduld und angeborenem Charme überlebte ich eine Runde von »Ich will mal sehen, ob er da ist« und »Anscheinend ist er nicht in seinem Büro« und »Bitte bleiben Sie dran, ich stell' Sie durch«.

Als Plover sich endlich meldete, sagte ich: »Und?«

»Und was?« wollte er wissen, wobei seine rasche Auffassungsgabe ihn offensichtlich amüsierte.

»Und hast du mit Mrs. Gadwall über das Portefeuille gesprochen? Dieses Telefongespräch kostet Geld, weißt du, und ich wollte doch auf eine neue Radarkanone sparen, mit der ich auch europäische Importwagen bekämpfen kann.«

»Ich habe mich tatsächlich mit der Frau unterhalten und weiß jetzt eine ganze Menge über Junk Bonds, über B- und sogar über C-Aktien. Mrs. Gadwall hat versprochen, sich heute früh das Portefeuille anzuschauen, wenn sie dazu kommt. Offenbar kriegt sie von Martinis einen schrecklichen Kater, und sie hat einige konsumiert – beim Essen und noch bis tief in die Nacht hinein. Der Barkeeper war überwältigt.«

»Ich freue mich sehr, daß du einen angenehmen Abend verbracht hast«, sagte ich kühl. »Ich habe mich auch großartig amüsiert. Erst durfte ich Kevin Buchanons Eltern beim Streiten zuhören, dann bin ich etwa ein dutzendmal bei Ruby Bee vorbeigefahren, um den leeren Parkplatz anzuglotzen. Nicht zu vergessen eine Dusche und eine Dosensuppe. Die Cracker waren etwas alt, aber noch passabel. Jedenfalls habe ich einen Plastikbecher mit Kevins Fingerabdrücken. Du kannst also jemanden vorbeischicken, um den Becher abzuholen. Was Ruby Bee und Estelle angeht, solltest du eine Suchmeldung rausgeben mit dem Hinweis, daß die beiden bewaffnet und gefährlich sind. Vielleicht erschießt sie irgendein Neuling, dem die Knie schlottern, das würde mir die Kosten für die Patronen sparen.«

»Du solltest mehr Zeit auf Grenzpatrouille verbringen, Inspektorin, du verlierst deine Schutzbefohlenen in erschreckendem Tempo. Vielleicht kann ich eine Rolle Stacheldraht für dich auftreiben, zum Sichern der Stadtgrenzen. Natürlich nur, damit die Einheimischen nicht ausreißen – wer einigermaßen bei Verstand ist, würde sowieso nicht reinkommen wollen.«

»Hab' ich dir schon mal gesagt, wie witzig du bist?« Ich ließ den Satz eine Sekunde wirken, dann fügte ich hinzu: »Es gibt einen Grund dafür«, und legte auf. Seufzend zupfte ich an meinem Hinterkopf herum und versuchte, eine lose Haarnadel wieder festzustecken. Schließlich stand ich auf, ging zur Tür hinaus und wanderte den Highway hinunter zu Ruby Bees Bar und Grill, bei jedem Schritt leise vor mich hinschimpfend.

Estelles Wagen stand nicht auf dem Parkplatz – natürlich nicht –, aber ich stieß die Tür auf und stampfte über die Tanzfläche, um die Bar herum und weiter in die Küche, wo ich Ruby Bee und einen Mann in einem ölverschmierten Arbeitsanzug vorfand. Die beiden debattierten über die Reparaturkosten für die Entlüftungsanlage.

»Lassen Sie uns allein«, befahl ich dem Handwerker.

Er sah mein Gesicht und meine Marke und begab sich sofort zur Hintertür. Aber Ruby Bee packte ihn am Arm. »Keinen Schritt weiter, Peewee Thrasher. Ich habe drei volle Wochen auf Sie gewartet, Sie bleiben hier.«

»Nein, er geht«, widersprach ich, verschränkte die Arme und funkelte Ruby Bee wütend an.

»Nein, er bleibt«, entgegnete diese ebenfalls wutfunkelnd, ohne den Mann loszulassen.

»Er geht. Du und ich, wir haben ein paar wichtige Dinge zu besprechen. Wärst du gestern abend zu Hause gewesen, hätten wir uns da unterhalten können. Ich bin mehrmals hier vorbeigefahren, und ich hab' dich bis nach Mitternacht versucht anzurufen. Aber du wolltest dich lieber die ganze Nacht unter irgendeinem Busch verkriechen.«

»In dieser Küche ist es noch heißer als bei einem Erweckungsgottesdienst. Drei Wochen habe ich darauf gewartet, daß jemand kommt, um den Abzug zu reparieren, ich habe die ganze Zeit wie eine Sklavin am Herd geschwitzt, damit Leute wie du nicht rumjammern, sie würden verhungern. Peewee ist gekommen, um den Abzug zu reparieren, und das wird er auch tun, und zwar hier und jetzt.« Mit jedem Wort wurde ihr Gesicht röter, und ihr Stimme steigerte sich zu einer enormen Dezibelzahl. Der Handwerker drehte den Kopf hin und her, als wäre er in Wimbledon, und wünschte sich wahrscheinlich auch dorthin – oder jedenfalls weg von da, wo er sich augenblicklich befand.

»Wir müssen uns über deinen Besuch in Bernswallows Bibliothek unterhalten«, sagte ich. »Peewee Thrasher kann später wiederkommen.«

»Es hat drei Wochen gedauert, ihn herzukriegen, und wenn er weggeht, ehe er den Abzug repariert hat, dann nur über die Leiche einer armen alten Witwe!«

Wir knurrten und wüteten noch, als plötzlich die Küchentür aufging und Estelle hereinkam. Ohne auf die gespannte Situation einzugehen, verkündete sie: »Also, wird ja auch langsam Zeit, daß du dich mal blicken läßt, Arly. Wir haben ein Problem. Ich würde sogar sagen, uns steht möglicherweise eine Tragödie ins Haus.«

»Was?« japste Ruby Bee und lockerte ihren Griff um den Arm des Handwerkers.

»Ich habe bei Carolyn vorbeigeschaut, und sie hat mir gesagt, Staci Ellen ist verschwunden. Sie ist gestern nachmittag spazierengegangen und nicht zurückgekommen.«

Jetzt ließ Ruby Bee den Mann ganz los, um mit dem Finger auf Estelle zu deuten. »Du hast Stein und Bein geschworen, sie wäre in Carolyns Zimmer, mucksmäuschenstill. Möchtest du vielleicht mal sehen, wie rot mein Ohr immer noch ist?«

»Staci Ellens Verschwinden ist ja wohl ein kleines bißchen wichtiger als dein Ohr«, entgegnete Estelle. Dann sah sie mich an. »Warum stehst du rum, als hättest du einen Kurzschluß in der linken Gehirnhälfte? Du mußt Staci Ellen finden, ehe was Schreckliches passiert.«

Ich erlaubte Peewee, den Abzug zu reparieren, dann folgte ich den beiden Spaßvögeln hinaus zur Bar und erklärte: »Erstens habe ich keine Ahnung, wer diese geheimnisvolle Staci Ellen ist. Wenn ich euch richtig verstanden habe, hat sie was mit Carolyn McCoy-Grunders zu tun, womit wir beim nächsten Thema wären.« Doch ehe ich das weiter ausführen konnte, ging die Vordertür auf.

»Gut, daß Sie da sind«, sagte Carolyn, während sie den Raum durchquerte. »Staci Ellen ist meine Sekretärin. Neunzehn oder zwanzig, kurze blond gefärbte Haare, blaue Augen, nicht sonderlich intelligent, nicht sonderlich eloquent. Sie ist etwa um sechs zu einem Spaziergang aufgebrochen. Ich habe nicht bemerkt, daß sie zurückgekommen ist, aber da ich später am Abend in ihrem Zimmer Geräusche hörte, habe ich angenommen, sie wäre wieder da. Als ich sie zum Frühstück wecken wollte, entdeckte ich, daß ihr Bett unbenutzt war. Die Kleider, die sie gestern getragen hat, fehlen ebenfalls.«

»Hat sie Bekannte in Maggody?« fragte ich.

»Sie kennt uns«, antwortete Estelle stirnrunzelnd. »Sind Sie sicher, daß sie sich die Haare färbt, Carolyn? Ich bin zufällig in diesem Bereich tätig, und ich hätte gedacht, es ist ihre Naturfarbe. Vielleicht ein bißchen mit Zitronensaft nachgeholfen, aber –«

»Das spielt keine Rolle«, unterbrach ich sie schroff. »Sehen wir uns mal in ihrem Zimmer um, ob sie vielleicht irgendwo einen Namen oder eine Telefonnummer hinterlassen hat. Dann können Estelle und Ruby Bee hier warten« – ich warf den beiden einen eisigen Blick zu – »falls das Mädchen zurückkommt, während Carolyn und ich durch die Stadt fahren und sie suchen.«

Wir gingen alle in Staci Ellens Zimmer. Ich zog sämtliche Schubladen auf, fand aber nur einen zerfledderten Liebesroman mit dem Titel *Die goldene Ekstase der Lady Beatrice* und ein halbes Päckchen Kaugummi, Spearmint ohne Zucker. Über dem Stuhl hingen ein paar ordentlich gefaltete Kleidungsstücke, die Tagesdecke über dem Bett war leicht zerknautscht. Auf dem Waschbecken lagen eine trockene Zahnbürste und eine Tube Zahncreme.

Als ich aus dem Badezimmer kam, deutete Carolyn auf das Weinglas auf der Kommode. »Staci Ellen muß irgendwann heute nacht hiergewesen sein, denn das Glas war gestern noch nicht da. Höchst seltsam – ich bin fast hundertprozentig sicher, daß sie nicht trinkt. Und selbst wenn sie plötzlich Lust auf Wein bekommen hat, woher hat sie das Glas? Und wo ist die Flasche?«

Ich schnüffelte an dem Glas. »Kein Bodensatz, und es riecht auch nicht. Aber es ist verschmiert, als hätte es jemand längere Zeit in den Händen gehalten. Ich stimme Ihnen zu, das ist sehr sonderbar. Heute vormittag kommt ein Polizeibeamter aufs Revier, um einen Plastikbecher abzuholen, von dem in der Kaserne Fingerabdrücke genommen werden sollen. Ich werde ihm das Glas gleich mitgeben.«

»Oh, das ist doch vollkommen unnötig«, mischte sich Ruby Bee ein. »Staci Ellen ist erst gestern nach Maggody gekommen, am Tag nach dem Brand. Dieses harmlose Glas kann also nichts mit wichtigen Dingen wie Brandstiftung und Mord zu tun haben.«

»Sehr richtig«, bestätigte Estelle und nickte.

Carolyn runzelte die Stirn. »Aber irgend etwas stimmt hier nicht. Es gibt keine vernünftige Erklärung für dieses Weinglas in Staci Ellens Zimmer.«

»Vielleicht hat sie es Ihnen mitgebracht«, meinte Ruby Bee mit einem strahlenden Lächeln. »Vielleicht hat Ihre Sekretärin gedacht, Sie hätten gern ein Glas Wein. Und weil sie fand, ein richtiges Glas wäre bestimmt besser als ein Plastikbecher, hat sie gleich eins eingepackt, für alle Fälle.«

»Moment mal«, sagte ich, drehte mich zu Ruby Bee um und musterte sie so durchdringend, daß sie zum Bett zurückwich und sich mit einem überraschten Grunzen setzte. »Warum hast du gesagt, Estelle hätte geschworen, daß Staci Ellen in Carolyns Zimmer war, mucksmäuschenstill? Was ist los mit deinem Ohr?«

»Ich kann mich nicht erinnern, je so was gesagt zu haben.«

»Natürlich erinnerst du dich. Wo wart ihr beide gestern abend?«

Ruby Bee sah Estelle an, und Estelle blickte zur Decke. »Hier und dort, Dinge erledigen, Leute besuchen. Eine Minute oder so waren wir zwischendurch auch mal hier – oder würdest du sagen, es war länger, Estelle?« Als Estelle überhaupt nichts sagte, schluckte Ruby Bee schwer und sagte: »Wir dachten, Staci Ellen würde vielleicht gern ein bißchen in der Gegend rumfahren, und da sind wir vorbeigekommen, um sie einzuladen. Aber sie war nicht da.«

Ich baute mich drohend vor ihr auf. »Aber Estelle hat gedacht, Staci Ellen wäre in Carolyns Zimmer. Das war eine vernünftige Annahme. Warum habt ihr nicht geklopft und beide zu der kleinen Spritztour eingeladen?«

»Wir ... äh, wir wollten Carolyn nicht stören. Sie übernimmt Johnna Maes Verteidigung, da hätte es ja sein können, daß sie gerade über irgendeinem besonders raffinierten Juristentrick brütet.«

»Warum hast du ein rotes Ohr?« fragte ich.

»Wer behauptet denn, ich hätte ein rotes Ohr? Findest du nicht, du solltest dich lieber auf die Suche nach Staci Ellen machen, statt deiner Mutter so zuzusetzen? Womöglich liegt das arme Ding irgendwo im Straßengraben, blutig, voller blauer Flecke und bewußtlos, weil sie ein Geflügellaster oder ein Verrückter auf dem Motorrad angefahren hat.«

Ich sah zu Carolyn, deren Augen blitzartig vom Weinglas zu Ruby Bee und von dort zur Wand huschten. Aber bevor sie ein Wort herausbrachte, sagte ich: »Tja, dann nehme ich das Glas mal lieber mit, wegen der Fingerabdrücke, und in der Zwischenzeit fahren wir los und suchen das Mädchen.« Vorsichtig nahm ich das Glas an mich, hakte mich bei Carolyn unter und zog sie zur Tür hinaus auf den Parkplatz.

Als wir in meinem Wagen saßen, sagte sie: »Warum um alles in der Welt spionieren mir die beiden nach? Glauben Sie, Staci Ellen hat mit ihnen verabredet, daß sie das Zimmer für sie räumt? Die Frauen in dieser Stadt sind total verrückt.«

Ich bog in die Finger Lane ein. »Diese beiden sind tatsächlich verrückt. Sie meinen, es ist ihre Pflicht, bei offiziellen Polizeiermittlungen zu helfen, was gewöhnlich damit endet, daß sie in schreckliche Schwierigkeiten geraten und gerettet werden müssen. Aber ich glaube nicht, daß sie eine Absprache mit Staci Ellen hatten, denn sie machen sich ehrlich Sorgen um sie.«

»Sie haben mir nachspioniert, um bei einer polizeilichen Ermittlung zu helfen? Heißt das, ich stehe offiziell unter Verdacht?«

»Sie haben wegen einer relativ unwichtigen Beschwerde den ganzen weiten Weg nach Maggody zurückgelegt. Sie haben in fünf Tagen eine Demonstration auf die Beine gestellt, die in einem Mord und einem Brand endete. In der halben Stunde vor Ausbruch des Feuers haben mehrere Frauen Sie auf dem Parkplatz gesucht und nicht gefunden. Sie haben mir erzählt, Sie wären im Motel gewesen, um Flugblätter zu holen, aber das kann niemand bestätigen.«

»Es kann aber auch niemand widerlegen. Strafrecht ist nicht mein Spezialgebiet, aber ich habe genügend Vorlesungen besucht, um zu wissen, daß Sie mehr brauchen als ein paar kurzsichtige Frauen, die mich auf einem dunklen Parkplatz ein paar Minuten lang nicht finden konnten. Jedenfalls habe ich keinen Grund, Mord und Brandstiftung zu begehen.«

»Brandstiftung vielleicht nicht«, sagte ich, während ich auf Earl Buchanons Auffahrt wendete und zum Highway zurückfuhr, ununterbrochen Ausschau nach einer Fußgängerin mit blonden Haaren und beschränktem Wortschatz haltend. »Aber mit Brandon Bernswallow hatten Sie ein Problem. Sie sind nicht nach Maggody gekommen, weil Johnna Mae ungerecht zurückgestuft wurde, sondern weil Sie den Namen von Johnna Maes direktem Vorgesetzten kannten.«

Klar, ich fischte im Trüben. So hingebungsvoll, daß ich ein Fischerboot hätte steuern und einen mit Ködern verzierten Leinenhut hätte tragen sollen. Ich beschloß, mich gleich auf die Kiemen zu konzentrieren. »Gestern nachmittag hatte ich ein sehr aufschlußreiches Gespräch mit Brandons Eltern. Sie sind in tiefer Trauer, aber sie haben mich ein paar Minuten allein in ihrer Bibliothek empfangen.«

»Wie ungeheuer zuvorkommend«, murmelte Carolyn.

Ich hielt an der Ampel, bog nach links ab und danach noch einmal nach links, auf die Coot Road. Ich war sehr bemüht, den Eindruck zu erwecken, als hätte ich sie durchschaut, aber Carolyns Gewissen drängte sie offenbar nicht dazu, mir das Herz auszuschütten. Im Gegenteil. Aus den Augenwinkeln bemerkte ich, wie sie mit jedem Kilometer die Lippen fester zusammenkniff. Als wir am Haus der McIlhaneys vorbeifuhren, zermarterte ich mir den Kopf nach einer brillanten Idee, und ich arbeitete noch daran, als ich Estelles Kombi entdeckte, der in Lottie Estes' Auffahrt parkte. Zwar war er teilweise hinter einem üppigen Forsythienbusch versteckt, aber ich erkannte ihn ohne jede Schwierigkeit an der Beule im Kühler und dem Aufkleber »Hast du heute schon deine Kosmetikerin umarmt?«

Ich bog ebenfalls in die Auffahrt ein. »Verdammt, ich hab' den beiden doch gesagt, sie sollen in der Bar warten, falls Staci Ellen zurückkommt. Wir sind erst zehn Minuten unterwegs, sie haben also ganze dreißig Sekunden gewartet. Ich gehe zur Tür. Wollen Sie im Wagen warten?«

»Nein, das Zusammentreffen möchte ich mir auf keinen Fall entgehen lassen.«

Ich ging zur Haustür und klopfte so laut, daß es selbst im Leichenschauhaus einen Aufstand gegeben hätte. Lottie öffnete die Tür ein paar Zentimeter weit, aber wir konnten erkennen, daß sie rosarote Schaumgummiwickler in den Haaren und weiße Creme im Gesicht hatte. »Oh, Arly, wie nett, daß Sie ... daß Sie vorbeischauen, und Sie auch, Mrs. Grunders. Leider habe ich heute vormittag keinen Besuch erwartet. Ich habe mich beim Aufstehen sehr schlecht gefühlt und in der Schule angerufen, daß ich nicht komme. Vermutlich eine leichte Magengrippe. Wenn Sie einen Moment warten können, binde ich mir schnell einen Schal um die unvorteilhaften Lockenwickler und wische die Feuchtigkeitscreme ab. Wir könnten eine Tasse Tee trinken, und es ist auch noch was von dem Apfelkuchen übrig, den ich heute früh gebacken habe. Sind Sie hier, um mich zu verhören, Arly? Elsie hat gesagt, sie hätte niemals damit gerechnet, aber sie sieht sich auch immer diese gräßlichen Krimis im Fernsehen an. Sie hat wohl gedacht, Sie leuchten ihr mit einem Scheinwerfer ins Gesicht und lauter mürrische Männer gehen mit Gummischläuchen auf sie los.«

»Ich suche eigentlich Ruby Bee und Estelle«, entgegnete ich mit schwacher Stimme.

Lottie blinzelte. »Ich habe die beiden seit der Demonstration nicht mehr gesehen. Da haben wir uns sehr nett unterhalten und gleich ein paar gute Rezepte ausgetauscht. Bestimmt erinnert sich Mrs. Grunders noch daran.«

Mrs. Grunders brachte ein verkrampftes Lächeln zustande und gestand, daß sie sich deutlich erinnerte. Ich deutete auf den Kombi. »Wenn Estelle nicht hier ist, weshalb steht dann ihr Wagen in der Auffahrt?«

Lottie trat auf die Veranda hinaus und beugte sich übers Geländer. »Ich schwöre, ich sehe den Wagen erst jetzt. Weil ich selbst nicht fahre und mich Miss Una gewöhnlich am Gehweg abholt, achte ich meistens gar nicht auf diesen Teil des Hofs. Es ist ja so nett von ihr, daß sie mich in die Stadt mitnimmt, denn ich bin sehr stolz auf meine Pünktlichkeit – ohne mich damit loben zu wollen. Hin und wieder muß ich auf sie warten, aber das ist wirklich nicht schlimm.«

Ich entschuldigte mich für die Störung und ging neben Carolyn zurück zum Wagen. Das ganze war so absurd, daß ich anfing zu lachen – vielleicht hatte ich ja ebenfalls eine Schraube locker. Auch Carolyn begann zu kichern, und in kürzester Zeit waren wir einem hysterischen Anfall nahe. Keuchend berichtete ich von Elsies Verhör, bis zu den Zitronenplätzchen und der Minze im Tee. Carolyn revanchierte sich mit den Zutaten des berüchtigten Bohnenauflaufs, denn sie hatte schließlich eine einstündige Diskussion zum Thema Wassernüsse über sich ergehen lassen müssen.

Schließlich fielen uns keine Leute mehr ein, über die wir uns lustigmachen konnten, und unser Gelächter ließ nach. Ich wischte mir die Augen trocken, und wir beschlossen, uns nach diesem gemeinsam überstandenen Lachanfall zu duzen. Dann drehte ich den Zündschlüssel um und setzte aus Lotties Auffahrt zurück. Als mir plötzlich ein Licht aufging.

»Lottie Estes hat die Demonstration nicht unterstützt«, sagte ich. »Sie ist eine große Befürworterin der traditionellen Rollenverteilung. Wenn sie auch nur die kleinste Chance wittert, hält sie endlose Vorträge über die Bedeutung kleiner Küchengeräte und aller Arten von Handarbeit. Ihre Vorstellung von Sexualerziehung besteht darin, den Kindern beizubringen, daß weibliche Babys Rosa tragen und männliche Hellblau. Warum um alles in der Welt war sie auf dem Parkplatz?«

»Auf der anderen Straßenseite hätte sie sich eigentlich wohler fühlen müssen«, meinte Carolyn kopfschüttelnd. »Aber Ms. Estes war da, sie hat mit dem Enthusiasmus eines Perry Mason traditionelle Zutaten verteidigt. Ich kann mich nicht erinnern, wo jede einzelne Frau wann war, aber ich weiß, daß ich sie erst gesehen habe, als ich vom Motel zurückkam.«

»Wo wir schon mal beim Thema sind – erzähl mir doch bitte nicht mehr diesen Quatsch mit den Flugblättern. Dafür hättest du doch wahrhaftig nicht den weiten Weg zurücklegen müssen. Die Flugblätter sollten doch erst am nächsten Morgen verteilt werden. Warum warst du in deinem Zimmer? Falls du tatsächlich dort warst.«

»Ich mußte einen Anruf erledigen, bei der derzeitigen Frau eines Exfreunds. Er ist ... ein Juristenkollege aus Little Rock.«

»Und seine Frau kann das bestätigen?«

Carolyn fuhr sich durch die Haare und seufzte. »Ich hab' in einem Hotel in Las Vegas eine Nachricht hinterlassen, also kann die Telefongesellschaft den Anruf bestätigen.«

»Oder die Hotelvermittlung, das geht schneller. Erinnert sich die Telefonistin an deine Botschaft?«

»O ja, ich denke schon. Ich habe ihr ein paar Wörter diktiert, die sie nicht kannte. Was glaubst du, warum hat sich Ms. Estes uneingeladen unter die Partygäste auf dem Parkplatz gemischt? Meinst du, sie wollte spionieren?«

»Das weiß ich wirklich nicht«, antwortete ich mit einem leisen Stöhnen. Inzwischen hatten wir das Ende der Coot Road erreicht, und ich bog wieder auf den Highway. »Ich weiß überhaupt nichts. Ich weiß nicht, wo Kevin und Dahlia sind, ich weiß nicht, wessen Fingerabdrücke auf dem Papierkorb und auf dem Kerosinkanister sind, ich weiß nicht, welche Leute Bernswallow erpreßt hat, ich weiß nicht, wer die beiden Feuer gelegt hat, ich weiß nicht, wo Staci Ellen ist, ich weiß nicht, welche Verbindung es zwischen dir und Bernswallow gibt.«

»Ich dachte, du wüßtest es«, meinte sie verwundert.

»Das Ehepaar Bernswallow senior hat sich geschlossen geweigert, darüber zu reden«, gab ich mit einem weiteren Stöhnen zu. »Und du willst es mir nicht verraten, oder?«

»Nicht, solange es mir als Mordmotiv ausgelegt wird. Wenn dieser Schlamassel vorüber ist, können wir uns ja vielleicht mal auf eine gute Flasche Rotwein treffen, dann erzähl' ich dir meine Geschichte. Schon im ersten Semester Jura lernst du, daß es für Anwälte klug ist, sich nicht selbst zu belasten.«

Ich fuhr in die Straße, in der Raz Buchanon wohnte und die seit mindestens einem Jahrzehnt nicht mehr ausgebessert worden war. Im Vorüberfahren wies ich Carolyn auf Marjories vollklimatisierten Stall hin. Dann fragte ich sie, ob sie mir erklären könne, was eine Einzahlungsgebühr sei.

»So was gibt's überhaupt nicht«, erklärte sie im Brustton der Überzeugung. »Ich habe mehrere Kurse in Bankrecht besucht. Die Gebührenregeln sind sehr kompliziert und sehr streng.«

»Raz hat sich heute vormittag furchtbar darüber ereifert. Wohlgemerkt nicht darüber, daß er die Gebühr zahlen soll, sondern daß sie auf seinem Kontoauszug nicht erscheint und deshalb bei der Steuererklärung Schwierigkeiten macht.« Ich verlangsamte das Tempo. »Ich frage mich, ob alle Kunden so eine mysteriöse Gebühr entrichten, wenn sie etwas einzahlen.«

»Und wer kassiert sie?«

Ich trat heftig auf die Bremse und sah Carolyn an. »Miss Una, vermute ich. Als Johnna Mae Chefkassiererin war, verbrachte sie ihre Zeit damit, falsche Kreditanträge zu stellen. Miss Una saß am Schalter und erledigte den Alltagskram, unter anderem also auch die Einzahlungen. Und natürlich mußte sie Leuten wie Raz das Unerklärliche erklären. Aber mit ihrer pedantischen oberlehrerinnenhaften Art strahlt sie eine Menge Autorität aus – sie könnte bestimmt die halbe Stadt davon überzeugen, daß die Sonne jeden Morgen im Westen aufgeht, oder jedenfalls die Saat des Zweifels ausstreuen, daß es anders sein könnte, als alle bisher gedacht haben. Genauso könnte sie es garantiert einer Menge Kunden plausibel machen, daß jeder, der Geld einzahlt, eine Gebühr zu entrichten hat. Weil Maggody keine Weltstadt ist, hat die Chase Manhattan hier noch keine Filiale eröffnet. Die Mehrzahl der Leute hier hat es nicht mal bis zum Abschlußfest der achten Klasse geschafft.«

»Du glaubst also, Miss Una könnte die letzten zwanzig Jahre jeden Tag einen Dollar oder so in die eigene Tasche gesteckt haben? Das ergibt ein hübsches Sümmchen für den Ruhestand«, meinte Carolyn nachdenklich. »Allerdings macht sie das noch lange nicht zu einer Mordverdächtigen, es bringt sie noch nicht mal an den Tatort.«

»Aber sie war da. Lottie ist nicht den Highway im Dunklen runtermarschiert, nur um Rezepte auszutauschen. Ich würde das ganze Geld für meine neue Radarkanone verwetten, daß Miss Una wie üblich am Gehweg angehalten und gehupt hat. Außerdem hat jemand gesagt, Miss Una hätte gemeint, die fehlerhaften Leitungen seien schuld an dem Brand.« Ich legte den Gang ein und fegte in einer dicken Staubwolke zurück zum Highway. »Ursprünglich habe ich angenommen, wir hätten es nur mit einem Erpressungsopfer zu tun. Gestern nachmittag mußte ich meine Vermutung bereits auf zwei erhöhen, weil es so gut zu den zwei Feuern paßte. Aber was wäre, wenn es drei Opfer gibt – Johnna Mae, Sherman Oliver und Miss Una?«

»Ist das nicht ein bißchen viel Kriminalität für die Belegschaft einer einzigen Bankfiliale? Eine Kriminalitätsrate von hundert Prozent scheint mir doch recht hoch gegriffen.«

»Ich weiß, aber es war eine obskure kleine Filiale in einem obskuren kleinen Provinznest. Oliver, der Manager, hat permanent durch Abwesenheit geglänzt. Vielleicht hatten Miss Una und Johnna Mae eine stillschweigende Vereinbarung, daß jede die Augen vor den Machenschaften der anderen zudrückt, eine Art Ich-stibitze-auf-meine-Weise-und-du-auf-deine-Pakt. Dann erscheint Bernswallow und brütet nächtelang über den Rechnungsbüchern und durchwühlt alle Akten. Er stolpert über die falschen Kreditanträge, als ein Kunde mit einem Mahnbrief in die Bank kommt. Da gräbt er noch ein wenig tiefer und entdeckt, daß Miss Unas Kasse meistens nicht ganz stimmt.«

»Und wer hat ihn dann ermordet und das Feuer gelegt?«

»Fahren wir doch bei Miss Una vorbei und fragen sie.« Wie von Furien gehetzt raste ich die Straße hinunter.

* * *

Staci Ellen rümpfte die Nase, denn der durchdringende Geruch wurde immer schlimmer. Allmählich begannen ihre Augen zu brennen, aber sie wollte die Gefühle ihrer Gastgeberin nicht verletzen. Schließlich hatte man sie dazu erzogen, entweder etwas Nettes oder gar nichts zu sagen – genauso wie sie zur Kirche weiße Handschuhe und einen Rock tragen mußte, der genau bis zur Mitte des Knies reichte, auf keinen Fall durfte er auch nur einen Zentimeter weiter oben aufhören! Auf einmal hatte sie den ketzerischen Gedanken, daß sie mit einer Menge unsinniger Regeln aufgewachsen war.

Trotzdem lächelte sie höflich und sagte: »Könnte es sein, daß hier irgendwo eine Gasleitung undicht ist? Ich finde, es riecht ein bißchen seltsam.«

Miss Una stand auf und meinte mit unsicherer Stimme: »Ach ja, jetzt, wo Sie es erwähnen, rieche ich es auch. Bleiben Sie ruhig hier sitzen und passen Sie auf Martin auf, ich sehe nur schnell nach, ob der Gasherd richtig abgeschaltet ist. Wie wäre es mit dem letzten Stück Zitronenbaiser?«

* * *

Mrs. Jim Bob hämmerte gegen die Tür des Trailers, aber es rührte sich nichts. In der Kirche war sie schon gewesen, und sie konnte sich überhaupt nicht vorstellen, wo Bruder Verber sonst sein sollte. Wie sie schon bei dem Gespräch mit Jim Bob – und er hatte sogar zugestimmt – erklärt hatte: Die Predigt war ein wenig seltsam gewesen. Und als sie an der Kirchentür Bruder Verber die Hand geschüttelt hatte, war die ganz feucht gewesen. Zum Glück hatte sie immer ein Papiertaschentuch in der Handtasche. Als sie ein paar konstruktive Bemerkungen zur Predigt machte und Bruder Verber darauf hingewiesen hatte, daß sie es nicht sonderlich schätzte, wenn er im Haus des Herrn über die intimen Körperteile und über Nacktheit sprach, hatte er nur geistesabwesend vor sich hingemurmelt.

Beim gemeinsamen Essen und Gebet gestern abend hatte er sich sogar so sonderbar benommen, daß sie ihn hinterher lieber nicht zu Kaffee und Kuchen eingeladen hatte. Sie wollte solche Worte nicht in ihrem Haus hören. Sonst mußte sie demnächst noch einen geistlichen Kammerjäger engagieren.

Trotzdem wollte sie unbedingt wissen, wo er war, und sie war mehr als verstimmt, daß sie an seine Tür hämmern und seinen Namen rufen mußte. Schließlich gab sie auf und setzte sich wieder ins Auto. Mit noch immer gerunzelter Stirn fuhr sie auf den Highway, direkt auf das größte, schwärzeste und lauteste Motorrad zu, das ihr je begegnet war.

Mrs. Jim Bob schloß die Augen.

Vierzehntes Kapitel

Ich parkte vor Miss Unas weißem Holzhaus. Bevor ich das Gartentor öffnen konnte, trat sie schon auf die Veranda und winkte. »Hallo, Arly! Wie geht's denn?«

»Gut, danke. Ich muß mit Ihnen reden.«

Ich streckte die Hand nach der Klinke aus, aber sie rief hastig: »Ich fürchte, momentan paßt es nicht ganz. Ich habe schon Besuch, und da wäre es sehr unhöflich, einen weiteren Gast hereinzubitten. Bitte lassen Sie das Tor zu, gestern abend ist mir ein Kätzchen weggelaufen. Ich habe es tüchtig ausgeschimpft. Sie hätten sehen sollen, wie es bekümmert sein Gesicht in Falten gelegt hat.« Auch ihr Gesicht wurde einen Moment ganz faltig und bekümmert, dann entspannte es sich wieder, und ein schelmisches Lächeln erschien.

»Tut mir leid, wenn ich Sie störe, ich werde aber bestimmt keine Katze entwischen lassen«, entgegnete ich und gab mir große Mühe, normal zu reden, obwohl sie sich so merkwürdig benahm. Selbst von dort, wo ich stand, sah ich die roten Flecken auf ihren Wangen und den verzerrten Mund. Hinter ihrer Halbmondbrille glitzerten die Augen viel zu hell. »Was ich mit Ihnen besprechen muß, ist sehr wichtig, Miss Una. Ich muß darauf bestehen reinzukommen.«

Da griff Miss Una in ihre Schürzentasche und zog ein Wegwerffeuerzeug hervor. Sie hielt es hoch und sagte: »Bitte zwingen Sie mich nicht, es anzumachen. Die Veranda und ein großer Teil des Hauses sind mit Kerosin durchtränkt. Das Haus wird in Flammen aufgehen wie eine Streichholzschachtel – im Grunde ist es ja auch nichts anderes. Wie gesagt, ich habe Besuch, und ich wüßte nicht, wie meine Gäste entkommen könnten.«

Ich entdeckte eine neue Bedeutung des Ausdrucks »zur Salzsäule erstarrt«. Ich erstarrte nicht nur, ich hatte das Gefühl, das Salz schmecken zu können. »Ihr Haus ist mit Kerosin durchtränkt? Warum?«

»Damit es besser brennt. Kerosin ist leicht entzündlich, oder heißt es brennbar? Ach je, ich weiß nie, was richtiger ist. Egal, wenn auch nur der kleinste Funken auf den Boden fällt, geht alles in Flammen auf.«

»Dann tun Sie es nicht. Wen haben Sie denn zu Gast?«

»Ich muß mich sehr über Sie wundern, Arly. Bestimmt hat Ihre Mutter Ihnen tausendmal gesagt, daß es sich nicht gehört, andere Leute nach ihren Gästen auszufragen oder ein persönliches Interesse an den Privatangelegenheiten einer Lady zu zeigen.«

Carolyn, die im Wagen sitzen geblieben war, stieg jetzt aus und trat hinter mich. »Ich wette, Staci Ellen gehört zu den Gästen«, flüsterte sie.

»Ist ein blondes Mädchen namens Staci Ellen bei Ihnen?« rief ich Miss Una zu, die das Feuerzeug so fest umklammerte, daß ihre Finger ganz weiß wurden.

»Sie sind neugierig, Arly, und das steht Ihnen gar nicht gut. Ich wollte meinem Besuch gerade ein Stück Zitronenbaiser servieren, deshalb muß ich jetzt leider gehen. Ich behalte das Feuerzeug in der Hand, also kommen Sie bitte nicht in den Hof, und tun Sie auch sonst nichts Unüberlegtes, das mich zwingt, es doch noch anzuknipsen.« Erneut zwinkerte sie mir spitzbübisch zu und ging samt Feuerzeug ins Haus.

»Warten Sie!« schrie ich. Miss Una zögerte, und ich durchwühlte mein Hirn verzweifelt nach einer guten Idee. Diese Frau war wahnsinnig, darum würde sie sicher auch nicht davor zurückschrecken, das Haus in einen brennenden Scheiterhaufen zu verwandeln. Und den Leuten, die da drin waren, würde es nicht besser ergehen als Brandon Bernswallow. Carolyn stupste mich in den Rücken und wisperte alles mögliche unverständliche Zeug, was meiner Konzentration nicht gerade förderlich war. Schließlich bat ich sie aufzuhören und lächelte Miss Una angestrengt an. »Die Situation ist anscheinend etwas schwierig. Ich verspreche, keinen Fuß auf Ihren Hof zu setzen, aber ich weiß nicht recht, ob es wirklich so gut ist, wenn Sie ins Haus zurückgehen zu Ihren ... Gästen. Warum schicken Sie Ihren Besuch nicht einfach nach Hause, damit wir uns in Ruhe unterhalten können?«

»Wir haben den Zitronenbaiser noch nicht probiert.«

»Miss Una, warum tun Sie das?«

Verblüfft sah sie mich an. »Weil ich keine andere Wahl habe, natürlich. Als Sie mir sagten, wie schrecklich schlau die Leute in diesem Labor sind, wußte ich, daß es nur noch eine Frage der Zeit ist, bis Sie versuchen, in mein Haus einzudringen und mir alle möglichen dummen, aufdringlichen Fragen zu stellen. Sie waren etwas schneller, als ich erwartet hatte, aber ich war darauf vorbereitet. Ach du lieber Himmel, ich höre Martin! Er klingt ganz aufgeregt – ich muß jetzt wirklich ins Haus zurück.«

»Bitte«, rief ich und klammerte mich so fest an das Gartentor, daß meine Fingerknöchel schmerzten, »bitte gehen Sie noch nicht rein. Machen Sie sich Sorgen wegen der Fingerabdrücke? Wir müssen Ihre Fingerabdrücke nicht untersuchen, wenn Sie es nicht wollen. Legen Sie das Feuerzeug doch einfach weg, dann können wir gemeinsam beraten, was als nächstes zu tun ist.«

Carolyn kam hinter mir hervor. »Ich bin Anwältin, Miss Una. Wenn gegen Sie Anklage wegen Mordes erhoben wird, werde ich mein Bestes tun, um Ihnen zu helfen.«

»Mord? Warum um alles in der Welt sollte jemand mich wegen Mordes anklagen? Vielleicht war ich ein wenig ungezogen, aber ermordet habe ich niemanden.« Kichernd über diese absurde Idee verschwand sie im Haus und schloß die Tür hinter sich.

Ich starrte Carolyn an, und meine Kinnlade hing so schlaff herunter, daß ich eine Weile kein Wort herausbrachte. Endlich schluckte ich den riesigen Kloß im Hals hinunter und sagte: »Was sollte denn das?«

»Ich denke, wir haben hier das, was man in den Abendnachrichten gern ein klassisches Geiseldrama nennt.«

»Richtig, und ich bin angeblich dafür ausgebildet, mit solchen Situationen umzugehen.« Ich machte mich vom Gartentor los und stieg wieder in den Wagen. Das Funkgerät funktionierte, Gott segne seine rostige Seele, und nach ein bißchen Gefummel erklärte ich der Frau in der Zentrale, daß ich ganz, ganz dringend Harve sprechen müsse und daß sie ihn sofort vom Klo holen solle, ehe ich persönlich auftauchte und ihm seine verfluchte Zeitschrift mit den Zähnen aus der Hand riß.

Harve hörte auf zu knurren, als er hörte, was los war. Er versprach, so schnell wie möglich Verstärkung zu schicken und in etwa fünfzehn Minuten selbst zu erscheinen. Außerdem wollte er die Staatspolizei verständigen, denn sie hatte besser ausgebildete und bewaffnete Leute als wir, dazu die Freiwillige Feuerwehr von Emmet und natürlich die Medien. In zwei Monaten wurde Harves Job wieder zur Wahl ausgeschrieben. Mit zittriger Stimme bedankte ich mich und ließ den Kopf gegen die Kopfstütze sinken.

Carolyn stieg zu mir ein. »Und jetzt sitzen wir hier rum und warten?«

»Falls du nicht mit einer genialen Idee daherkommst, ja. In ungefähr fünfzehn Minuten wird hier die Hölle los sein. Wenn ich nur verstehen würde, was eigentlich gespielt wird. Miss Una hat offensichtlich den Verstand verloren und ist für vernünftige Argumente nicht mehr zugänglich. Bei ihr im Haus sind zwei Leute, ein gewisser Martin und eine unbekannte Person. Miss Una hat gesagt, sie hätte Bernswallow nicht umgebracht, und seltsamerweise tendiere ich dazu, ihr zu glauben. Trotzdem ist sie ausgeflippt, als wir ihre Fingerabdrücke abnehmen wollten, um sie mit denen vom Tatort zu vergleichen, was eigentlich nur bedeuten kann, daß sie welche dort hinterlassen hat.«

Carolyn blickte zum Haus hinüber. »Es ist alt und trocken. Der Ausdruck ›Streichholzschachtel‹ ist durchaus angemessen, und mich gruselt es richtig, wenn ich an die Leute da drin denke. Mist, ich hoffe bloß, daß Staci Ellen nicht an diesem blöden

Zitronenbaiser rumknabbert, während wir hier sitzen und reden. Vielleicht ist sie nicht die Hellste, aber sie gibt sich große Mühe. Und wer ist dieser Martin?«

Ich sah auf die Uhr – der Minutenzeiger kroch langsam vorwärts – und ließ mir unsere Möglichkeiten durch den Kopf gehen. »Ich kenne niemanden mit Namen Martin. Ich habe nie jemanden mit Namen Martin gekannt. In Maggody heißt niemand Martin. Der einzige Martin, der mir einfällt, ist Martin Van Buren, und es würde mich sehr wundern, wenn er da drin sitzt und Kuchen futtert. Vielleicht haben Sie recht mit Staci Ellen, aber ich setze auf Kevin Buchanon. Er war in der Bank und ist bestimmt Miss Una über den Weg gelaufen. Irgendwie hat sie ihn überredet, sich in ihrem Haus zu verstecken, in dem Zimmer rechts oben.«

»Ist das eine Vermutung?«

»Na ja, ich hab ihn vor einer Minute am Fenster gesehen«, gab ich zu. »Vielleicht war es nicht das richtige, die Polizei herzubestellen. Wenn Miss Una in Panik gerät, knipst sie womöglich doch ihr verdammtes Feuerzeug an, und alles geht in Flammen auf. Wie wäre es, wenn du einfach hundert Meter oder so von hier die Polizeiwagen aufhältst, damit sie nicht mit quietschenden Bremsen, heulenden Sirenen und Blaulicht hier angebraust kommen? Ich versuche in der Zwischenzeit nochmal, Miss Una rauszulocken.«

Wäre ich nur lang genug aufgeblieben, um mir die Krimiserien anzuschauen, in denen die Geiseldramen immer rechtzeitig für ein Dutzend Werbespots beendet wurden. Trotz dieses Mangels an Erfahrung ging ich wieder zum Gartentor und rief Miss Unas Namen. Sie kam prompt auf die Veranda und musterte mich mit strengem Blick. »Was ist denn nun schon wieder, Arly? Gerade habe ich Martin ein Schälchen Sahne serviert. Er ist immer noch ganz verstört wegen gestern abend.«

»Ein Schälchen Sahne? Martin ist ein Kater?«

»Selbstverständlich. Haben Sie etwa gedacht, ich würde einem toten Präsidenten Sahne vorsetzen? Das würde ich niemals tun, obwohl ich weitläufig mit ihm verwandt bin. Nein, Martin ist mein verlorenes Kätzchen.«

»Oh«, murmelte ich, weil mir des Rätsels Lösung endlich dämmerte – auch wenn es zunächst nur ein stecknadelgroßes Loch im pechschwarzen Himmel war, durch das Licht drang. »Haben Sie Staci Ellen getroffen, als Sie die Katze gesucht haben?«

»Wie klug Sie doch sind«, meinte sie und strahlte mich an. Allerdings hätte ihr Lächeln weniger bedrohlich gewirkt, wenn ihr Mund nicht gezuckt hätte wie eine Spinne in der heißen Bratpfanne. »Genauso war's. Sie hat ein Kätzchen gefunden, das sich verlaufen hatte, und wollte es in sein Zuhause zurückbringen. Ich war ihr so dankbar, daß ich sie gleich zum Tee eingeladen habe.«

»Und heute früh trinken Sie beide immer noch Tee?«

»Sozusagen. Heute nacht gab es ein kleines Problem, als sich die junge Dame vor ihrer Rückkehr zum Motel frisch machen wollte. Da hat sie sich in der Tür geirrt und ist einem anderen Gast begegnet. Die beiden haben ein bißchen geplaudert, und Staci Ellen hat meinem Gast Dinge erzählt, die dieser meiner Ansicht nach momentan lieber nicht hätte erfahren sollen. Deshalb mußte ich die Tür abschließen und das Mädchen festbinden, damit mein anderer Gast nicht weiter solche Geschichten zu hören bekommt. Aber ich habe ihr ein Stück Kuchen versprochen, deshalb muß ich jetzt auch wieder ins Haus und sie füttern. Diese modernen jungen Frauen sind ja so hilflos.« Sie winkte mir zu und wandte sich zum Gehen.

»Bitte«, rief ich (okay, eigentlich heulte ich wie ein Kojote), »bitte, gehen Sie nicht weg. Ich – äh, ich brauche einen Rat wegen – wegen dieser Sache. Es ist – es ist – es ist furchtbar wichtig.« Ich stotterte so entsetzlich, daß ich nicht sicher war, ob Miss Una mich überhaupt verstand. Aber ich hatte gute Gründe, verwirrt zu sein, denn das Fenster direkt über dem Dach der Veranda öffnete sich langsam, Zentimeter um Zentimeter. Der dicke Vorhang wurde beiseitegeschoben, und ein nacktes Bein schwang sich aus der Öffnung. Dann folgte ein zweites, samt einem rosaroten Seidenslip.

»Einen Rat?« wiederholte Miss Una voller Zweifel. »Wofür denn einen Rat?«

»Für etwas ganz Wichtiges«, antwortete ich und versuchte, die Erscheinung, die aus dem Fenster kam, nicht dauernd anzustarren. Ich schlug die Hände einen Moment vors Gesicht und untersuchte mein inneres Karteikartensystem. »Es geht um Banken. Ja, genau. Glauben Sie, ich sollte mein Geld der Bank von Farberville anvertrauen, selbst wenn die Filiale nicht wiedereröffnet wird?«

»In dieser Hinsicht fühle ich mich nicht kompetent. Trotzdem will ich Ihnen etwas erzählen. Bitte sagen Sie's nicht weiter, aber ich habe Gerüchte gehört, daß es mit dem Portefeuille seit Jahren bergab geht und daß viele Investitionen mehr als zweifelhaft sind.«

Ich warf einen kurzen Blick hinauf zu dem blonden Mädchen, das jetzt, nur spärlich bekleidet mit dem rosaroten Slip und passendem BH, auf dem Verandadach stand und sich vorsichtig auf die Dachrinne direkt über Miss Unas Kopf zubewegte. Ich schluckte krampfhaft und sagte: »Haben Sie das von Johnna Mae?«

»Guter Gott, Arly. Heute beeindrucken Sie mich wirklich mit ihren deduktiven Fähigkeiten. Woher haben Sie das gewußt?«

Jetzt erschien Kevin Buchanons Gesicht am Fenster. Er warf mir einen verwunderten Blick zu, dann kletterte auch er aufs Dach. Sein Gesicht war mehlweiß, und sein Adamsapfel hüpfte so heftig, daß es aussah, als würde er ihm demnächst oben aus dem Kopf springen. Erleichtert nahm ich zur Kenntnis, daß er wenigstens normale Jeans und ein T-shirt anhatte. Wäre auch er halbnackt gewesen, hätte ich allen Beteiligten Lebewohl gewünscht und wäre weggefahren, um mich in eine schöne, ruhige, absolut streßfreie Umgebung zurückzuziehen und zu einem Emaillierkurs anzumelden.

Ich schluckte wieder. »Ich … ich … ich …« Mir fiel nichts mehr ein. »Ich dachte, Johnna Mae wäre vielleicht zu Ihnen gekommen, nachdem sie mit Bernswallow geredet hatte.«

»Nachdem sie Bernswallow umgebracht hatte, meinen Sie vielleicht? Ja, da war sie bei mir. Sie hat so gezittert, daß ich sie erstmal aufs Sofa gesetzt und ihr einen Kamillentee gemacht habe. Kamillentee finde ich immer so beruhigend, vor allem nach einem langen, anstrengenden Tag in der Bank.«

»Nachdem sie Bernswallow umgebracht hatte«, wiederholte ich fassungslos. »Hat Jonna Mae Ihnen das gesagt?«

»Sie hat mir erzählt, wie sie ihm diesen Pokal, der bei ihm im Büro stand, über den Schädel geschlagen hat. Ich finde es ja ein wenig angeberisch, solche Trophäen am Arbeitsplatz aufzustellen. Ein kleines Foto oder eine Postkarte sind etwas anders, kleine Dinge, die einer Bank eine gemütliche Atmosphäre verleihen. Aber meiner Meinung nach ist ein Pokal einfach zu protzig.«

Während ich noch verzweifelt versuchte, mir die nächste Hinhaltetaktik einfallen zu lassen, trat Plover neben mich, Gott sei Dank in Zivil. »Was zum Teufel geht hier vor?« erkundigte er sich leise mit seiner tiefen Brummstimme. »Die Zentrale hat mir gesagt, ich soll meinen Arsch hierherbewegen, und die Frau, die mich angehalten hat, quasselt was von Kerosin und einem Geiseldrama in den Abendnachrichten. Wer sind diese Clowns auf dem Dach, und was haben sie vor?«

»Miss Una, haben Sie John Plover schon kennengelernt?« rief ich. »Er ist ein Freund von mir aus Farberville.«

»Dies ist nicht der richtige Zeitpunkt für den Austausch von Höflichkeiten«, brummte mein Freund.

»O doch«, knurrte ich zurück. »Lächle der übergeschnappten Lady zu, verdammt. Sie hat ein Feuerzeug in der Hand, und das ganze Haus ist mit Kerosin durchweicht.«

Miss Una musterte Plover. »Ich glaube nicht, daß wir einander je vorgestellt worden sind, aber irgendwo habe ich ihn schon gesehen. Ist er nicht bei der Polizei oder bei der Feuerwehr?«

Die ganze Zeit über winkte Staci Ellen uns aufgeregt zu, gestikulierte zur Dachrinne, bedeutete Kevin, still zu sein und krabbelte dabei immer näher an den Dachrand. Was sie tun wollte, wenn sie dort ankam, überstieg meine Vorstellungskraft, aber ich war geistig momentan sowieso nicht in Höchstform. Estelle hätte vermutet, meine *beiden* Gehirnhälften hätten einen Kurzschluß.

»Ich war mal bei der Feuerwehr«, rief Plover Miss Una zu, »aber das war vorige Woche. Jetzt bin ich ... jetzt bin ich Versicherungsgutachter.«

»Das ist ja sehr nett«, meinte Miss Una. Ihr Daumen tänzelte über das Feuerzeug und zog sich wieder zurück, so daß wir anderen wieder Luft holen konnten. »Wenn Sie keine Fragen mehr haben, gehe ich jetzt wieder ins Haus.«

»Bernswallow war also tot, als Sie in der Bank waren«, sagte ich in beiläufigem Ton.

»Allerdings. Um an seine Schubladen zu kommen, mußte ich seinen Stuhl kippen, so daß er auf den Boden rutschte, und er hat kein Wort gesagt. Natürlich faßte ich ihn nicht an, das wäre zu dreist gewesen, aber ich habe ihn mehrmals gefragt, ob er mich hört. Johnna Mae hatte recht damit, daß er eine Liste mit meinen kleinen Einzahlungsgebühren aufgestellt hatte, aber sie hatte sich geirrt, als sie mir sagte, er sei noch am Leben. Sie glauben doch nicht, daß ich ein so großes Feuer gelegt hätte, wenn er nicht schon tot gewesen wäre und es ihm nichts mehr ausmachen konnte?«

»Aber nein doch«, rief Plover und grinste breit. Er stupste mich an, und ich grinste auch, kam mir aber nicht sehr ehrlich dabei vor.

In gewisser Weise machten wir also Fortschritte – Miss Una hatte ihr Haus noch nicht abgefackelt. Tolle Leistung. Gerade wollte ich Plover fragen, ob er eine Idee hatte, wie wir weitermachen sollten, als Staci Ellen ausrutschte. Sie versuchte, sich an Kevin festzuhalten, erwischte im letzten Moment seine Hand und fing sich wieder, ungefähr einen Zentimeter vom Rand entfernt, von dem es drei Meter in die Tiefe ging.

In diesem Moment donnerte das größte, schwärzeste und lauteste Motorrad, das ich je erblickt hatte, in einer Wolke von Staub und Kies die Straße herauf. Der Fahrer stellte den Motor ab, riß den Helm vom Kopf und brüllte, während ihm vor Erregung beinahe die Augen aus dem Kopf traten: »Was hast du auf dem Scheißdach da zu suchen – und wo sind deine Scheißklamotten, du kleine Nutte?«

»Bruno!« schrie Staci Ellen und klammerte sich so heftig an Kevin, daß sie beide ins Stolpern gerieten.

Miss Una warf den Kopf zurück und starrte zum Dach der Veranda hinauf. »Herr im Himmel«, murmelte sie, als sie das Feuerzeug anknipste.

Die Veranda verschwand in einem Flammenmeer.

* * *

Carolyn betrat die Bar und ließ sich mir gegenüber auf die Bank sinken. »Ich habe gerade mit dem Staatsanwalt gesprochen. Johnna Mae hat eine ganze Wagenladung von Anklagepunkten zu erwarten, aber nichts wegen Mord. Der Autopsiebericht ist heute morgen gekommen: Bernswallow ist an einer Rauchvergiftung gestorben. Johnna Mae hat mir gegenüber zugegeben, daß sie in der Bank war, um mit ihm zu reden. Als er sich weigerte, von seinen erpresserischen Forderungen abzugehen, wurde sie so wütend, daß sie ihm den Pokal auf den Schädel gehauen hat. Aber sie schwört, daß er noch gelebt hat, als sie vollkommen panisch zu Miss Una gelaufen ist, um ihr zu berichten, daß Bernswallow sie alle drei erpressen wollte.«

Ich nickte. »Dann haben wir den zweiten Täter – Putter. Er hat gesehen, wie Johnna Mae aus der Hintertür der Bank in Richtung Miss Unas Haus gerannt ist. Da ist er reingegangen, hat den bewußtlosen Bernswallow samt Erpresserbrief gefunden, den Brief in dem Metalleimer verbrannt und ist heimgegangen, überzeugt, daß Johnna Mae Bernswallow getötet hatte. Johnna Mae ihrerseits hat geglaubt, Putter wäre schuld an Bernswallows Tod und hätte das Feuer gelegt, um seine Tat zu vertuschen.

Vielleicht klappt die Verständigung zwischen den beiden nicht immer, aber sie sind auf alle Fälle verdammt loyal.«

Carolyn schüttelte stirnrunzelnd den Kopf. »Rückblickend betrachtet hätte ich die Beschwerde gar nicht übernehmen dürfen. Ich war wegen einer anderen Sache schrecklich aufgebracht und konnte nicht vernünftig denken. Ich glaubte, ich hätte endlich eine Möglichkeit, es diesem Wichser nach all den Jahren heimzuzahlen.« Einen Augenblick schloß sie die Augen und lächelte mich dann mühsam an. »Ich war das Opfer einer Gruppenvergewaltigung im Verbindungshaus. Ich habe mich überreden lassen, an einer dieser kindischen Partys teilzunehmen, und dann hat mich ein besoffener Mistkerl nach oben gezerrt und all seine Kumpel aufgefordert, bei dem Spaß mitzumachen. Bruder Bernswallows Vater hatte genug Geld und Macht, meine Anzeige als Phantasien einer promiskuitiven, besoffenen Schlampe hinzustellen, die bereitwillig mitgemacht und es sich erst am nächsten Morgen anders überlegt hatte. Die Verwaltung hat zwar die Gelegenheit genutzt, um die Verbindung zu verbieten, sich aber geweigert, der Sache weiter nachzugehen. Brandon hat mich nicht erkannt.«

Ich sah weg, damit sie sich fassen konnte. »Du konntest ja nicht wissen, daß sich daraus dieser ganze Wahnsinn entwickeln würde«, sagte ich. »Ich kann mir immer noch nicht recht vorstellen, wie Miss Una Lottie Estes angerufen hat, um eine Spritztour zur Bank zu machen und ihre Freundinnen zu besuchen. Während sich Lottie mit ihren Rezepten amüsierte, ist Miss Una mit einem Kerosinkanister in die Bank geschlichen und hat das Feuer gelegt. Auf dem Rückweg lief ihr Kevin Buchanon über den Weg, und der war wahrscheinlich der einzige Mensch, der ihr die Ausrede abgenommen hat, die sie ihm auftischte. Himmel, er ist wirklich ein Idiot.«

Carolyn und ich saßen noch ein paar Minuten beisammen und unterhielten uns. Schließlich stand sie auf und sagte, sie hätte noch einen Anruf zu erledigen. Ich saß noch da, als Ruby Bee und Estelle aus der Küche kamen.

»Ich habe dir doch gesagt, es funktioniert«, ereiferte sich Estelle und stupste Ruby Bee mit einem Weinglas. »Ich finde, du solltest dich bei einer gewissen Person dafür entschuldigen, daß du so rotzig warst. Die Betreffende steht übrigens direkt neben dir.«

»Dann kann ich nur hoffen, daß der Betreffenden auch das Ohr weh tut«, entgegnete Ruby Bee. Dann ging sie um die Bar herum zu meiner Nische. »Das ist wirklich schrecklich, was Carolyn mit diesen Verbindungskerlen passiert ist. Kein Wunder, daß sie endlos darüber reden mußte, wie gemein und wertlos die Männer sind. An ihrer Stelle würde ich mich genauso fühlen. Der Abzug ist übrigens repariert, und ich kann endlich das Geschlossen-Schild wegnehmen. Hast du Lust auf ein Kotelett mit jungen Erbsen?«

»Ich habe leider keinen Hunger.« Als ich die Tanzfläche überquerte, wurde das Thema Entschuldigungen und Ohren wieder aufgewärmt – mit neuem Elan. Ich ging weiter.

* * *

Truda Oliver marschierte zum Bus. Der neue Koffer mit ihren jüngsten Anschaffungen – und natürlich der Metallschatulle – war schwerer, als sie gedacht hatte, aber die Haltestelle war bereits in Sicht. Einen Augenblick setzte sie den Koffer ab, um Luft zu holen, strich sich über die Haare und griff dann wieder nach ihrem Gepäck.

»Warten Sie, ich helfe Ihnen«, sagte ein Mann in einem Dreiteiler und einer dunkelroten Krawatte.

»Nein danke«, erwiderte Truda, »das mach' ich lieber selbst.«

* * *

»Und das ist ein weiterer Grund, weshalb du Arly feuern solltest«, sagte Mrs. Jim Bob. »Sie ist doch dafür da, diese abscheulichen Motorradtypen daran zu hindern, daß sie über den Highway brettern und unbescholtene Bürger in Angst und

Schrecken versetzen. Ich habe mich so gefürchtet, ich bin mitten auf der Straße wie angewurzelt stehengeblieben und habe gedacht, mein Herz hört auf zu schlagen. Ich war vollkommen sprachlos.«

Zwar glaubte Jim Bob das nicht, aber er war vernünftig genug, seiner Frau nicht zu widersprechen. Eigentlich hatte er auch gar keine Zeit dazu, denn sie war schon wieder so in Fahrt, daß er womöglich zu spät zu Cherri Lucinda kam, und die war immer weniger bereit, seine Entschuldigungen hinzunehmen. Dieses Miststück.

* * *

»Ich könnte wirklich noch ein Bier vertragen«, sagte Earl Buchanon und schielte aus dem Augenwinkel zu seiner Frau hinüber.

Eilene ließ ihre Stickerei sinken. »Dann müssen wir jetzt nur noch hoffen, daß du den Weg zum Kühlschrank findest. Ich glaube, ich frage Joyce Lambertino, ob sie Lust hat, nach Farberville ins Kino zu fahren. Vielleicht legen wir auf dem Rückweg noch einen Stop ein und trinken was.«

»Aber Honey, es ist weit bis in die Stadt. Du und Joyce, ihr solltet nicht den ganzen Weg nach Einbruch der Dunkelheit fahren. Ich möchte nicht, daß meine Frau nachts in einer Bar rumsteht, schon gar nicht mit einer anderen Frau. Ihr beiden bringt euch bestimmt in jede Menge Schwierigkeiten.«

Ungerührt wählte Eilene Joyces Nummer.

* * *

In der Nische neben der Jukebox blickte Kevin versonnen auf das Licht seines Lebens, seinen Augapfel, das Eisbein in seinem Sauerkraut. »Aber Honey«, meinte er kläglich, »ich hab' es doch nur für dich getan.«

»Du meinst, du hast für mich Schokoladentorte und Zitronenbaiser gegessen, während ich ganz allein im Wald gehockt habe, um dich zu retten. Wenn ich gewußt hätte, daß du auf deinem Hintern rumsitzt, mit einem Angler-Katalog zur Unterhaltung, hätte ich mich geweigert, fast zu verhungern und vor Angst beinahe zu sterben.«

»Aber ich hab's für dich getan. Ich hab' dir doch gesagt, daß ich gerade vom Klo kam, als Miss Una weggegangen ist. Ich war ziemlich lange drin, teils weil ich nicht wollte, daß Bernswallow mich sieht, teils weil ich mir im Katalog die Rollen für die Angelschnur angesehen und die Zeit total vergessen habe. Da gibt's nämlich 'ne tolle neue Sorte, mit 'nem magnetischen Wurfkontrollsystem –«

»Kevin!«

Dahlias Backen blähten sich und zogen sich wieder zusammen, immer abwechselnd, und das beängstigend schnell. Also beschloß Kevin, lieber nicht zu erwähnen, daß die Rollen nicht mal sechzig Dollar kosteten und ein Jahr Garantie hatten. »Miss Una hat gesagt, ich müßte mich verstecken, sonst würden ein paar von den Männern etwas ganz Gräßliches tun. Sie hat gesagt, sie hätten wegen der Demonstration auf dem Parkplatz schon die Bank in Brand gesteckt, aber wenn ich ein paar Tage in ihrem Haus bleiben würde, wärt ihr alle in Sicherheit, weil du mich nicht anschreien und damit alle in Rage bringen könntest.«

»Das ist das Allerblödeste, was ich dich je hab' sagen hören«, entgegnete Dahlia erbarmungslos. »Da sitz' ich auf diesem kratzigen alten Baumstamm, ohne ein Krümelchen zu essen, und mein Hals tut so weh, daß ich kaum noch krächzen kann, und da schleicht sich dieser Verrückte von hinten an mich ran.«

Kevin schnappte entsetzt nach Luft. »Er hat dich doch nicht etwa – er hat dich doch nicht belästigt, oder?«

Dahlia schlug die Arme übereinander und legte sie vor sich auf den Tisch, wo sie sich ausbreiteten wie zwei große Schinkenrollbraten. »Kriegst du es denn nicht endlich in deinen Dickschädel, daß ich auf mich selbst aufpassen kann, Kevin Fitzgerald Buchanon? Da sitz' ich also in stockfinstrer Nacht, denk' an nichts Böses und überlege mir, ob ich dich nicht einfach den Bären überlassen soll, und da fängt dieser Irre an, Steine aufeinanderzustapeln, als wären es Holzscheite. Dann tappt er um sie rum und murmelt allen möglichen hirnverbrannten Unsinn in einer Sprache, die ich nicht verstehe. Nach 'ner Weile hab' ich die Nase voll, steh' auf, geh' zu ihm hin und frag' ihn, was in aller Welt er denn da macht. Tja, und da war mir sonnenklar, daß er vollkommen durch den Wind sein mußte, denn er ist vor Schreck hochgesprungen, direkt gegen einen Ast, und dann ist er in den Wald gerannt wie ein Wilder, gestolpert und fast hingeknallt, aber die ganze Zeit über hat er weiter seinen Quatsch gefaselt. So was Komisches hab' ich mein Lebtag noch nicht gesehen. Vielleicht sollte ich die Geschichte beim Reader's Digest einschicken, die würden mir bestimmt Geld dafür geben.«

»Du brauchst dir doch deinen hübschen Kopf nicht wegen Geld zu zerbrechen«, entgegnete Kevin mit der ganzen Zärtlichkeit, derer er fähig war. »Ich hab' dir doch gesagt, ich werde immer für dich sorgen, mein Zuckerpüppchen.«

»Dann erklär mir doch bitte noch mal, weshalb du dich an diese magere Maus geklammert hast, die nichts anhatte als ihre Unterwäsche.«

* * *

»Ich mußte mein Kleid ausziehen, um aus dem Fenster zu steigen«, erklärte Staci Ellen nicht zum erstenmal. »Als ich mich von der Wäscheleine befreit hatte, mit der ich gefesselt war, hab' ich Miss Una mit dem Feuerzeug auf der Veranda gesehen und gehört, wie sie dieses ganze verrückte Zeug von sich gibt. Weil ich Angst hatte, sie würde mich sehen, wenn ich in die Küche gehe, bin ich in den ersten Stock geschlichen. Weil ich den komischen Kerl im Schlafzimmer ja nicht verbrennen lassen konnte, hab' ich ihn rausgelassen und ihm gesagt, er soll die Klappe halten, damit ich nachdenken kann. Schließlich hab' ich beschlossen, oberhalb von Miss Una aufs Dach zu klettern und dann auf sie runterzuspringen und ihr das Feuerzeug wegzunehmen.«

»Du könntest ja nicht mal 'nem Baby 'nen Lutscher wegnehmen«, meinte Bruno hohnlächelnd. »Nicht mal, wenn das Baby schläft.«

»Du würdest dich wundern, was ich alles kann. Jedenfalls wollte ich mich gerade auf sie stürzen, als du aufgetaucht bist und alles versaut hast. Wenn ich den Knaben nicht runtergeschubst hätte und ihm nachgesprungen wäre, dann wären wir beide zusammen mit Miss Una verbrannt. Und mit –« Staci Ellen schluckte und wischte sich eine Träne von der Wange – »und mit dem süßen kleinen Martin.«

»Wer ist denn nun schon wieder dieser Scheiß-Martin?«

Staci Ellen sah ihn an. »Das geht dich überhaupt nichts an. Außerdem gefällt mir dein Ton nicht, und ich kann es auch nicht leiden, daß du in meiner Gegenwart dauernd diese scheußlichen Wörter benutzt. Es tut mir echt leid, daß du einen Strafzettel wegen Geschwindigkeitsüberschreitung gekriegt hast und daß dein Motorrad von der Feuerwehr überfahren worden ist, aber es hat dich auch kein Mensch gebeten, nach Maggody zu kommen, also ist es letztlich deine eigene Schuld. Von jetzt an wirst du mich mit Respekt behandeln. Ich bestimme, was wir unternehmen, wenn wir uns verabreden – jedenfalls manchmal –, und ich benutze jedes Parfüm, das mir gefällt. Wenn ich Lust auf einen Cocktail habe statt auf eine Cola, dann bestellst du ihn und bezahlst ihn auch.«

Brunos Augen traten ihm aus dem Kopf, aber schließlich zogen sie sich wieder zurück, ohne zu explodieren. »Also, was willst du trinken?«

Da Staci Ellen noch nie im Leben einen Cocktail bestellt hatte, war sie einen Moment sprachlos. »Ich weiß«, sagte sie endlich, »ich möchte was ganz Ausgefallenes, nichts, was diese feigen Weiber immer trinken, mit einem Papierschirmchen und Tuttifrutti auf dem Glasrand. Ich glaube, ich möchte einen Perrier mit Soda, danke.« Da fiel ihr eine Filmszene ein, sie warf den Kopf zurück und steckte sich Brunos Zigarette zwischen die Lippen. »Einen doppelten.«

Sherman Oliver saß in seinem Arbeitszimmer, trank Whiskey und fragte sich, wann Truda endlich heimkam, damit er ihr von dem Einbruch erzählen konnte. Und daß er gefeuert worden war. Und daß er beim Siebzehner beinahe ein Par gemacht hätte, wäre der Ball nicht zwei Zentimeter vor dem Loch liegengeblieben.

* * *

Bruder Verber hockte in der finstersten Ecke seines Wandschranks, das Hexenmanual fest in der Hand. Vor einer Weile hatte er den Dämon an die Tür hämmern hören. Allein bei der Erinnerung daran, wie der riesige Unhold sich von der Erde erhoben und diese gräßlichen Töne ausgestoßen hatte, brach ihm wieder der kalte Angstschweiß aus. Bei den hartnäckigen Versuchen des Dämons, in den Trailer einzudringen, hatte sich Bruder Verber so verkrampft, daß er jetzt einen steifen Hals hatte, was richtig gut zu der Beule auf seinem Kopf und dem verstauchten Knöchel paßte, den er sich geholt hatte, als er in der Dunkelheit herumgekrochen war. Es war anzunehmen, daß der Dämon zurückkommen würde, und er hatte nur das Hexenmanual und ein Mayonnaise-Glas, um sich gegen ihn zur Wehr zu setzen.

Es mußte doch in dem Manual einen Abschnitt darüber geben, wie man einen Dämon dorthin zurückschickte, wo er hergekommen war, aber Bruder Verber hatte ihn bisher nicht gefunden, hauptsächlich weil es im Wandschrank so dunkel war und er es nicht riskieren wollte, die Tür zu öffnen. Irgendwie schien es ihm unpassend, den Allmächtigen um Hilfe zu bitten – in Anbetracht der Tatsache, daß er den Dämon selbst heraufbeschworen hatte.

Aber doch nur für einen guten Zweck, rechtfertigte er sich rasch, während er das Hexenmanual sinken ließ. Er hatte es getan, um die Seelen seiner Gemeindemitglieder zu retten, um sich gegen ihre Verderbtheit zu wappnen und gegebenenfalls den Satan zu bekämpfen. Er war fest davon überzeugt gewesen, daß die Frauen sich die Kleider vom Leib reißen und all die sündigen, wollüstigen, verderbten Dinge tun würden.

Vorsichtig öffnete Bruder Verber die Tür des Wandschranks, um einen schmalen Lichtstrahl hereinzulassen. Wenn er das Buch richtig hielt, konnte er sich die Zeichnungen der ganzen Verderbtheiten noch einmal ansehen. Nur für den Fall des Falles.